Meiner Mutter und meinen Töchtern gewidmet.

J.L. Ginger

Der Drachenschrein

www.tredition.de

© 2020 J.L. Ginger
Umschlagbild: Judith Lange/Hans-Jürgen Lange
Lektorat, Korrektorat: Hans-Jürgen Lange, Liliana Lange,
Meike Laudon-Eni

Verlag&Druck: tredition GmbH
Halenreie 40-44 / 22359 Hamburg

ISBN: 978-3-7497-7376-3 (Paperback)
ISBN: 978-3-7497-7377-0 (Hardcover)
ISBN: 978-3-7497-7378-7 (e-Book)

Wie die Erzählerin zum Originalmanuskript der Geschichte um den Drachenschrein kommt

Das Leben nimmt eigenartige Wege. Nicht immer sind sie geradlinig und lassen erkennen, wohin sie einen letztlich bringen.

Zurzeit ist mir, als führe es mich eine Gasse entlang, die irgendwann im Nirgendwo endet. Es ist mir gänzlich verschlossen, wozu die letzten Monate meines Lebens einmal dienlich sein sollen. Dies wäre meiner Großmutter, lebte sie noch, gar nicht recht. Und doch ist gerade sie es, die mich dazu bringt, zu tun, was ich tue. Nein, dies wird keine dieser Geschichten, in denen die Ahnen aus dem Jenseits die Geschicke ihrer Nachkommen auf unheimliche Weise lenken. Nein, oder zumindest hat all das nichts mit Unheimlichem zu tun. Also, was ist nun mit meiner toten Großmutter? Nun, sie erzählte gern Geschichten. Und ganz im Gegensatz zu ihrer sehr bodenständigen Art zu leben, waren ihre Geschichten immer ziemlich märchenhaft. Ich fragte mich damals schon, wo in aller Welt sie die ganzen Einfälle hernahm. Häufig drehten sich die Geschichten um eine Welt, die sie Pandosia nannte. Es war alles ein wenig wie in unserer Welt und doch gab es die phantastischsten Dinge. Als ich sie einmal fragte, ob all das wahr sei, antwortete sie, allerdings sei dies der Fall, es stehe alles schwarz auf weiß in einem alten Buch, das sie von ihrer Mutter geerbt hätte. Zeigen konnte sie es mir aber nicht, angeblich wusste sie nicht, wo es sei. Und dann lächelte sie. Ha, ha! dachte ich damals, nur weil ich erst zehn Jahre alt war, meinte meine Groß-mutter wohl, mich auf den Arm nehmen zu können. Aber da hatte sie sich geirrt. Ich glaubte ihr kein Wort. Trotzdem hörte ich die Geschichten gern, fragte aber nicht mehr nach ihrer Herkunft. Bald darauf starb Großmutter. Sie ist nun schon fast 35 Jahre tot und ihre Geschichten waren längst in Vergessenheit geraten.

Das Haus übernahmen die älteren Schwestern meines Vaters, die, beide alleinstehend – Martha verwitwet, Ruth nie verheiratet – gemeinsam das Haus ihrer Mutter bewohnten. Ich besuchte sie damals nur selten. Wir lebten ja in der Stadt. Auch in den letzten

Jahren waren wir nur selten dort. Ab und zu tauchte eine der Gestalten aus Großmutters Märchen aus der Versenkung auf, wenn die Tanten dann meinen Kindern Geschichten erzählten. Aber diese hatten wenig Zusammenhang, wahrscheinlich hatten auch Ruth und Martha nicht mehr alles taufrisch in Erinnerung.

Aber zurück zu mir. Schließlich starben beide Tanten kurz nacheinander im letzten Jahr und ich hatte plötzlich ein Gehöft auf dem Lande, mit dem ich nichts anfangen konnte. Große Scheunen, Stallungen, alte landwirtschaftliche Geräte, Heu, Baumaterialien, Werkstatt, Garagen, ein Traktor!, Kartoffeln, Rüben ... und alles recht gut in Schuss, soweit ich das beurteilen konnte. Meine Tanten hatten immer darauf geachtet, dass alles gewartet wurde. Die Handwerksfirmen hatten in den letzten Jahren nicht schlecht verdient. So kam es auch, dass zu all den Gebäuden leider kein Vermögen vererbt wurde, mit dem man vielleicht hätte alles in Stand halten können. Nach Einrechnung aller unumgänglichen Zahlungen war es vielmehr so, dass die Erbschaft vor allem in Schulden bestand. Kurzzeitig war ich versucht, sie auszuschlagen, aber dann nahm ich sie doch an und sitze nun da mit all dem und versuche einen Käufer zu finden, der das Anwesen ein wenig zu schätzen und zu nutzen weiß. So kam es, dass ich am Jahresende begann, das Haus auf- und auszuräumen. Was für eine Arbeit! Wo anfangen? Oben. Also auf dem Dachboden. Und dort fiel es mir in die Hände. Das Buch. Das Buch mit den Geschichten meiner Großmutter. Ich erkannte es vor allem an den Abbildungen darin. Die Gestalten sahen denen aus den Erzählungen meiner Großmutter so ähnlich, dass es nur diesen Schluss gab. Der Text allerdings war mir anfangs schwer verständlich. Vieles reimte ich mir aus der Erinnerung zusammen. Das Deutsch in dem Buch war stark veraltet, einige Begriffe kannte ich gar nicht und konnte mir bei vielen auch nicht vorstellen, dass es sie gab oder besser je gegeben hatte. Am Ende des Buches fanden sich Notizen mit einer Art Übersetzung in der Schrift meiner Großmutter. Ich bemerkte, dass sie die Geschichte meinen Hörgewohnheiten und meinem Verständnis weitgehend angepasst haben musste. Trotz der schwer verständlichen Textteile nahm mich die Geschichte erneut gefangen und je mehr ich las, desto mehr tauchte in meinem Gedächtnis wieder auf. Ich beschloss, den Text in eine heute verständliche Fassung zu übertragen, um sie meinen Kindern und deren Kindern zu erhalten. Wie sinnvoll es auch sein mag, dies ist nun das Ergebnis:

Prolog, in dem Pandosia und seine Bewohner vorgestellt werden

All das begab sich vor langer Zeit. Und ob es Pandosia noch gibt, ist nicht gewiss.

Es ist eine Welt, die der unseren in Vielem gleicht. Es gibt Wälder, Seen, Wüsten, Berge, Höhlen, Wärme, Kälte, Wasser, Feuer und all die anderen Elemente und Dinge, die uns vertraut sind. Und doch ist vieles anders.

Die Tiere sind nicht immer so, wie wir sie kennen. Über so manches Wesen würden wir uns wundern. Zum Beispiel gibt es Reitdrosseln, straußengroße Singvögel mit kräftigen kurzen Schwingen, die aber anders als unsere Straußen fähig sind, sich in die Lüfte zu erheben. Außerdem sollten die Waldhunde erwähnt werden. Auch sie sind von beträchtlicher Größe und werden von den Winzen als Haustiere gehalten. Und dann sind da noch die Drachen, die heute versteckt und zurückgezogen leben.

Zu der Zeit, als die Drachen noch unter all den anderen Völkern Pandosias lebten, bewohnten sie die beiden Länder, die das Gebiet der Flowen und der Wooden, beides Wald- und Wiesenvölkchen, umschlossen.

Drachen gab es zweierlei Arten. Das eine Volk waren die Dra und das andere die Chen.

Beide entsprangen ursprünglich ein und demselben Stamm. Seit unendlich langer Zeit jedoch lebten sie getrennt.

Das hatte seinen Grund in der Verschiedenheit ihrer Charaktere, jedenfalls nahm man das an. An den genauen Grund der Trennung konnte sich niemand mehr erinnern.

Die Dra waren gutmütig, friedliebend und sanft, während die Chen hinterhältig und aggressiv waren.

Im Laufe der Jahre hatte sich auch ihr Aussehen verändert, so dass sie sich auch hierin unterschieden. Wie der Lauf der Dinge so ist, sah man den Drachen ihren Charakter nicht an.

Die Dra waren in den verschiedensten Blautönen gefärbt.

Zwei Flügel und ein langer Schwanz ragten aus dem – im Gegensatz zum mächtigen Kopf – winzig geratenen Rumpf.

An den Füßen hatten sie große, scharfe Krallen.

Runde Schuppen mit vereinzelten Pusteln bedeckten ihren Körper. Der Kopf war mit pickeliger Haut überzogen, aus der einige wenige Federn sprossen.

Ihre Pickel, deren flüssiger Inhalt eine starke heilende Wirkung hatte, verströmten, kam man ihnen nahe, einen ziemlich strengen Geruch. Der Gang der Dra allerdings hatte etwas Majestätisches. Hoch erhoben trugen sie ihr Haupt und bewegten ihren plump anmutenden Körper mit großer Eleganz.

Die Chen dagegen hatten ein für Drachen recht angenehmes Äußeres. Sie waren etwa genau so groß wie die Dra, aber ihr Körper war wohlproportioniert. Zwei Schwänze waren ihr besonderer Stolz. Mit ihnen konnten sie gleichzeitig in zwei Richtungen Stacheln schleudern. Ihr ebenmäßiger Rumpf hatte eine zart grüne Färbung, wie das Grün von Frühlingsblättern. Ihre großen Krallen waren von ausnehmend schönem Rot. Über den Rücken führte ein dunkelblaues Band aus Zacken, das sich an den Schwänzen in zwei verschiedenfarbige Bänder teilte. Am Hals baumelte ein Säckchen von feurigem Rot, in dem sich – für keinen zu ahnen – ekliger, klebriger, betäubender Schleim befand.

Ihre Ohren waren dreigezackt und von unterschiedlicher Tönung. Das Schönste an ihnen aber waren die großen hellblauen Augen, mit deren sanften Blicken sie ihre Opfer täuschten.

Im Maul versteckt befanden sich tödlich giftige Zähne.

Beide Drachenvölker achteten streng darauf, dass sie das Territorium des anderen nicht verletzten. Denn es war prophezeit worden, dass, wenn die Dra und die Chen sich wieder begegneten, es hinterher nur noch einen Stamm gäbe. Doch niemand wusste, welcher es sein würde.

Ihre Gebiete befanden sich weit auseinander. Das dazwischenliegende Land gehörte zwei Winzstämmen, den Wooden und Flowen. Diese waren sich grundsätzlich zugetan, mischten sich aber nur selten in die Angelegenheiten des jeweils anderen Stammes ein.

Es ging friedlich zu, man trieb Handel und zuweilen wurde gemeinsam gefeiert, z.B. das alle drei Sommer wiederkehrende Fest der Magie. Hier stellten sich angehende Wooden- und Flowenmagier zum Wettkampf. Es gab die Disziplinen: Waldhundhypnose, darauf freuten sich immer alle am meisten, Reitdrosseldressur, Zukunftssehen und Schweben. Bei diesen freundschaftlichen Wettkämpfen gab es immer viel zu lachen.

Jede Seite hatte ihre Spezialgebiete, die sie besonders gut beherrschte, so waren die Wooden die besseren Hypnotiseure, da sie besonders mit den Waldhunden vertraut waren; sie benutzten sie als Reit- und Zugtiere. Die Flowen arbeiteten besonders gern mit den Reitdrosseln, die sie nicht nur zum Reiten, sondern auch als Transportmittel für allerlei Waren nutzten. Besonderes Ansehen genossen solche Magier, die sich mit den Tieren verständigen konnten.

Diese bekleideten meist führende Positionen in der Schar der Magier. Aus ihrer Reihe wurden auch die Obermagier gewählt. Diese wiederum hatten in den einzelnen Niederlassungen ihre Untermagier, die sie ausgebildet hatten. Sie waren Anwärter auf die Nachfolge der Obermagier. Wie in allen Gemeinschaften, in denen es Posten zu ergattern gibt, gab es auch hier kleine Reibereien zwischen den Auserwählten.

Aber sie beschränkten sich meist auf die Hoffnung, die anderen beim Wettkampf zu besiegen.

Der Obermagier hatte seinen Sitz in der jeweiligen Haupt-niederlassung des Volkes und dies war bei den Wooden Waldstadt und bei den Flowen Blütenia.

1. Kapitel, in dem Bansein und andere wichtige Personen vorge-stellt werden und man einen Blick nach Waldstadt werfen kann

Es stand wieder einmal ein Magierfest in Waldstadt vor der Tür. Bansein, der Obermagier der Wooden, saß grübelnd in seinem Haus unter der großen Milde am Waldrand. Wie so oft, wenn er eine Entscheidung zu treffen hatte, sah er auch heute aus dem Fenster, als könne er dort eine Lösung finden. Die Bäume, die den lichten Rand des Waldes begrenzten, reckten ihre Äste weit über die freie Fläche vor Banseins Fenster hinaus und spendeten Schatten. Die Sonnenstrahlen blinzelten durch die Blätter und bildeten auf dem mit Klee und Gras bewachsenen Boden bizarre Muster, die sich mit dem Wind immer wieder änderten. Die knorrige Ache mitten auf der Lichtung wirkte seltsam unbeweglich.

Am Rand der Lichtung begann das eigentliche Gebiet von Waldstadt. Kleine Häuser begrenzten es. Zum Inneren der Nieder-lassung hin wurden die Bauten immer größer. Die meisten Be-hausungen waren jeweils um oder an einen Baum gebaut, mit vielen kleinen Fenstern und meist mit einem Dach aus Blattwerk.

Zwischen Geschwatze und Gekicher, das herüber schallte, mischte sich lustiges Kinderlachen und von Zeit zu Zeit das selt-same, etwas knarrende Bellen der Waldhunde.

In der Ferne war das Haus des Woodenältesten zu sehen, das als einziges mit Holz gedeckt war. Es war nicht nur größer als die anderen Häuser, weil hier Versammlungen abgehalten wurden. Es sah auch sehr besonders aus. Das kam daher, dass das Haus an den jeweils nächsten Amtsinhaber weitergegeben wurde, wenn es dafür Zeit war. Die Ältesten und ihre Familien lebten während ihrer gesamten Amtszeit hier. Es war den Bewohnern möglich, Ver-änderungen an dem Domizil vorzunehmen, solange es den Wohn-bereich betraf und die bebaute Grundfläche des Hauses nicht veränderte, weil rund um das Gebäude andere Behausungen standen, die nicht in Mitleidenschaft gezogen werden durften. Da aber jeder Älteste seine eigenen Ideen für das Haus hatte, gab es im Laufe der Jahrhunderte verschiedene Veränderungen, die sich in seinem Äußeren immer dann niederschlugen, wenn angebaut, abgerissen, aufgebaut worden war. Die meisten hatten vor allem in die Höhe gebaut, aber auch verschiedene Balkone und Erker waren zu sehen. Und so überragte das Haus nun alle anderen und bildete eine Art seltsamen Mittelpunkt, der sich über den Dächern der anderen Häuser fast ein wenig spinnennetzartig oder vielleicht eher wie eine Baumkrone ausbreitete.

Bansein wandte seine Augen von dem sonderbaren Bau in der Ferne ab und hielt seine große gerade Nase in den lauen Wind, der den milden, aromatischen Duft der Blüten ins Zimmer trug. An dem schütteren grauen Haar und den Falten um die verschmitzt blickenden Augen konnte man sehen, dass der Magier den Zenit des Lebens längst überschritten hatte. Und doch wirkte er kraftvoll und jugendlich. Um seinen schmalen Mund spielte fast immer ein kaum merkliches Lächeln, so als mache er sich über die vielen kleinen Dinge des Lebens lustig. Und in der Tat nahm er die meisten Dinge, die ihn umgaben, mit Humor. Besonders seine Kleidung. Selten wählte er diese mit Bedacht. Um Farben und Formen so zu kombinieren, wie er es tat, bedurfte es schon einer gehörigen Portion Selbstbewusstseins und Gleichgültigkeit gegenüber den mehr oder weniger wohlmeinenden Ratschlägen der Mitmenschen, die häufig unweigerlich und ungefragt erteilt wurden. Vor allem Koman, einer der anderen Magier, wurde hierin nicht müde. Heute zum Beispiel trug Bansein grellgrüne Beinkleider, dazu alte rote Schuhe und ein leuchtend orange-blau gestreiftes Hemd. Sein alter brauner Umhang lag unordentlich über dem Sessel. Auf dem Kopf trug er fast ständig eine lange Bommelmütze aus vielfarbigem Filz, um seinen immer kahler werdenden Kopf zu verbergen – eine der wenigen Eitelkeiten, die der alte Magier sich gestattete. Aus irgendeinem Grund war er der Meinung, eine Glatze sei eines Magiers unwürdig.

Bansein schaute noch immer nachdenklich aus dem Fenster. Er liebte dieses Haus, hierher zog er sich zurück, wenn er beschäftigt war. Der Duft der Milde beruhigte und beflügelte ihn. Meist fielen ihm hier die besten Lösungen für die schwierigsten Probleme ein.

Diesmal musste er die drei Wooden-Magier auswählen, die am Wettkampf teilnehmen durften.

Nicht weit von seinem eigenen Haus, drüben an den großen Wurzeln der Aspanie sah Bansein in einer Gruppe junger Winze Horps stehen. Nicht sehr groß, mit feinen Gliedmaßen, sah man ihm auch von Weitem an, dass er gelenkig und wendig war. Sein glattes, schwarzes, kurz geschnittenes Haar unterschied sich von den meist langen Haaren der anderen jungen Männer. Es stand in besonders krassem Gegensatz zu den fast hüftlangen, roten Locken seines besten Freundes Wadensein, der ihm gegenüberstand. Das breite Lachen auf dessen Gesicht gab ihm etwas Gutmütiges, das man bei der kräftigen Statur Wadenseins nicht auf den ersten Blick erwartete. Und doch war dies eine seiner wesentlichen Eigenschaften. Beide jungen Männer kannte Bansein besonders gut, obwohl sie nicht aus Waldstadt stammten. Er hatte einen Teil ihrer Ausbildung bestritten. Alle Jungmagier mussten einige Zeit auf Wanderschaft, um sich zu vervollkommnen, ehe sie die Magierprüfung ablegen durften. Mit sehr wenigen Ausnahmen war außerdem die erfolgreiche Teilnahme am Magierwettstreit Voraussetzung dafür. Nahm ein vollständig ausgebildeter Jungmagier nicht am Wettstreit teil, erhielt er irgendwann den Titel eines Hilfsmagiers. Dies geschah aber nicht allzu häufig, da die Begabung zur Magie nur selten zu finden war und ein Jungmagier meist seine Chance bekam, an einem der Wettstreite teilzunehmen. Damit kehrten Banseins Gedanken wieder zu seiner eigentlichen Aufgabe zurück.

Acht Kandidaten gab es diesmal für den Wettstreit.

Von diesen acht kamen fünf in die nähere Auswahl. Die anderen waren noch zu jung oder seiner Meinung nach einfach unfähig. Der alte Magier war in den meisten Künsten äußerst bewandert, gab weise Ratschläge und war überhaupt in fast allem unschlagbar. Aber eben nur fast. Eine seiner wenigen Schwächen bestand in seiner tiefen Abneigung, anderen Unangenehmes mitzuteilen. Das ist nun an sich nichts Schlechtes, nur muss ein Obermagier, der von der Ordnung der Welt und ihrem Gleichgewicht überzeugt ist, nun einmal akzeptieren, dass nicht alles gut und wunderbar ist, und dies auch seinen Schutzbefohlenen vermitteln können. Doch gerade das verursachte Bansein immer wieder das Gefühl, Tee aus den Blüten der Falschen Milde getrunken zu haben, was sich normalerweise in Übelkeit, schweren Magenbeschwerden, starkem Schluckauf und anschließendem plötzlichem Tiefschlaf äußerte. Bis auf den Tief-schlaf stellten sich fast immer alle Symptome ein. So sah er es als äußerst günstig an, dass die Ablehnungen zum Magierwettbewerb nicht begründet werden mussten. Was hätte er denen, die er für ungeeignet hielt, sagen sollen, ohne sie zu kränken? Gelogen hätte er auf keinen Fall, das lag nicht in seiner Natur, außerdem war vollkommene Ehrlichkeit eine der Grundbedingungen, den Titel eines Obermagiers führen zu dürfen.

Fünf kamen also in die engere Wahl und die Entscheidung fiel schwer. Immerhin gab es den Wettstreit nur alle drei Jahre und die aufgestellten Mannschaften erlangten mit der Teilnahme am Wett-streit schließlich die Berechtigung, sobald sie die Wanderschaft hinter sich hatten, ihre Magierprüfung abzulegen. Es gab nur wenige Ausnahmen, in denen Magier außer der Reihe die Magier-prüfung ablegten und so den gleichen Rang erreichten wie die Wettkämpfer. Und nicht zuletzt war es natürlich eine Frage der Ehre, den Sieg für die eigene Gemeinschaft, in diesem Fall die der Wooden, zu erringen.

Da waren Horps, Wadensein, Burmann, Xinusia und Purga. Alle fünf hervorragende Hypnotiseure, das war wichtig. Die anderen Disziplinen waren unterschiedlich ausgeprägt. Horps' Stärken lagen im Schweben – hier war er ein wahrer Künstler – und im Zukunftssehen. Letzteres beherrschte aber auch Purga sehr gut, außerdem konnte sie wie kein zweiter Woode Drosseln dressieren. Xinusia war in allen Disziplinen recht gut, war sehr ehrgeizig und hatte außer einem sehr guten Gedächtnis und erstaunlichem Fleiß keine besonderen Stärken, dafür war sie aber ausnehmend hübsch. Und wenn Bansein bedachte, dass in der Jury auch Pisur sitzen würde ... Pisur war zwar Flowe, konnte aber der Schönheit nicht widerstehen. Und wenn es um die Mannschaftswertung ging, konnte ein Punkt der gegnerischen Jury sehr nützlich sein. Ebensolche Gründe sprachen für den imposanten Wadensein. Pamilia, die Flowenprinzessin, würde ebenfalls in der Jury sitzen und es war Bansein klar, dass auch sie eher für die starken Beine eines Kandidaten zu begeistern war als für sein magisches Können. Solche Überlegungen waren zwar eines Magiers unwürdig, doch würde Pipelt, der Obermagier der Flowen, genauso denken, denn auch unter den Mitgliedern der Woodenjury gab es Pamilias und Pisurs.

Und dann war da noch Burmann. Auf ihn setzte Bansein große Hoffnung. Zu seinen herausragenden Fähigkeiten auf magischem Gebiet kam vor allem ein Vorzug: Burmann nutzte seinen Verstand und sein Herz.

Somit hätte Burmann Favorit sein können für die Teil-nehmerliste. Er hatte nur einen Fehler, er war der Neffe Banseins und der alte Magier fürchtete, in den Verdacht der Vettern-wirtschaft zu geraten, wenn er Burmann auswählte.

„Burmann ..., Wadensein ..., Purga ..., Horps ..., Xinusia ...", flüsterte er immer wieder vor sich hin und dachte dabei eigentlich schon gar nicht mehr an den Magierwettkampf. Er hätte auch Ene, Mene, Mopel flüstern können. Seine Gedanken waren gefangen-genommen von einem Vogelpaar, das sich vor seinem Fenster um einen Wurm stritt. „Moins, moins", schimpfte der eine durch die Schnabelspalte.

„Neun, neun", tschilpte der andere, ohne seinen Schnabel einen Spalt weit zu öffnen. Sie zogen, als wollten sie mit dem Wurm etwas durchsägen, gleichmäßig mal in die eine, mal in die andere Richtung. Plötzlich hielt der erste inne und piepste ziemlich deutlich: „Diesmal lasse ich mir meinen Fang nicht von dir wegnehmen. Diesmal nicht!" Und in ehrlicher Entrüstung sah er zu dem anderen hin. Doch der war samt Wurm längst über alle Berge und scherte sich wohl kaum um die Schimpftiraden seines Rivalen, so deutlich er auch piepste.

Bansein schmunzelte. Der Blick des Piepmatzes war zu drollig. Der Magier griff neben sich in eine Schale und entnahm ihr einige Krümel, die er aufs Fensterbrett streute. Flugs, ohne Angst zu zeigen, war der Vogel auf dem Fensterbrett und schon waren die Krümel weg, kurz darauf auch das Tier.

Wieder einmal ging dem alten Magier auf, wie viel all jenen doch entging, die die Sprache der Tiere nicht zu deuten verstanden. Es gab einige Tiere, deren Laute er tatsächlich zu übersetzen in der Lage war. Bei anderen musste man die Geräusche und Gesten in Verbindung bringen und ihnen einen Sinn entlocken, was nicht nur nützlich, sondern auch sehr vergnüglich sein konnte und manchmal auch zu Missverständnissen führte.

2. Kapitel, in dem Bansein eine Lösung für sein Problem findet

Bansein fiel gerade auf, dass er schon wieder an alles andere dachte, als an den Wettkampf, als es klopfte.

„Herein!", rief Bansein. Ein junger Mann trat ein. Er hatte schulterlanges, dunkelbraunes Haar und wirkte ein wenig unrasiert. Seine dunkelblauen Augen fielen sofort auf und fesselten jeden, der den jungen Mann ansah. Es war Banseins Neffe Burmann. Die lange gerade Nase ließ an der Verwandtschaft keinen Zweifel aufkommen. Der Mund mit den schmalen, geschwungenen Lippen verlieh Burmann ein Aussehen, als würde er ständig an irgendetwas zweifeln. Wenn dieser Mund sich aber zu einem Lachen von einem Ohr zum anderen verzog, konnte man nicht anders als mitzulachen.

Burmann war groß und fast dürr. Seine Kleidung schlotterte um seine schlaksigen Glieder, war aber im Gegensatz zu Banseins zerstreuter Kleiderordnung ausgesucht praktisch. Die Hosen bestanden aus hellbraunem Webstoff, das Hemd aus dem gleichen Stoff war aber eine Spur dunkler. Ein einfacher Baumledergürtel wand sich um die schmale Taille. Der Umhang hatte entgegen der Mode keinen Fransenbesatz und war nur knielang. Die Kapuze hing locker über die Schulter des Jungmagiers hinab und fand ihr Ende in einer dreigeteilten Spitze – wohl dem einzigen Schmuckelement an seiner Kleidung. Selbst die Taschen an Umhang und Beinkleid waren nur Schlitze und kaum zu bemerken. Viele der anderen Winze trugen fast üppigen Schmuck, angefangen bei den Schuhen, deren Verschlüsse aufwändige Schnörkel bildeten, bis hin zu Knöpfen und Besatz an der Oberbekleidung. Burmann hatte einmal seiner Mutter auf die Frage, ob er sich nicht ein wenig modischer kleiden wolle, geantwortet: „Was soll ich mit all dem Zeug? Damit bleibt man nur überall hängen!"

Bansein hatte gegen die Meinung seines Neffen nichts einzuwenden.

„Hallo, Onkel, wie geht es? Grübelst du noch immer oder stehen die Teilnehmer schon fest?"

„Du bist zu neugierig, Burmann. Ich darf dir ja sowieso nichts sagen, also frag' nicht."

„Aha, du hast dich noch nicht entschieden, alles klar", stellte Burmann lächelnd fest.

Eine Pause trat ein. Sollte Bansein etwas erwidern? Nein, entschied er, Burmann kannte ihn viel zu gut, um aus Ausflüchten nicht noch mehr herauszulesen. Stattdessen lud er seinen Neffen zu einem Spaziergang ein. Dieser war hoch erfreut und meinte: „Ja, lieber Onkel, so ist es richtig, entspanne dich, mach dir nicht zu viele Sorgen um den Wettkampf."

„Aber es geht doch auch um dich, ist dir das Ergebnis egal?", entfuhr es Bansein.

„Nein, natürlich nicht, ich würde gerne mitmachen, aber ich weiß auch, dass ich nicht der einzige bin, der gut genug ist, und die anderen es sich genauso wünschen. An deiner Stelle würde ich mir jemanden suchen, der mir bei der Auswahl hilft. Schade eigentlich, dass du nicht einfach die Zukunft befragen kannst, wer bei dem Wettkampf mitmacht."

Beide kicherten, denn sie stellten sich das Ergebnis eines solchen Versuches vor. In der Zukunft konnte man immer nur Möglichkeiten sehen oder Dinge, die unverrückbar feststanden. Ansonsten würde sich der Waldhund ja in den Schwanz beißen, pflegte Bansein zu diesem Problem zu sagen. In diesem Fall würde er seine eigene Entscheidungsunfähigkeit sehen. Höchstwahrscheinlich gäbe es ein vergnügliches Durcheinander aus den Körpern der fünf Kandidaten, da er in seiner Zukunftssicht aus den Fünfen drei machen musste. Bansein stellte sich vor, wie die einzelnen Figuren aussehen könnten, die der Zufall da zusammenwürfeln würde: Xinusias hübsches Gesicht mit ihren schönen grünen Augen und dem kecken Mund würde möglicherweise auf dem drallen, athletischen Rumpf Purgas und dieser auf den ziemlich dünnen Beinen Burmanns landen. Eigentlich ein großer Spaß, aber nützen würde er nichts. Da kam ihm eine Idee. Vielleicht konnte der Zufall sein Problem tatsächlich lösen, auf eine höchst einfache Weise.

Nun sagte Bansein zu Burmann: „Mach dir mal keine Sorgen, ich weiß schon, wie ich mich entscheide." Und damit ging er zu einem anderen Gesprächsthema über: „Wie geht es deiner Mutter? Sag ihr, dass ich euch demnächst mal besuchen komme, vielleicht am Baumtag."

Eine Weile gingen sie schweigend nebeneinander her. Sie mussten nicht die ganze Zeit reden. Bansein schaute sich seinen Neffen an. Aus dem ehemals übermütigen Jungen, der mit seinen magischen Kräften nicht umzugehen wusste und so manchen Schabernack getrieben hatte, den nicht jeder witzig fand, war nun ein ausgewachsener Magier geworden. Er war reif für die Prüfung, der Magierwettstreit käme da gerade recht – eigentlich eine Verschwendung, wenn er weitere drei Jahre warten sollte, auch wenn Geduld zu den Tugenden eines Magiers gehörte. Aber auch die anderen Kandidaten waren so weit.

Eine Stunde später saß Bansein in seinem Zimmer und bastelte Lose. Das Verfahren war zwar ungewöhnlich, aber nicht verboten. Vor langer Zeit hatte es so einen Fall sogar schon einmal gegeben. Damals war der Obermagier kurz vor Bekanntgabe der Teilnehmer verstorben und man hatte Lose benutzt.

Bansein legte die kleinen Röllchen in einen Behälter, der nur eine kleine, handgroße Öffnung besaß. Dann stellte er zufrieden die Schachtel weg und machte sich einen leckeren Kriffel-Wurzelsalat mit Mildenblütendressing. Nur dem Oberhaupt der Wooden musste er seine Idee noch schmackhaft machen. Doch das sollte nicht schwerfallen. Der behäbige Bedun war für gewöhnlich für jeden Spaß zu haben. Je kurzweiliger sich etwas gestaltete, desto besser gefiel es ihm. Und alles, was mit Glück zu tun hatte, konnte nur kurzweilig sein. Bansein erlaubte sich den Spaß, ein wenig in die Zukunft zu blicken, um sich auf Beduns Reaktion einzustellen. Wie erwartet, sah er den nicht mehr ganz jungen Mann, wie seine kleinen Äuglein unter den buschigen Augenbrauen zu funkeln begannen. Seine kleine, spitze Nase bewegte sich, wie immer in Zeiten der Vorfreude, leicht auf und ab und um den zu einem kleinen Kreis gekräuselten Mund bildeten sich Fältchen in dem sonst so glatten Gesicht. Bansein schmunzelte. Interessanterweise zeigte sich nicht die Spur einer Alternative. Bedun war eher einfacher Natur. Er entschied klar und schnell, aber häufig auch so endgültig, dass es fast unmöglich war, ihn von einer ungünstigen Entscheidung wieder abzubringen.

Am nächsten Morgen begab Bansein sich zu Bedun, um ihm sein Vorhaben zu erläutern. Schon von Weitem fielen die mannigfaltigen Türmchen, Balkone und Erkerchen ins Auge. Irgendwie mochte Bansein den Anblick, obwohl die einzelnen Teile deutlich das Geltungsbedürfnis ihrer Bewohner zeigten. Ein noch nicht ganz fertig gestellter Turm auf der Südseite des Hauses zeugte davon, dass auch Bedun nicht frei von dieser Eigenschaft war. Die Häuserteile schienen genauso zufällig entstanden zu sein wie die Zusammenstellung von Banseins Kleidung. Vielleicht war es das, was ihm gefiel.

Im Inneren des Hauses des Oberwooden angekommen, setzte sich der Eindruck fort, nur dass er jetzt entschieden übertrieben wirkte. Dicke bunte Stoffe überlagerten jede klare Form, die das Haus einmal ausgemacht hatte.

Nun öffnete er die Tür zur Amtshalle. Der Gedanke, dass es eine wirklich weise Entscheidung gewesen war, sie von willkürlichen Veränderungen durch die Hausbewohner auszuschließen, drängte sich ihm auf. Schon als er sie betrat, stellte sich eine angenehme Ruhe ein. Die altehrwürdige Halle, die trotz eines gewissen Prunkes Klarheit bewahrte, lag in ihrer Schönheit vor ihm. Jedoch hatte er nicht lange Zeit darüber nachzudenken, denn Bedun polterte herein.

Bansein kam gleich zur Sache. „Also, Bedun, die Sache ist folgende: Ich habe fünf Kandidaten für den Wettkampf, von denen ja nur drei teilnehmen können. Da aber mein Neffe unter den Fünfen ist, werde ich das Los entscheiden lassen, damit niemand denkt, ich würde jemanden bevorteilen." Die Reaktion war wie vorhergesehen.

Bedun war nicht nur einverstanden, er machte auch sogleich einen Vorschlag: „Und ich denke, wir sollten das Glück morgen vor aller Augen entscheiden lassen." Er versprach sich außer einer Entscheidung viel Spaß und Spannung und wollte aus dem Losverfahren ein Fest machen.

Wenn das Improvisieren auch sonst nicht seine Stärke war – ein Fest konnte er jederzeit und überall feiern und nicht nur er. Diese Stärke besaßen fast alle Wooden. Schließlich war es noch früh und der ganze Tag stand für die Vorbereitung zur Verfügung. Schon schickte er seine Köchin los, die anderen zu informieren, bevor Bansein dazu etwas sagen konnte.

So verbreitete sich die Neuigkeit in Windeseile in der Umgebung Waldstadts, denn auf dem Gebiet der Nachrichtenübermittlung waren die Wooden unschlagbar.

3. Kapitel, in dem die Auslosung stattfindet und Xinusia einen großen Fehler macht

„Huah", gähnte Burmann und schaute verwundert in die Runde, denn er war von lauten, ungewohnten Geräuschen wach geworden. Sein Zimmer lag ein wenig im Halbdunkel, da die Morgensonne nicht voll hereinscheinen konnte. Burmann hasste es, geweckt zu werden, bevor es unbedingt sein musste. Er hatte das grelle Licht der ersten Sonnenstrahlen, die ansonsten mit voller Schärfe in sein Fenster hereinfallen würden, mit Hilfe eines Geflechts aus biegsamen Zweigen vor seinem Fenster ausgesperrt. Und so ließen sich die wenigen Gegenstände im Raum – ein Stuhl, über dessen Lehne Burmanns Kleidung lag, ein einfacher Tisch und ein hoher Schrank – nur schemenhaft erkennen. Vor seinem Bett lagerte eine junge, zottige, grün und schwarz gestreifte Waldhündin, die nun den Kopf hob und knurrte.

„Na, Bomsel, dir geht der Krach auch auf den Geist, was?", murmelte Burmann und strich dem Tier, das halb so groß wie er selbst war, über das Fell. Bald würde Bomsel ausgewachsen sein und dann wohl kaum noch im Haus wohnen können. Bomsel antwortete mürrisch: „Das wird ein Fest, bestimmt, Bomsel kennt Feste, Bomsel hasst Feste."

„Ja, ich weiß, sie sind laut und das ist nichts für dich, aber was feiern die?" Wie man sieht, kam Burmann – wahrscheinlich als einziger in der Umgebung – aus dem Mustopf. Er begann zu grübeln, welches Fest er wohl vergessen hatte. Plötzlich stand er aufrecht in seinem Bett: „Ist heute der Magierwettstreit? Einen anderen Anlass zum Feiern gibt es in dieser Jahreszeit doch nicht. Verdammt, aber wer ist denn ... Nein, das kann nicht sein. Maaama!"

Burmanns Mutter stürzte herein: „Was ist?", fragte sie erschrocken.

„Was wird da draußen gefeiert?"

„Du weißt es nicht? Das haben doch gestern Nachmittag schon die Federlinge von den Dächern gepfiffen. Heute werden die Teilnehmer für den Magierwettstreit ausgelost."

„Ausgelost?", fragte Burmann verblüfft. „Der Schlawiner! Hätte mir ja auch was sagen können. Dann werde ich mich mal fertig machen."

„Ja, mach das, mein Sohn. In zwei Stunden geht es los."

Burmann atmete einmal tief durch und ging sich am Bach hinter dem Haus waschen. Er hätte auch warmes Wasser aus der Küche haben können, aber er hatte es sich zur Gewohnheit gemacht, sich kalt zu waschen. Auf jeden Fall war er danach vollends wach und bei seiner Vorliebe für ein gemütliches Bett war das hilfreich.

Seine Mutter begab sich in die Küche, um ihrem Sohn ein Frühstück zu bereiten, das er ansonsten mit Sicherheit vergessen würde. Wie sehr ähnelte er doch ihrem Bruder, charakterlich wie im Aussehen! Es wurmte sie immer wieder, dass ihr Sohn weder seinem Vater noch ihr ähnlich war. Im Gegensatz zu ihm war sie von kleiner Statur und neigte ein wenig zur Fülligkeit, was aber auch auf das gute Essen zurückzuführen war, das sie wie keine andere Woodin zuzubereiten verstand. Seit ihr Mann vor vielen Jahren gestorben war, tat sie das zu ihrem großen Bedauern häufig für sich allein, denn Burmann machte sich wenig aus Essen. Sie schüttelte ihren Kopf. Eine Locke ihres noch immer vollen Haares fiel ihr widerspenstig in die Augen, obwohl sie es hochgesteckt hatte. Sie kräuselte die kleine Nase und zog die Augenbrauen zusammen. Mit einer schnellen Bewegung strich sie die Strähne zurück und steckte sie wieder fest. Etwas Mildenblütenmarmelade blieb in ihrem Haar zurück.

Zur gleichen Zeit waren die Vorbereitungen für das Fest in vollem Gange. Bansein legte sein Magiergewand an und setzte den achteckigen Würdenhut auf. Noch immer kam er sich mit dieser

Kopfbedeckung irgendwie albern vor. Immer hatte er den Eindruck, die anderen würden leise über ihn kichern. Dabei war dieser Hut eines der erstrebenswertesten Attribute des Woodenvolkes. In solchen Augenblicken rief sich der Obermagier ins Gedächtnis, wofür die acht Ecken des Hutes standen. Eine jede war Symbol für eine der Magierfunktionen, die der Obermagier sämtlichst in sich vereinen musste, um dem Amt gerecht zu werden. Die erste Ecke stand für die Beraterfunktion des Ältesten, die zweite symbolisierte den Einfluss auf Ereignisse der Natur. Die dritte bis sechste Ecke standen jeweils für eine der Aufsichten, die der Obermagier zu führen hatte: über die Ausbildung der Heiler, die Ausbildung des magischen Nachwuchses, die magischen Ereignisse im Land und den Umgang mit fremden Welten und anderen magischen Wesen. Die siebente erinnerte an das Führen der Chronik und die achte stand für die Unterhaltung, für die ein Obermagier in Friedenszeiten verantwortlich war. Wenn Bansein all dies bedachte, konnte er sich mit der Kopfbedeckung abfinden.

Er rückte sie zurecht, klemmte den Kasten mit den Losen unter den Arm und machte sich auf den Weg zu Bedun, um mit ihm seinen Platz auf der Tribüne einzunehmen. Auf dem Weg begegneten ihm geschäftig herumlaufende Wooden und Woodinnen. Einige trugen Blumen, andere Töpfe mit Leckereien und Krüge mit verlockend duftenden Getränken.

Bansein drängelte sich durch die Menge. Plötzlich machte es KRCCHH. Bansein blieb stehen und horchte. Das Geräusch hörte sich verdächtig nach reißendem Stoff an. Etwas mitleidig sah er sich um, da war wohl jemand einem anderen auf den Mantel getreten. Er schickte sich zum Gehen an, kam aber nicht weit. Seine Beine verhedderten sich in irgendetwas und er stolperte, blieb aber an der vor ihm Gehenden hängen, so dass er sich nicht weh tat. „Hoppla, Obermagier!", sagte seine unfreiwillige Stütze, als sie ihn erkannte, und half ihm, sich wieder zu entheddern. Sie gingen etwas zur Seite und jetzt bemerkte Bansein, dass es sein Mantel gewesen war, der vorhin dieses verhängnisvolle Geräusch von sich gegeben hatte, und der war auch für sein Stolpern verantwortlich. Er starrte verzweifelt auf das klaffende Loch in seinem Gewand.

Was sollte er nun tun? So konnte er doch unmöglich die Zeremonie durchführen!

„Wie wär's mit ein wenig Magie?", fragte die Woodin, die seinen verwirrten, ratlosen Blick richtig gedeutet hatte.

„Ah, ja!", antwortete Bansein erleichtert und murmelte leise eine Formel vor sich hin. Und vor den Augen der Woodin fügte sich der Stoff wieder aneinander. „Sehr verbunden", sagte Bansein, „danke, ich muss jetzt ..."

Mit etwas Verspätung gelangte Bansein bei Bedun an. Dieser wartete schon, fragte aber nicht. Er hatte überhaupt keine Lust auf eine der Geschichten, die dem Obermagier mit schöner Regelmäßigkeit passierten. Sie gingen auf den Festplatz und setzten sich auf die Tribüne.

Um sie herum füllten sich jetzt die Plätze. Man hatte darauf gewartet, dass die hohen Herren sich setzten. Musik erklang und Bansein konnte die zierliche Woodin sehen, die da unten auf der Bühne stand und auf der Wargel, einem Schlag-Zupfinstrument aus geharzter Rinde, spielte.

Als sie endete, brandete Applaus auf, doch als Bedun sich erhob, trat erwartungsvolle Stille ein.

„Meine lieben Wooden,", begann er, „wir sind heute hier, um die Teilnehmer an dem diesjährigen Wettbewerb der Magier zu ermitteln. Und zwar diesmal etwas anders als in den vorigen Jahren. Ich muss zugeben, dass ich das sehr schön finde. Die ganze Geheimniskrämerei ärgert mich schon lange. Also kurz und gut, wir losen dieses Mal."

Lang anhaltendes Klatschen folgte.

„Ja, wie ich sehe und vor allem höre, findet ihr das auch nicht schlecht, und deshalb schlage ich vor, dass wir es von nun an immer so machen." Wieder Klatschen.

,Oh mein Gott!', dachte Bansein, das musste er verhindern, aber dazu hatte er ja noch drei Jahre Zeit und vielleicht hatte Bedun das

Ganze dann ja auch schon vergessen. Ausnahmen konnte es schon einmal geben, aber mit der Tradition ganz brechen!? Das ging nicht an. Schöne Bescherung, die er sich da eingehandelt hatte! Er hätte es wissen müssen, nichts hatte nur eine Seite. Nicht immer zeigte die andere sich so schnell und klar, aber noch nie war eine Aktion ohne Reaktion geblieben. Doch jetzt musste er sich auf die Auslosung konzentrieren.

Da sagte Bedun auch schon: „So, und jetzt gebe ich das Wort an unseren Obermagier", und leise raunte er noch: „Rede nicht so viel wie ich."

„He, em ... Na dann wollen wir mal!", begann Bansein, „In die engere Wahl kommen folgende Kandidaten: Xinusia, ..." Sie schritt nach oben und warf ihr langes Haar kokett nach hinten. „... Purga, ..." Sie machte weniger Aufsehen. „... Wadensein, Horps und Burmann."

Die Menge tobte. Als sich die Begeisterungsstürme wieder gelegt hatten, fuhr Bansein fort: „Sie alle werden jetzt aus diesem Kasten ein Los ziehen." Er hielt ein Kästchen in die Höhe, das aus einer Wurzel geschnitzt war und eine schmale Öffnung hatte, in die gerade eine Hand passte. „Diejenigen, deren Los sich in eine Taube verwandelt, werden ausgewählt."

Solche Späße liebten die Wooden, es würde also auch noch lustig.

Xinusia begann. Sie griff in die Schachtel, zog ihre Hand wieder heraus, zögerte und plötzlich erhob sich aus ihrer Faust eine weiße Taube. Die Zuschauer klatschten. Xinusia strahlte siegesbewusst.

Und wieder verschwand eine Hand in der Schachtel, es war die Wadenseins. Er zog sie heraus und öffnete sie. Ein Zettel lag darin und er verwandelte sich nicht. Die Menge stöhnte mitleidig auf.

Nun trat Horps an den Kasten. Er langte lächelnd nach dem Los und hielt es hoch. Doch auch dieses verwandelte sich nicht, es gab nur einen dumpfen Knall von sich. Enttäuscht trat er zurück. Eigentlich wäre nun klar gewesen, wer die anderen Tauben haben würde. Doch der alte Magier hielt die Lose trotzdem Purga hin, die zögernd zugriff. Wieder passierte nichts. Verwirrung spiegelte sich auf den Gesichtern. Alle Augen ruhten auf Bansein, der gelassen dastand, und Burmann den Kasten hinhielt. Dieser nahm das letzte Los. Gespannt schaute man nun auf seine Hand. Diesmal tat sich etwas. Der Zettel verschwand, er löste sich in Rauch auf, in grünen.

Die Menge staunte, verstand aber nichts.

„Ich bin euch wohl eine Erklärung schuldig", sagte nun Bansein. Die erwartungsvolle Stille gab ihm Recht. Die kurze Pause, die nun folgte, hielten die meisten für einen theatralischen Trick, um die Spannung zu erhöhen. Burmann allerdings fand, dass dieses Gehabe nicht zu seinem Onkel passte. Aber bevor er sich Sorgen machen konnte, fuhr Bansein fort und seine Worte schienen die Meinung der Zuschauer zu bestätigen. „Iiich wollte das Ganze ein wenig spannender und lustiger machen, ich kenne euch Wooden doch. Jaaa, da habe ich eben ein wenig Spaß gemacht. Wie ihr euch erinnert, habe ich gesagt, wer eine Taube zieht, sei ausgewählt, aber nicht wozu. Nun ..., in diesem Fall als Verlierer."

Xinusia, deren Gesichtszüge in den letzten Minuten Gefühle von Triumph über Verblüffung bis zur Enttäuschung gezeigt hatten, sah jetzt hasserfüllt zu Bansein, stürzte die Treppe hinunter und verschwand. Die Umstehenden fanden diese Reaktion übertrieben.

Bansein wandte sich wieder der gespannten Menge zu. „Die andere Niete habt ihr ebenfalls gesehen, es war der grüne Rauch bei Burmann. Schade, er ist ein sehr guter Magier, aber auch die anderen sind gut. Und deshalb werden die anderen drei am Wettstreit teilnehmen. Mein Glückwunsch!"

Die drei Auserwählten strahlten. Schon hatte die Menge Xinusia und Burmann vergessen und trug nun die Sieger auf ihren Schultern in das Festzelt, um zu feiern. Langsam verhallte das begeisterte Rufen der Wooden: Horps! – Wadensein! – Purga! – Horps! …

Während die Wooden feierten, ging Bansein nachdenklich nach Hause. Sein kleiner Scherz hatte sich verselbstständigt. In seinem

Haus unter der Milde wartete schon Burmann auf ihn. Er hatte keine Lust zu feiern.

„Oh", begrüßte Bansein seinen Neffen, „was machst du hier?"

„Du wirst dir sicher denken können, dass ich zum Feiern nicht aufgelegt bin. Bei dem Los, das ich gezogen habe, hätte ich auch ausschlafen können", meinte der junge Magier. „Aber Xinusia muss dein Taubenscherz sehr getroffen haben. Hast du ihren Gesichtsausdruck gesehen? Ich kann ja verstehen, dass sie enttäuscht war, aber sie sah ja geradezu hasserfüllt aus. Vielleicht war der Scherz mit der Taube doch ein wenig bösartig. Das hätte ich dir gar nicht zugetraut."

„Ich mir auch nicht", erwiderte Bansein, „Aber sie hat sich vor allem über sich selbst geärgert und natürlich auch über mich."

„Aber du konntest doch nichts für ihr Pech."

„Nun, so ganz stimmt das nicht. Ehrlich gesagt, war ich selber sehr überrascht, als Xinusia tatsächlich eine Taube in der Hand hatte. ...Das mit der Taube war nur ein Scherz, den ich, nachdem sich alle genug gewundert hätten, aufklären wollte."

„Willst du damit sagen, dass Xinusia sich durch Zauberei einen Vorteil verschaffen wollte?"

„Genau das ist passiert. Ich habe das Ganze als einen Wink des Schicksals gesehen und die Taube dann als Niete ausgegeben."

„Und hatte sie nun eigentlich wirklich die Niete?"

„Nein, die hatte Horps" „Aber", erwiderte Burmann, „dann ist jetzt jemand, der eine Niete hatte, ausgewählt. Warum konnte es nicht meine Niete sein? Findest du das Ganze nicht ein wenig ungerecht?"

„Nein, ganz und gar nicht, denn letztlich habe ich die Entscheidung getroffen, die sowieso nur mir zustand."

„Also hast du dich ganz bewusst gegen mich entschieden", stellte Burmann etwas beleidigt fest.

„In gewissem Sinne ja, zumindest in dem Moment, als ich mich entschied, das Losverfahren nicht zu wiederholen und nur den grünen Rauch als Niete nannte. Und ich denke, das ist auch gut so, mir ist, als würde diese Entscheidung für die Zukunft wichtig sein."

Burmann fragte jetzt nicht weiter. Er wusste, dass solche Gefühle meist unkonkret und nicht erklärbar, aber ernst zu nehmen waren. Seine Gedanken kehrten zu Xinusia zurück.

Er sagte: „Eins verstehe ich aber immer noch nicht. Warum hat Xinusia so hasserfüllt ausgesehen? Sie hätte dir doch eher dankbar sein müssen, dass du sie nicht vor allen bloßgestellt hast."

„Das schon, aber ich weiß von ihrer Entgleisung und das gefällt ihr nicht. Außerdem hat sie gemerkt, dass sie sich selbst ihre Chance verdorben hat. Die Schuld gibt sie mir. Sie konnte ja nicht einmal die Entscheidung anfechten, dann hätte sie sich ja selbst entlarven müssen."

„Ja, das leuchtet mir ein. Was wirst du jetzt tun? Wirst du sie strafen?"

„Nein, ich denke, sie hat sich selbst genug gestraft, aber ich werde sie beobachten. Denn entweder hat sie daraus gelernt oder aber sie wird wieder unehrlich sein. Und es ist meine Aufgabe, auf die Einhaltung der Regeln unter den Magiern zu achten."

Burmann nickte. Dann verabschiedete er sich und ging nach Hause, um sich dort in sein Bett zu legen, doch er konnte nicht schlafen. Das eben Erfahrene regte ihn zu sehr auf.

Er war enttäuscht von Xinusia. Er hatte sie gemocht. Jetzt war er wütend auf sie.

4. Kapitel, in dem Xinusia Waldstadt verlässt

Xinusia war nach der Niederlage auf dem Fest nach Hause geschlichen. Ihr war klar, dass sie sich ihre Chance auf eine Teilnahme am Wettstreit selber verdorben hatte, und es war ihr auch klar, dass Bansein sie durchschaut hatte. Nur eines war ihr nicht klar: Warum hatte er nichts gesagt? Dass er sie erpressen wollte, konnte sie sich nicht vorstellen. Die Ungewissheit aber und der Ärger, dem alten Magier ausgeliefert zu sein, sich womöglich eine Moralpredigt anhören zu müssen, vor allem aber der Ärger über sich selber, nagten an ihr. Um nichts in der Welt wollte sie eine solche Demütigung ertragen. Und selbst wenn Bansein dichthielt, er wusste es. Mit diesen Gedanken beschäftigt, beschloss sie, Waldstadt zu verlassen.

Sogleich begann Xinusia ihre Habseligkeiten zusammenzupacken. Sie musste gut auswählen. Einerseits durfte sie sich nicht zu sehr belasten, andererseits wusste sie nicht, ob sie je zurückkehren würde. Sie nahm aus einer Kammer im hinteren Teil ihres Hauses einen verblichenen Sack mit Riemen aus festem, aber geschmeidigem Flechtzeug. Fast liebevoll strich sie über den Stoff und fühlte die Stärke der Riemen. Als sie das das letzte Mal getan hatte, war die Farbe des Beutels noch ein tiefes Blau gewesen, die Tragebänder hatten eine satte braune Farbe gehabt, von der nun kaum noch etwas zu erahnen war. Sie selbst war noch ein Kind gewesen, das ihrer Mutter die Erlaubnis abgeschwatzt hatte, nach Waldstadt gehen zu dürfen und die Ausbildung als Magierin zu beginnen. In der ihr so eigenen Extravaganz vergaß sie ihre vorherige Eile und legte das Behältnis vor sich auf einen kleinen runden Tisch. Als erstes nahm sie eine Schale aus dem Regal über der Tür, griff mehrere kleine Fläschchen aus einem niedrigen Schrank und verrührte einige Tropfen in dem Gefäß mit Wasser. Xinusia beträufelte den Stoff und das Geflecht mit der entstandenen gelblichen, dünnen Flüssigkeit, murmelte einen Spruch und knetete die Tinktur in den Stoff ein. Dann setzte sie sich hin und beobachtete, wie sich die alten Farben der Tragetasche wieder herstellten. Der Sack war wieder wie neu. Xinusia war zufrieden mit sich. Doch dieses Gefühl hielt nicht lange an, denn gleichzeitig erinnerte sie die Tasche an ihr Vorhaben. Entschlossen stand sie auf und begann zu packen. Kleidung gelangte kaum in ihr Gepäck. Sie benötigte nicht viel. Veränderungen in Farbe und Form konnte sie magisch erreichen. Die Stoffe selber waren durch einen Zauber, den ihr Bansein einmal als Belohnung für fleißiges Lernen gezeigt hatte, vor dem Zerfall geschützt. Er hatte ihr fast alles beigebracht, was sie wusste, sie immer dazu angehalten, ihr an sich schon gutes

Gedächtnis zu schulen. Er hatte sie an den kleinen Privatstunden, die er seinem Neffen angedeihen ließ, häufig teilhaben lassen und ihr für die Wanderschaft gute Magier für die Ausbildung empfohlen. Immer hatte er an sie geglaubt. Mit Wehmut, aber auch Bitternis dachte sie: ‚Ha, da ist mir der alte Magier also auch noch bei diesem Vorhaben behilflich! Ob er das so gut findet?' Gedankenverloren packte sie weiter.

Allerdings fand dagegen etliches Schminkzeug den Weg in den inzwischen wieder tiefblau glänzenden Beutel. Für das Schminken benutzte Xinusia keine Zauberei. Sie wusste recht gut, warum sie lieber die Finger von magischen Veränderungen ihres Körpers ließ. Es war ihr noch gut in Erinnerung, wie eine ältere, durchaus erfahrene Magierin versucht hatte, sich ihre Falten zu glätten. Die Falten waren nach dem magischen Eingriff tatsächlich weg, leider aber auch ein Teil ihrer Nasenflügel. Und die Ärmste hatte einfach nur ein wenig zu laut gesprochen!

Weiterhin legte Xinusia etliche ihrer Flacons und einige Döschen mit Pasten aus dem kleinen Schränkchen, behutsam eingewickelt, zum Gepäck. Hinzu kam noch eine kleine Pfeife aus Weidenrinde und die Schale sowie einige Rührstäbchen aus einem strapazierfähigen und vor Zerstörung durch Tinkturen sicheren Holz, das mit Sicherheit nicht aus diesem Teil des Landes stammte.

Sie belegte ihre Tür mit einem Schließzauber und schlug den Weg in nördlicher Richtung ein. Es war inzwischen Abend geworden. Niemand bemerkte ihr Fortgehen.

Mit ihr ging oder besser flog ihr gefiederter Freund Blasius, ein Vogel der Hattich-Gattung. Er sah etwa so aus, wie eine Ente ohne Schwimmhäute, mit trompetenförmigem Schnabel, war aber nur etwas größer als ein Spatz. Er saß auf ihrer Schulter und trompetete leise in ihr Ohr.

„Unter der Ape wächst eine Ro, die piekst mir immer in den …"

„Oh, hör auf zu reimen!", maulte Xinusia. Manchmal gefiel es ihr gar nicht, dass dieser Vogel die Gabe hatte, sämtliche Geräusche, die er hörte, nachzuahmen. Nur gut, dass sie ihm den

Schnabel verbieten konnte, da sie auch seiner Sprache mächtig war. Was machten da andere Hattich-Besitzer? Wahrscheinlich gab es eben deshalb so wenige.

Meist war es ungeheurer Blödsinn, den Blasius von sich gab, und am schlimmsten war es, wenn er reimte. Aber der Vogel war sehr anhänglich und konnte ausgesprochen nützlich sein. Zum Beispiel lernte er sehr leicht auswendig. Es geschah, dass er ein ganzes Gespräch wiedergeben konnte, das er mit angehört hatte. Dabei imitierte er Tonfall und Stimme des ursprünglichen Sprechers perfekt. Dies hatte schon oft für Belustigung gesorgt. Auch Tage später konnte er das Gespräch noch fehlerfrei wiederholen. Auf ein Stichwort hin konnte er an jeder beliebigen Stelle des Gesprächs einsetzen. Auch Tierlaute ahmte Blasius zum Verwechseln ähnlich nach. Das half besonders, wenn Xinusia Fallen aufstellte. Dann lockte der Vogel die Beute an, vorausgesetzt, man war in der Lage, den richtigen Ton wenigstens annähernd vorzumachen. Ansonsten konnte es schon geschehen, dass ein Hattich, um ein Langohr anzulocken, den Ton eines Waldpipers flötete, was dann wenig hilfreich war. Aber meist fand Blasius den richtigen Ton. Etwas schlauer als andere Hattiche war er eben doch. Als Belohnung reichten ihm die Streicheleinheiten, die er von seiner Herrin reichlich bekam. Allerdings ließ er sich nur von ihr berühren. Und auch jetzt kraulte Xinusia ihren Blasius und sagte dabei: „Sei mir nicht böse, aber ich fühle mich scheußlich. Ich habe heute einen Riesenfehler gemacht, einen unverzeihlichen." Sie erreichten eine kleine Lichtung unweit eines Baches. Dort machten sie Halt. Xinusia überblickte schnell, dass sie hier eine gute Übernachtungsmöglichkeit finden würde. Sie entdeckte eine kleine Höhle am Ufer, begann sich darin einzurichten und errichtete unter einiger Anstrengung eine Wand, die die Höhle von der Außenwelt trennte. Das Verändern oder Herbeizaubern von festen Dingen gehörte zu den schwierigen Disziplinen der Magie. Es war viel einfacher, jemanden zu einer Handlung zu verleiten, als Dinge zu verändern oder entstehen zu lassen. Und Xinusias Ausbildung war noch nicht voll abgeschlossen.

An diesem Abend schwor sich Xinusia, sie würde zurückkehren nach Waldstadt und sie würde noch alle überraschen. Doch das konnte dauern.

5. Kapitel, in dem Pipelt ankommt und der Wettstreit vorbereitet wird

Der Wettkampf rückte näher und Bansein hatte alle Hände voll zu tun mit den Vorbereitungen. Morgen würde sein Freund Pipelt, der Obermagier der Flowen, eintreffen und sie würden dann gemeinsam die Aufgaben auswählen. Bansein freute sich auf Pipelt. Die beiden waren seit Jahren befreundet. Es hatte damit begonnen, dass sie selbst gegeneinander im Wettkampf der Magier angetreten waren. Damals hatte sich die Jury nicht zwischen ihnen entscheiden können und so hatten sie sich bereit erklärt, den Preis gemeinsam entgegenzunehmen. Sie teilten ihn brüderlich und lernten sich näher kennen. Seitdem hielt die Freundschaft, auch nachdem beide Obermagier ihrer Völker geworden waren. Leider hatten sie nun kaum noch Zeit und sahen sich fast nur zu den Magierwettkämpfen, die mal bei den Wooden, mal bei den Flowen stattfanden. Trotzdem war jedes Wiedersehen so herzlich, als hätten sie sich gerade erst vor Kurzem getrennt. Dieses Jahr waren die Wooden an der Reihe und so hatte Bansein den ganzen organisatorischen Kram, wie er die Vorbereitungen nannte, am Hals. Burmann half ihm nach Kräften, zumal er sich ja nicht auf den Wettkampf vorbereiten musste.

Pipelt kam am nächsten Morgen an. Er liebte es, früh aufzustehen und dann in den Sonnenaufgang zu laufen. In diesem Fall war er geritten – auf seiner Lieblingsreitdrossel Palla. So kam er also zum Frühstück gerade richtig. Auch Bansein war immer recht früh auf und erwartete seinen Freund schon. Es gab Wiedelbrasch – Pipelts Lieblingsspeise. Sie bestand aus warmer gezuckerter Achelgrütze mit allerlei Früchten und einer speziellen Soße aus

Achhörnchenmilch-Sahne, deren Rezept nur Banseins Schwester kannte.

Pipelt trat ein und wurde sofort von Bansein umarmt. „Na, dass du mit deinen kurzen Armen noch um mich herum reichst, beruhigt mich ja", sagte Pipelt grinsend. In der Tat hatte Bansein Mühe, den Freund vollständig zu umfassen und seine Arme waren keineswegs kurz. Pipelt machte sich reichlich wenig aus seinem Leibesumfang, im Gegenteil, er schien sogar stolz darauf.

„Du tust aber auch nichts, um es mir zu erleichtern", erwiderte Bansein.

„Warum sollte ich auch, ein bisschen Mühe sollte dir unsere Freundschaft schon wert sein! Hmmm, hier duftet es nach Wiedelbrasch. Hat deine wunderbare Schwester ..." Er sprach nicht weiter, denn er hatte die Schüssel auf dem Tisch erspäht.

Damit war das Gespräch einstweilen beendet. Man setzte sich und ließ es sich schmecken.

Nach dem Essen nahmen sie in bequemen Sesseln Platz und tranken einen schönen heißen Mildenblütentee.

Dann zogen sie sich in das Arbeitszimmer Banseins zurück.

„So", begann Pipelt, „machen wir uns ans Werk. Wer tritt eigentlich von euch an?"

„Es war dieses Mal gar nicht so einfach."

„Ich hab' schon gehört, ihr habt gelost", unterbrach ihn Pipelt lächelnd. Bansein meinte einen spöttischen Unterton zu hören und maulte: „Wenn du schon alles weißt, dann muss ich dir ja nichts erzählen."

„Entschuldige! Aber nein, ich weiß gar nichts. Nun sag schon."

„Nein, erst musst du mir eure Kandidaten nennen."

„Na gut", sagte nun wieder Pipelt, „für uns treten Enkmann, Sinda und Bradujat an."

„Aha, also unsere Leute sind: Horps, Wadensein und Purga", eröffnete ihm nun Bansein, schon wieder gut aufgelegt. Der Wettkampf würde interessant werden, die Gegner waren sich ebenbürtig.

„Na, dann wollen wir uns mal an die Aufgaben machen", sagte er.

„Ja, lass uns anfangen!", erwiderte der Flowe. „Beginnen wir mit dem Hypnotisieren und Reitdrosseldressieren? Da ist am wenigsten zu tun. Schließlich ist es ja den Magiern überlassen, was sie zeigen."

Bansein antwortete: „Eben, was willst du da festlegen? Es bleibt nur die Reihenfolge, aber die ist natürlich wichtig, weil alles andere dann darauf aufbaut. Da werden schon erste Entscheidungen getroffen. Du weißt, die letzten bleiben am besten in Erinnerung. Da macht es schon was aus, ob man als erster oder letzter dran ist."

Pipelt überlegte: „Naja, aber das gleicht sich doch in der zweiten Runde wieder aus. Aber vielleicht sollten wir es uns nicht so schwer machen und uns ein Beispiel an deiner Kandidatenauswahl nehmen."

„Was meinst du?", fragte Bansein verwirrt.

„Na Lose!"

„Prima Idee, das wäre abgehakt. Die Lose machen wir nachher. Dann zu den Aufgaben im Schweben!"

Es dauerte hier um einiges länger, bis sich die beiden Obermagier über die Aufgaben einig waren. Es mussten schließlich verschiedene Faktoren berücksichtigt werden: Höhe, Weite, Genauigkeit …

Auch die Überlegungen zum Zukunftssehen brauchten ihre Zeit. Es galt auch hier verschiedene Fähigkeiten unter Beweis zu stellen. Aber das Ausdenken der Aufgaben machte Spaß. Man konnte allerdings noch keine Ergebnisse voraussehen, denn bis zum Wettkampf war es noch lange hin und die Ereignisse, die dann aktuell waren, konnten beim besten Willen noch nicht gesehen werden.

Freude machte es auch, sich den Mannschaftswettbewerb und seine Regeln zu überlegen. Natürlich gab es Spiele, die von allen Wooden und Flowen in Mannschaften gespielt wurden, und auch eine Menge mit magischen Elementen, aber es war Tradition, dass es zu jedem Magierwettkampf ein neues Spiel gab. Darauf freuten sich die Zuschauer wie die Magier.

„Es müssen Anforderungen sein, die vor allem den Mannschaftsgeist fordern", bemerkte Pipelt.

„Ja, und bunt und gefährlich muss es aussehen", kam es von Bansein.

„…und schnell, es muss immer spannend bleiben", ergänzte nun wieder Pipelt.

„Etwas mit Feuer wäre doch gut. Sieht schön aus, ist gefährlich…", warf Bansein jetzt ein. Und so ging es fort.

Als sie diesen Punkt erledigt hatten, machte Bansein den Vorschlag, jetzt Lose zu basteln. Das fand Pipelt ausnehmend gut, nur eine Nascherei fehlte ihm. „Wie wäre es, wenn du deine Schwester um eine Schüssel süßer Moosnüsse und Honig bitten würdest?"

Kaum hatte er danach gefragt, ging die Tür auf und das Gewünschte wurde hereingetragen. Außerdem stellte Summa eine Schale mit salzigen Knabberwurzeln dazu, die unwiderstehlich dufteten.

Einmal mehr dachte Pipelt, dass Summa wohl eine Portion Magie mit abbekommen hatte. Zumindest schien sie Gedanken lesen zu können. Summa sah ihn gerade in diesem Augenblick hintergründig lächelnd an und verließ den Raum. „Danke!", rief Pipelt ihr hinterher. Sie machte eine Bewegung, die so etwas wie „Ist doch selbstverständlich!" ausdrücken konnte, und war verschwunden.

Die Lose wurden aus mit rotem und gelbem Harz behandelten Blättern hergestellt, auf die die Zahlen von eins bis sechs geschrieben wurden. Die roten bekamen die geraden und die gelben die ungeraden Zahlen. Außerdem blieb je ein Blatt übrig, das zuvor festlegte, welche Magiergruppe, welche Farbe zu ziehen hatte. So wurde sichergestellt, dass die Reihenfolge abwechselnd jeweils einen Wooden und einen Flowen festlegen würde, wie es Sitte war. Das Ziehen der Reihenfolge würde unter Ausschluss des Publikums vor den eigentlichen Spielen erfolgen. Für das freie Hypnotisieren musste die Arena nach den Wünschen der jeweiligen Akteure eingerichtet werden. Die einen brauchten Wasserbecken, andere Hürden oder Röhren. Die Anforderungen mussten spätestens einen Tag vor dem Wettkampf angesagt werden, damit alles seinen Gang gehen konnte. Hilfskräfte für den Umbau und unterhaltende Einlagen für die dadurch entstehenden Pausen mussten geplant werden.

Auch die Unterbringung der Gäste wollte genau überlegt sein. Dabei war es nicht so schwierig, die Wettkämpfer der Flowen unterzubringen, denn diese wohnten, ebenfalls eine Tradition, bei den jeweiligen Wettkämpfern der Wooden. Dies sollte den freundschaftlichen Charakter des Festes unterstreichen. Aber die Gäste mussten passend wohnen. Natürlich gab es für die normalen Besucher von Waldstadt kleinere und größere Gasthöfe, die mehr oder weniger bequeme Unterbringung boten, aber der Besucherstrom zu den Festspielen sprengte deren Kapazitäten. Außerdem wäre es einer Beleidigung der Jurymitglieder aus dem Flowenland gleichgekommen, wenn diese in einem normalen Gasthaus einquartiert würden. Sie hatten Gastrecht und mussten in die Häuser der führenden Wooden eingeladen werden. Dies galt als Ehre und es war grundsätzlich nicht schwer, Gastgeber zu finden, sondern eher, die Gäste gerecht und passend zu verteilen.

„Überlassen wir die Auswahl Bedun, der weiß doch am besten, wer berücksichtigt werden muss. Er hat den Überblick, wer für das Gemeinwohl am meisten tut und den Kassen spendet", meinte Bansein.

Pipelt war einverstanden und er schlug außerdem noch vor, mit Pamilia, der Flowenprinzessin, darüber zu sprechen, welches Jurymitglied bei wem wohnen sollte, damit alle zufrieden sein würden.

Nun musste noch der Unparteiische gefunden werden. Dies durfte kein Woode oder Flowe sein. Es musste also ein Mitglied eines anderen Volkes in der Nähe gefunden werden, mit dem man sich verständigen konnte und zu dem gute Verbindungen bestanden. Für ersteres kamen drei Völker in Frage. Das waren die Dra, deren Gebiet an das der Flowen anschloss, die Chen, die an der Grenze zu den Wooden wohnten, und die Herben.

Die Chen und die Herben gehörten jedoch nicht zu den befreundeten Völkern. Also blieben für das Amt des Unparteiischen nur die Dra. Nur einmal in der Geschichte der Wettkämpfe hatte es einen anderen Schiedsrichter gegeben. Damals war ein Reisender, aus einer Parallelwelt, deren Name nicht überliefert war, in Blütenia aufgetaucht und hatte den Wettkämpfen beigewohnt. Die Dra waren gerade in diplomatische Probleme mit den Chen verwickelt, denen sie ja nicht begegnen durften, was die Verhandlungen erschwerte. Und so hatte der Reisende die Aufgabe mit Freuden und durchaus gut übernommen. Seitdem aber war nie wieder ein Fremder aufgetaucht und so musste aus dem Volk der Dra gewählt werden. Diese hatten einen ausgeprägten Gerechtigkeitssinn. Aber sie hatten auch den Nachteil, dass sich niemand neben sie setzen mochte. Der Gestank aus den heilenden Pickeln konnte, wenn er unkontrolliert austrat, sehr unangenehm sein. Für diesen Fall hatten sich die Obermagier ein Duftelixier gebraut, das den Gestank überlagerte, mit dem sie die Schiedsrichter in regelmäßigen Abständen besprühten. Es gab viele Dra, die in Frage kamen. Pipelt und Bansein gingen die lange Liste durch. Die Entscheidung wurde bis zum Wettkampf geheim gehalten.

6. Kapitel, in dem der Wettstreit stattfindet und die Luft Augen hat

Eine Woche später standen die beiden Obermagier auf der Tribüne des Festplatzes, um den großen Wettkampf der Magier zu eröffnen. Diese Aufgabe hatte der jeweilige Gastmagier zu erfüllen und so stand Pipelt auf. Unten warteten eine Menge Wooden und Flowen. Diesen Höhepunkt wollte niemand versäumen.

„Liebe Wooden, liebe Flowen," begrüßte er die Menge, „es ist wieder einmal so weit. Das Fest der Magier und damit auch der Wettkampf unserer hoffnungsvollsten Jungmagier ist heran. Viele haben sich vorbereitet, aber nur einige wenige, genauer gesagt sechs, haben es bis hierher geschafft. Sie werden uns heute zeigen, wer der beste von ihnen ist. Ihr alle kennt die Namen der Teilnehmer und hofft auf eure Favoriten. Hier sind unsere heutigen Helden." Er trat einen Schritt zurück, um Platz für die Angekündigten zu machen.

Sinda, Bradujat und Enkmann betraten auf der einen Seite, Horps, Purga und Wadensein auf der anderen Seite die Tribüne und verneigten sich. „Ich bin mir sicher, dass so manch einer unter euch Wetten abgeschlossen hat und nun besonders gespannt ist. Und hier ist auch unsere diesjährige Jury. Auf der Seite der Wooden: Bedun, Oberhaupt der Wooden; Zenkar, der Jäger; Windina, die Bibliothekarin, und Bansein, der Obermagier.

Auf der Seite der Flowen: die hochverehrte Flowenprinzessin Pamilia, Pisur, der Schmied; Werubar, der Fischer und meine Wenigkeit, Pipelt, Obermagier. Als unparteiisches Mitglied unserer Jury begrüße ich nun besonders herzlich Pumpur aus dem Volk der Dra."

Der Unparteiische wurde mit besonderem Applaus begrüßt. Denn erstens erfuhr das Volk erst jetzt, wer es sein würde. Zweitens galt der Dra als besonders gerecht. Er hatte einmal einen der wenigen Streite zwischen den beiden Völkern beigelegt. Es würde also keine Bevorteilungen der einen oder anderen Mannschaft geben. Die Stimme des Schiedsrichters war immer dann gefragt, wenn die Jury zu keinem eindeutigen Ergebnis kam. Das Elixier der beiden Obermagier wirkte, niemand nahm den typischen Geruch des Dra wahr. Stattdessen verbreitete sich ein süßer Blütenduft. Bansein war während des Wettkampfes dafür verantwortlich, den Duft gegebenenfalls zu erneuern.

Pipelt fuhr fort: „Bevor wir uns aber in vier Stunden zur Verkündung der Aufgaben und dem eigentlichen Wettkampf hier wieder zusammenfinden, wendet eure Aufmerksamkeit den vielen kleinen Attraktionen dieses Tages zu. Ich habe vorhin schon ein wenig geschmult. Es gibt Leckereien, Kunst und natürlich auch etwas Zauberei von denen, die vielleicht beim nächsten Mal am Wettstreit teilnehmen könnten. Ich wünsche euch Spaß und Freude, bis in vier Stunden!"

Unter großem Beifall setzte sich Pipelt wieder. Kurz darauf verteilte sich die Menge und strömte zu den Buden auf dem Marktplatz.

Während der folgenden vier Stunden hatten die Wettkämpfer Zeit, sich mit den Aufgaben vertraut zu machen und ihre Zaubereien vorzubereiten.

Die beiden Obermagier und die Teilnehmer nahmen um einen großen Tisch Platz. Vor letzteren lag jeweils eine Mappe mit den Aufgaben. Sie schlugen sie auf und lasen andächtig. Wie immer waren die Waldhundhypnose und Reitdrosseldressur freie Disziplinen, in denen die Magier zeigen konnten, was sie wollten. Für das Schweben und Zukunftssehen gab es feste Aufgaben. Der Mannschaftswettstreit würde dieses Mal ein Spiel mit Feuerkugeln sein. Die Magier hatten es „Lösch den Ball" getauft.

Da es keine Fragen gab, zogen sich die Mannschaften in ihre Zelte zurück. Hier konnten sie die Strategie beim Spiel besprechen, aber keiner von ihnen würde noch ein Sterbenswörtchen zu den Einzeldisziplinen sagen.

Als die Zeit heran war, hatten sich die Wooden und Flowen wieder an der Tribüne eingefunden. Der Höhepunkt des Festes stand bevor.

Dieses Mal war es an Bansein, zu den Zuschauern zu sprechen. Er hatte die Aufgaben zu verlesen und die Reihenfolge der Teilnehmer bekannt zu geben.

„Meine Lieben, die erste Runde, das Waldhundhypnotisieren, beginnt. Es treten in der folgenden Reihenfolge an: Horps, Sinda, Wadensein, Enkmann, Purga, Bradujat." Lang anhaltender Beifall verzögerte den Beginn. Die Zuschauer riefen die Namen ihrer Favoriten und versuchten sich dabei gegenseitig zu überschreien. Obwohl die Wooden leicht in der Überzahl waren, konnte keine der Parteien die andere übertrumpfen.

Horps betrat die Arena, die sich in der Mitte des Festplatzes befand. An seiner Seite lief ein großer ausgewachsener Waldhund. Er trottete langsam und gelangweilt. Man sah ihm an, dass die Arena keine neue Erfahrung für ihn war. Der Jungmagier wartete geduldig, bis die Zuschauer ihn endlich zur Kenntnis nahmen und sich beruhigten. Er hob eine Hand und murmelte dabei einige Worte.

Der Waldhund schloss die Augen. Dann erteilte der junge Magier seine Befehle: „Hüpfe auf zwei Beinen durch die Arena!" … „Drehe dich im Kreis!"… Das Tier tat, wie ihm geheißen.

Das alles sah äußerst possierlich aus und die Menge amüsierte sich prächtig. Den Höhepunkt bildete, dass der Waldhund genüsslich einen nicht vorhandenen Knochen verdrückte.

Ähnliche Darbietungen sah man mehr oder weniger gelungen von allen anderen auch. Allerdings wartete Purga mit einer besonderen, noch nie dagewesenen Attraktion auf. Sie unternahm das Kunststück, gleich zwei Waldhunde auf einmal zu hypnotisieren. Dies brachte ihr den eindeutigen Sieg in dieser Disziplin. Den zweiten Platz belegte Horps und den dritten Bradujat.

Nun kam die Reitdrosseldressur an die Reihe. Hier würden die Flowen Oberwasser haben.

Reitdrosseln waren sehr kluge Tiere, die Befehle sehr gut verstehen und auch ausführen konnten.

Die Schwierigkeit bestand darin, dass diese Tiere sehr dickköpfig waren und man erst einmal ihr Vertrauen gewinnen musste. Zur traditionellen Dressur gehörten Kunststücke, deren Ausführung den Drosseln eigentlich nicht im Blut lagen. Sie mochten zum Beispiel nicht baden. Ebenso verabscheuten sie es, durch Höhlen oder ähnliche geschlossene Räume zu kriechen. Hier lag natürlich eine Herausforderung für jeden Drosseldompteur.

Dieses Mal war die Reihenfolge nach alter Sitte der beim Hypnotisieren entgegengesetzt, so dass Bradujat nach einer kurzen Pause begann. Während sich die Jungmagier frisch machten, wurde die Arena wieder hergerichtet.

Bradujat überzeugte mit einer souveränen Show, in der er seine Drossel über Wasserkübel hüpfen, durch eine mehrere Meter lange Röhre tapsen und schließlich einige sehr originelle Bahnen fliegen ließ.

Horps hatte etwas Pech. Anfangs lief alles sehr gut und das Tier sang sogar mit seiner tiefen wohlklingenden Stimme. Dann aber war seiner Drossel irgendeine Laus über die Leber gelaufen und sie verweigerte bei zwei Kunststücken glatt den Gehorsam.

Enkmann zeigte eine wunderbare Vorstellung. Er hatte Röhren im Slalom in der Luft aufhängen lassen, die seine Drossel ohne Schwierigkeiten eine nach der anderen durchflog. Am Ende gab es dann noch einen Bottich mit kniehohem Wasser, den sie zwar mit etwas säuerlichem Ausdruck, aber ohne zu zögern durchschritt. Dies war ganz klar der erste Platz.

Purgas Vorstellung war wieder etwas ungewöhnlich. Sie begann die Vorführung damit, dass sie ihrer Reitdrossel befahl, zu ihr zu kommen. Stattdessen tat die Drossel einige Schritte rückwärts. Purga wiederholte den Befehl lauter, die Drossel ging schneller von ihr fort. Die Menge reagierte unterschiedlich. Einige kicherten schadenfroh, andere bedauerten die Jungmagierin, der ja hier von Anfang an alles schief zu gehen schien. Purga begann auf der Stelle zu treten, machte ein verzweifeltes Gesicht und hob immer wieder entschuldigend die Schultern. Dann rief sie ihrer Drossel, die dem Wasserbottich immer näher kam, zu: „Geh weg vom Wasser!" Zu aller Überraschung hüpfte die Reitdrossel jetzt in den Bottich. Spätestens jetzt wurde den Zuschauern klar, dass das ganze Absicht war, und bewunderndes und erleichtertes Raunen ging durch die Menge. Man lachte und die Sympathie des Publikums war eindeutig auf Purgas Seite, die hier so viel Spaß brachte. Das besondere dieser Darbietung bestand darin, dass Drosseln Befehle normalerweise ganz wortgetreu ausführen. Purga hatte zwar keine sonstigen Schwierigkeiten eingebaut, aber die Jury belohnte ihren Mut zum Unüblichen mit dem zweiten Platz.

Platz drei belegte Sinda, die ihrer Drossel sogar das Schwimmen beigebracht hatte. Das hätte natürlich der erste Platz sein können, hätte die Drossel nicht beim Röhrenrobben gestreikt.

Das Schweben begann nach einer Pause, in der die Arena aufgeräumt wurde und Bansein und Pipelt das Sicherheitsnetz vor aller Augen entstehen ließen, während die Wettkämpfer sich stärken konnten. Die Wargelspielerin untermalte das Schauspiel des Netzaufbaus mit einer schnellen, lustigen Tanzweise, zu der die Umstehenden ausgelassen klatschten und die beiden Obermagier sich gegenüber an beiden Enden der Arena aufstellten. Sie erhoben ihre Arme und bewegten sie hin und her. Plötzlich erschienen dicke rote Seile in der Luft, die sich schlängelnd zu einem Netz verwoben. Das Schauspiel begeisterte die Menge und die Stimmung wuchs mit jeder neuen Wabe, die entstand. Als die beiden Magier fertig waren, überspannte das Netz die gesamte Arena. Jetzt waren auch die Wettkämpfer wieder bereit.

Diesmal wurden die Aufgaben, die von den Wettkämpfern ausgeführt werden mussten, vorgegeben.

Die erste bestand im Höhenwettbewerb. Hier schwebten alle gleichzeitig. Eindeutiger Sieger wurde Wadensein, der den Zweiten, Enkmann, um mehrere Meter überschwebte. Nur eine Winzigkeit unter diesem schwebte Sinda, dichtgefolgt von Horps, Bradujat und Purga.

Zweite Disziplin war das Zielschweben mit verbundenen Augen. Hier galt es über eine Distanz von 100 Armlängen in einen Kreis in der Luft schwebender Ringe aus funkelnden Sternen zu schweben und dort möglichst mittig und unbeschadet im Netz zu landen. Dabei half den Magiern die Fähigkeit Bodenbeschaffenheiten mit geschlossenen Augen zu erfühlen. Bei den einen zeigte sich dies in Farben, bei anderen in Tönen oder Gefühlen. Diese richtig einzuordnen, musste trainiert werden. Nicht alle hatten neben der Fähigkeit, unterschiedliche Böden zu erkennen, auch die, sich daran zu orientieren.

In dieser Disziplin brillierten vor allem Sinda und Horps.

Die dritte Schwebedisziplin bestand darin, so schnell wie möglich zu einem frei hängenden Apfel zu schweben, diesen, ohne die Hände zu Hilfe zu nehmen, zu verspeisen und schnellstens zurückzukehren.

Dabei wurden die Zeit, aber auch das akkurate Abnagen des Apfels bewertet, was den Zuschauern besonderen Spaß machte.

Das Schweben zum Apfel war nun nicht besonders schwierig, wohl aber das Verspeisen desselben. Bei jeder Berührung bewegte er sich von der Stelle und es sah recht possierlich aus, wie sich Horps bemühte, den immer wieder davon hüpfenden Apfel mit weit geöffnetem Mund zu erhaschen. Nicht weniger komisch fanden die Zuschauer den Versuch Purgas, sich den zwischen ihre Füße geklemmten Apfel in den Mund zu bugsieren. Sinda ging mit mehr Überlegung an die Aufgabe. Sie schwebte auf die Frucht zu und ließ direkt hinter ihr eine kleine Wand entstehen. Daraus ragte eine zierliche funkelnde Gabel hervor. Sinda stupste den Apfel auf die Zinken und konnte ihn sich nun in vollendeter Haltung schmecken lassen. Dies war zwar langwierig, aber erfolgreich. Plötzlich ging ein Aufschrei durch die Menge. Bradujat war bei dem Versuch, den Apfel in der Luft zu fixieren, abgestürzt und lag nun in dem roten Netz. Er hatte sich einen Moment lang nicht auf das Schweben konzentriert.

Die beiden Obermagier beglückwünschten sich zu der Idee des Sicherheitsnetzes, das nun gezeigt hatte, dass es nicht nur zur Unterhaltung des Publikums notwendig war. Purga und Horps hatten ihre Versuche inzwischen aufgegeben und waren auf den Boden zurückgekehrt. Ebenso Enkmann, der auf seinen Apfel mit etwas zu viel Schwung zugeschwebt war. Dabei hatte er die Frucht über die Arenagrenze hinaus in die Zuschauermenge geschleudert. Da er die Arena nicht verlassen durfte, war die Aufgabe damit für ihn beendet. Dummerweise hielt sich der Apfel außerhalb der Arena nicht in der Luft und plumpste mit einem dumpfen Plopp mitten in die Zuschauermenge und zerplatzte.

Von der spannenden Vorstellung in Bann gezogen, bemerkte Bansein erst spät den stechenden Geruch, der ihm plötzlich in die Nase stieg. Er blickte neben sich und stellte fest, dass er den Duft-Erneuerungs-Zauber für Pumpur vergessen hatte. Schnell machte er sich daran, sein Versäumnis auszubügeln, konnte aber nicht verhindern, dass der Geruch bereits die Jury erreicht hatte, in deren Richtung der Wind wehte. Pamilia hielt sich die Nase zu, schaute aber noch immer gebannt auf das Geschehen in der Arena. Dort befanden sich nur noch Sinda und Wadensein in der Luft. Wadensein hatte es geschafft, seinen Apfel in der Luft schwebend zu fixieren, so dass auch er inzwischen graziös an der Frucht nagte. Beide wurden fast gleichzeitig fertig.

Die Jury hatte es vor allem bei dieser Aufgabe recht schwer. Denn es zählte nicht nur die Schnelligkeit, sondern auch noch die Haltung beim Essen. Es musste zwar nur zwischen Sinda und Wadensein entschieden werden, doch hier gab es eine Punktgleichheit. Interessanterweise hatten nicht jeweils die eigenen Jurymitglieder für sie gestimmt, sondern jeweils ein gegnerisches.

Pamilia hatte sich für Wadensein und Zenkar für Sinda entschieden. Bansein und Pipelt waren die Gründe dafür klar. Jetzt musste der Dra entscheiden. Er stimmte für Sinda, die in der Tat etwas graziöser ausgesehen hatte.

Wieder folgte eine kleine Pause, während der in der Arena sechs Kabinen aufgestellt wurden. In diesen verschwanden die sechs Magier. Diesmal ging es um eine wirklich schwierige magische Fähigkeit – das Hell- und Zukunftssehen. Bansein und Pipelt standen ebenfalls in der Arena. Abwechselnd stellten sie die Aufgaben.

Bansein verkündete: „Ich werde mir jetzt einige Acheln in die Tasche stecken. Ihr habt herauszubekommen, wie viele es sind."

Er griff in eine kleine Tonne und sammelte Acheln in einen Beutel. Jetzt hielten die Wettkämpfer Schilder mit Zahlen aus den Kabinen.

5, 7, 5, 5, 5, 6 stand auf ihnen.

Nun hielt Bansein Pumpur den Beutel hin, der die Acheln einzeln heraus holte. Das Publikum zählte laut mit: „Eins, zwei, drei, vier, fünf", und klatschte.

Die nächste Aufgabe war etwas schwieriger. Pipelt wies auf einen Baum in der Nähe und sagte: „Die Magier haben vorauszusehen, welches Tier wir in fünf Minuten dort unter der Ache sehen werden."

Pipelt und Bansein war das Ergebnis auf Grund ihrer ausgeprägten hellseherischen Fähigkeiten natürlich schon bekannt.

Für die jungen Magier war dies nicht ganz so einfach, denn es handelte sich hier um eine Möglichkeit, die vorauszusehen war, es galt, das endgültige Ergebnis zu finden. Demzufolge waren dieses Mal mehr unterschiedliche Antworten vorhanden.

Auf den Schildern stand: Hase, Maus, zweimal Fuchs und zweimal Krähe.

Kaum waren die Schilder zu sehen, hüpfte aus dem Wald ein Hase hervor und lief direkt auf den Baum zu. Ein Raunen ging durch die Menge. Enkmann, auf dessen Schild Hase stand, lächelte siegesbewusst. Da sprang ein Fuchs aus dem Wald, der den Hasen binnen weniger Sekunden schlug. Wadensein und Sinda ließen ein kurzes „Ja!" hören, verstummten aber gleich wieder, als eine Maus unter einer Wurzel hervor lugte. Sie zog sich jedoch gleich erschrocken wieder zurück. Purga hatte keine Zeit, sich zu freuen.

Aber auch der Fuchs verschwand samt dem Hasen wieder im Wald und so war die Spannung nun groß, was sich in der verbleibenden kurzen Zeit tun würde. Plötzlich ließ sich ein Krächzen vernehmen, und eine alte Krähe ließ sich auf dem Baum nieder und flog genau zur angegebenen Zeit unter den Baum, um nach verstreuten Resten des Hasenbratens zu sehen. Sie blieb kurz enttäuscht und etwas unschlüssig hocken, ehe sie wieder fort flog. Damit hatten sich Bradujat und Horps als die Hellsichtigsten gezeigt und wurden nun lautstark bejubelt.

Die letzte Aufgabe war die schwierigste. Die Kandidaten sollten schildern, was morgen früh bei Sonnenaufgang auf dem Festplatz zu sehen wäre.

Nach der Beantwortung der Frage sollte für heute Schluss sein. Morgen würde dann die letzte Aufgabe aufgelöst, der Mannschaftswettbewerb ausgetragen werden und die Siegerehrung stattfinden.

Die Jungmagier brauchten eine ganze Weile, bis sie zu einer Entscheidung gelangt waren. Die Menge wurde langsam unruhig. Erste Zwischenrufe wurden laut und Bansein hatte Mühe, die Ruhe wieder herzustellen, damit sich die Jungmagier konzentrieren konnten.

Endlich gingen Schilder hoch: *Der Schatten einer riesigen schwarzen Wolke* stand erstaunlicherweise auf allen.

Die Zuschauer, wie auch die beiden Obermagier waren überrascht, ob dieser Einheitlichkeit. Doch es war sicher, dass die Wettkämpfer sich nicht abgesprochen hatten.

Verwundert ging die Menge auseinander.

Burmann hatte den ganzen Tag neben Bansein gesessen und den Wettkampf gespannt verfolgt. Jetzt ging er neben seinem Onkel und Pipelt, um diese Nacht bei ihnen zu verbringen. Entgegen seiner sonstigen Art war er sehr still.

„Was gibt es, mein Lieber? Warum sagst du nichts? Hat es dir nicht gefallen?", fragte Bansein.

„Oh, doch, ihr habt das prima vorbereitet, aber, sag mal, was hast du für morgen früh gesehen?", gab er zur Antwort.

„Noch gar nichts. Wir wollten uns einfach überraschen lassen. Aber nach der Übereinstimmung heute dürfte klar sein, was morgen zu sehen ist. Ist ja fast langweilig", mischte sich jetzt Pipelt ein.

„Aber habt ihr euch gar nicht gefragt, was so eine riesige Wolke hervorruft, die schon jetzt so gut sichtbar ist, dass Jungmagier sie Stunden im Voraus deutlich ausmachen können?"

„Nein, tatsächlich nicht", sagte Bansein nachdenklich, „du hast recht, das ist seltsam. Ich werde mich gleich mal an die Arbeit machen."

Burmann hielt ihn zurück: „Ich habe vorhin schon in die Zukunft gesehen, mit den anderen, weil ich mich einfach testen wollte. Anfangs sah ich auch nur den Schatten. Doch dann schaute ich nach oben. Es war keine gewöhnliche Wolke, sondern irgendetwas anderes, ich konnte es nicht erkennen. Aber es hatte Augen."

Bansein stutzte: „Was sagst du, Augen? Das erinnert mich an eine alte Legende ..."

„Erzähl!", kam es zweistimmig aus den Mündern der beiden anderen.

„Na ja, wartet mal, bis wir zu Hause sind. Ich muss erst noch einmal nachdenken, ob ich alles zusammenbekomme. Unter der Milde angekommen, verschwand Bansein für einige Zeit in seinem Arbeitsraum, während die beiden anderen es sich bequem machten. Bansein suchte offensichtlich etwas, denn es rumpelte. Ungeduldiges Brummen war zu hören. Pipelt ließ seine Augen durch den Raum streifen, in dem sich so gut wie nichts verändert hatte, seit er das letzte Mal hier gewesen war. Die Tür zum Esszimmer stand einen Spalt weit auf und er konnte den großen Tisch sehen, auf dem eine Vase mit bunten Blumen stand. Die hatte mit Sicherheit Summa, Banseins Schwester, dort hingestellt. Bansein selber liebte zwar Blumen, wäre aber nie auf die Idee gekommen, sich welche zu pflücken. Hier im Wohnraum war es deutlich nüchterner. Auf dem Fensterbrett bemerkte Pipelt einen Hattich, der sich putzte. Schon lange hatte der Flowe keinen solchen Vogel mehr gesehen. Er wandte seinen Blick erst wieder von dem possierlichen Tierchen ab, als es im Nebenzimmer zu rumoren aufhörte und ein erleichtertes „Ahhh!" zu hören war.

7. Kapitel, in dem Bansein eine Legende erzählt und Burmann nach Blütenia geschickt wird

Bansein erschien mit einer Handvoll Zetteln, die hinten und vorne bekritzelt waren. Während der Obermagier noch versuchte, die Blätter in eine Ordnung zu bringen, begann er zu sprechen: „Also, da soll es eine Zeit gegeben haben, in der das Volk der Herben früher einmal hier gelebt hat. Seine Angehörigen sind bekanntlich um einiges größer als wir. Unsere Völker haben damals in Eintracht gelebt. Doch dann begannen die Herben, von unseren Vorfahren Tribut zu verlangen. Ein Kampf entbrannte, bei dem uns die Dra zu Hilfe kamen. Ohne sie hätten wir nie gesiegt. Die Herben mussten fort." Eine Pause entstand. Bansein drehte die Zettel hin und her, blickte etwas verwirrt drein und fand dann endlich den richtigen heraus. „So", fuhr er fort, „laut einer Prophezeiung sollen sie eines Tages zurückkehren mit einem mächtigen Helfer, der in der Luft, ... im Wasser ...und auf der Erde zu leben vermag. Und in der Legende heißt es ..." Bansein hob den Zettel näher an seine Augen und las laut vor: „Wenn die Luft Augen hat, seht euch vor, wenn das Wasser spricht, flieht, doch wenn die Erde sich erhebt, dann ist es zu spät."

„Oh, oh, die Luft hatte! Augen, genauso sah es aus", sagte Burmann, „Wir müssen etwas unternehmen, die anderen warnen."

„Wartet", sagte Pipelt, „mir ist, als habe ich ein altes Buch zu Hause, das von dieser Zeit handelt. Wir sollten nichts überstürzen und erst einmal alles überprüfen. Immerhin handelt es sich doch um eine Legende und nichts, was klar zu beweisen ist. Stell dir vor, wie die anderen reagieren würden! Lass das Fest morgen zu Ende gehen und uns dann weitersehen."

„Du hast recht, so viel Zeit muss sein. Aber Burmann, du wirst gleich morgen früh losreiten und das Buch von Pipelt holen. Das kann nicht schaden, mein Gefühl sagt mir, dass es wichtig ist, Bescheid zu wissen, worüber auch immer. Jetzt weiß ich auch, weshalb ich meinte, es sei gut, dass du nicht am Wettkampf teilnimmst. Du hättest wahrscheinlich auch nur den Schatten gesehen, weil du wie die anderen unter Druck gestanden hättest. Dann hätten wir diesen Hinweis vielleicht nie erhalten. Außerdem könnten wir dich dann nicht losschicken."

„Meinst du? Nun, wenn es unseren Völkern hilft, verzichte ich im Nachhinein gerne, zumal ich im Dressieren und Hypnotisieren sowieso keine Chance gehabt hätte", sagte Burmann lächelnd. Er war ein wenig stolz auf sich, schließlich hatte er mehr bemerkt, als die beiden Obermagier und nun hatte er auch noch einen wichtigen Auftrag.

„So, dann werde ich wohl meine Reitdrossel vorbereiten müssen und ich werde noch ein wenig schlafen. Ich muss ja morgen früh raus." Mit diesen Worten verabschiedete er sich und eilte in sein Haus, wo er Xera, seiner Reitdrossel mitteilte, dass sie morgen früh fort müssten.

Xera liebte ihren Herrn, außerdem war er lange nicht mehr mit ihr ausgeritten. So zeigte sie sich erfreut. Die frühe Morgenstunde störte sie im Gegensatz zu Burmann überhaupt nicht.

Burmann bestieg am Morgen seine Reitdrossel und ritt in Begleitung Bomsels, die eine ausgezeichnete Spürnase besaß und Gefahren schon lange im Voraus witterte, los. Es war noch recht dunkel, als sie Waldstadt verließen. Der Weg führte sie durch den Brandwald auf der südlichen Seite des Dorfes. Vor langer Zeit hatte es hier ein verheerendes Feuer gegeben, das den Wald bis auf ein winziges Stück im Innern zerstörte. Rund herum waren zwar neue Bäume gewachsen, doch waren sie natürlich niedriger als die in der Mitte des Waldes. So konnte man, wenn man einen der inneren Bäume erklomm, weit über das Land hinwegsehen.

Diesen Wald durchritt Burmann also, bis ein starker Wind aufkam, der die drei am Weiterkommen hinderte. Der Magier stieg ab und suchte mit seinen Tieren in einer Baumgruppe Schutz.

Es behagte ihm gar nicht, hier festzusitzen, während die Zeit verstrich. Der Wind wurde zu einem Sturm und die Möglichkeit, seine Reise fortzusetzen, rückte immer weiter weg.

8. Kapitel, in dem der Mannschaftswettbewerb ausgetragen wird, ein Sieger feststeht und Xinusia allein im Wald ist

In Waldstadt merkte man von diesem Sturm nichts. Er schien sich in den hohen Bäumen verfangen zu haben und nicht weiter zu ziehen.

Der Sonnenaufgang sah die Wooden und Flowen wieder einträchtig auf dem Festplatz. Alle waren darauf gespannt, ob die Prophezeiung vom Vortag stimmte.

Und richtig, kaum waren alle Jungmagier auf ihren Plätzen, verdunkelte sich die strahlende Morgensonne und ein riesiger Schatten war in der Arena zu sehen. Seine Ränder gingen sogar über sie hinaus. Unter den Anwesenden verbreitete sich eine merkwürdige Lähmung. Erstaunlicherweise kam niemand auf die Idee, nach oben zu schauen. Nur die Obermagier und der Dra sahen zum Himmel. Es zeigte sich, dass Burmann richtig gesehen hatte. Tatsächlich war da nicht nur eine große schwarze Wolke, sondern in ihrer Mitte zeigte sich ein starres Augenpaar, das jedoch nicht sofort auszumachen war. Nur geübte Beobachter konnten es erkennen.

Pumpur sah die Magier fragend an. Bansein raunte ihm zu: „Sage nichts, wir müssen erst herausfinden, ob Gefahr besteht."

Erst, als es wieder hell wurde, wagten die Winze die Köpfe zu heben. Doch nun war in der Ferne nichts als eine düstere Wolke zu sehen.

„Was war das?", fragte Pamilia, die sich als erste aus der Erstarrung befreite. Bedun meinte: „Hoffentlich kein Vorbote eines Unwetters, das unser Fest stören könnte. Lasst uns weitermachen!"

Alle schienen erleichtert und so erhob sich Pipelt: „Die letzte Aufgabe wurde von allen Jungmagiern gleich gut gemeistert. Lasst uns also zur Auswertung der Einzeldisziplinen kommen. Während die Arena für das Feuerkugelspiel vorbereitet wird, zieht sich die Jury zur Beratung zurück. Amüsiert euch solange!"

Die Wooden und Flowen begaben sich auf den Marktplatz, wo auch heute eine Menge Stände zu Kurzweil einluden. Die Jury begab sich in ein einzeln stehendes Zelt.

Es wurde eine ganze Weile debattiert. Da die einzelnen Disziplinen nicht völlig gleichrangig behandelt wurden, sondern das Zukunftssehen und die freien Disziplinen einen größeren Anteil hatten, war die Entscheidung nicht leicht.

Letztlich stand fest, dass Horps Dritter sein sollte, aber um den ersten Platz wurde gestritten.

Pisur, Zenkar, Bansein und Bedun stimmten für Purga; Pamilia, Windina, Pipelt und Werubar für Enkmann. Da man sich nicht einig wurde, musste Pumpur entscheiden, doch auch er war sich nicht sicher. Nach langem Zögern entschied er sich für Purga, da ihm besonders ihre Darbietungen in den freien Disziplinen gefallen hatten.

Die Sieger sollten allerdings erst nach dem Mannschaftswettbewerb verkündet werden. Der begann gleich nach dem Mittagessen.

Währenddessen war das Spielfeld vorbereitet worden. Es war ein langgezogenes Sechseck und hatte einen Spitzenabstand von genau hundert Schritten. Beide Mannschaften standen sich am Anfang des Spiels in den Spitzen gegenüber, von wo aus sie sich voreinander verbeugten. An den Spielfeldrändern hatten sich jeweils bis zur Mitte die Anhänger der Mannschaften postiert, die traditionell bei den Mannschaftswettbewerben ihre Magier anfeuerten. Sie standen dicht gedrängt und hielten Stöcke in der Hand, an deren Enden die Fahnen ihrer Völker flatterten. Dabei waren die der Wooden in verschiedenen Grüntönen gehalten. Die Flowenbanner dagegen waren bunt wie die Waldblumen. Die Gesichter der Jubler hatten die gleichen Farben wie ihre Fahnen. Durcheinander skandierten sie: „Woo-Den, Flo-Wen!!!" Auch die Jungmagier hatten Trikots in ihren Farben an.

Die Regeln waren folgende: Jede Mannschaft stellte einen Ballmacher. Dieser hatte die Aufgabe, innerhalb der ersten Minute so viele Feuerbälle wie möglich zu erschaffen. Sobald die ersten auf dem Spielfeld schwebten, versuchten die anderen Spieler die Bälle brennend in einen Wasserbottich in der Mitte der Arena zu befördern, in dem sie unter lautem Knallen verpufften.

Nach Ablauf des Bällemachens durfte auch der Ballmacher mitspielen.

Die gegnerische Mannschaft musste verhindern, dass die brennenden Bälle den Bottich erreichten. Alle Bälle, die unversehrt im Bottich landeten, zählten für das Team des Ballmachers. Alle übriggebliebenen brennenden Bälle zählten für das gegnerische Team.

Das Spiel bestand aus je fünf Durchgängen pro Mannschaft, die abwechselnd gespielt wurden.

Pumpur, als Unparteiischer, pfiff das Spiel an.

Die Flowen waren als erstes an der Reihe. Ihr Zauberer war Bradujat. Als das Spiel angepfiffen wurde, war es für einen Moment still, der Beifall brandete jedoch um so lauter wieder auf, sobald der erste Ball entstanden war. Der Jungmagier stand anfangs gebeugt und ruderte mit den Händen in der Luft vor seinen Knien. Aus dem Nichts flammten farbige Lichter auf, die sich in kreisender Bewegung zu Bällen formten.

Bradujats Feuerbälle waren wunderschön vielfarbig und groß. Sie schossen kurz aufeinander folgend in die Gegend und tanzten wild in der Luft. Obwohl das Spielfeld so gesichert war, dass kein Ball es verlassen konnte, erscholl von Zeit zu Zeit aus den Zuschauerreihen ein erschrockener Schrei, der sogar den Jubel übertönte, wenn ein Ball die magische Barriere berührte und in entgegengesetzter Richtung abprallte.

Sobald die ersten Bälle durch die Luft wirbelten, schwärmten die gegnerischen Jungmagier aus und versuchten, anfangs noch etwas ungeordnet, sie zu erhaschen. Sie schwebten, rannten, sprangen auf die Feuerbälle zu und fingen die Bälle einen Finger breit vor ihrer Hand schwebend ein, um sie weit weg vom Bottich wieder fliegen zu lassen. Dies war nicht einfach, zumal die Flowen sich alle Mühe gaben, ihre Bälle zu schützen. In der ersten Runde hatte Bradujat zwölf Bälle zum Vorschein gebracht. Davon brachten die Flowen sechs erfolgreich in den Bottich, drei waren während des Spiels mit einem kläglichen Zisch! erloschen und so machten die Flowen in der ersten Runde sechs Punkte und die Wooden drei. Unter Jubel wurden sie notiert.

Nun war Horps an der Reihe mit dem Ballmachen. Auch seine Bälle waren schön und groß. Er schaffte aber nur neun. Nun mussten die beiden Wooden so viele Bälle wie möglich retten, wurden aber durch die Flowen arg behindert. Wadensein stürzte sich sofort auf die flammenden Kugeln, ergriff gleich zwei Bälle auf einmal, Purga griff sich einen. Dann liefen sie los. Wadensein schlug einen Haken, verfolgt von Enkmann, der ihm kurz vor dem Bottich einen Ball aus der Hand nahm und weit an den Rand des Spielfeldes warf. Den anderen beförderte Wadensein mit einem kühnen Wurf ins Ziel. Purga versuchte noch an Sinda vorbei-zukommen, die durch ihre Beweglichkeit ein harter Brocken war. Doch sie schaffte es. Leider erlosch die Flamme, bevor der Ball den Bottich erreichte. Währenddessen hatte sich Wadensein schon wieder zwei Bälle geholt und brachte sie diesmal beide sicher an Enkmann vorbei. Auch Horps, dessen Minute zum Bälle machen abgelaufen war, befand sich nun auf dem Spielfeld und sorgte dafür, dass seine Gefährten die Bälle wohlbehalten in den Bottich bugsierten. Dann war die Zeit um. Drei Punkte für die Flowen, fünf für die Wooden.

Die nächste Runde wurde noch turbulenter und endete mit einem Sieg für die Flowen. So wechselte die Führung ständig.

Letztendlich ergab der Punktestand von 22 zu 21 einen knappen Sieg für die Mannschaft der Flowen. Die Siegermannschaft bekam eine Menge Glückwünsche. Es war eine Frage der Ehre für die Wooden und Flowen in diesem Wettkampf zu siegen. Jetzt hatten die Flowen zum zweiten Mal den Titel.

Obwohl das die Wooden natürlich wurmte, ließen sie sich den Spaß jedoch nicht verderben.

Die Siegerehrung folgte, kurz nachdem sich die Mannschaften frisch gemacht hatten.

Die Zuschauer, die schon während des Spiels ganz aus dem Häuschen gewesen waren, tobten jetzt und konnten die Verkündung und Preisverleihung kaum erwarten.

Bansein und Pipelt hielten sich dieses Mal heraus. Ihre Arbeit war mit dem Feststellen der Sieger beendet. Traditionell erfolgte die Verkündung durch den Unparteiischen und die Preisverleihung durch die Ältesten, also war dies Beduns und Pamilias Aufgabe. Vor allem Bansein war es so ganz recht. Er konnte sich darauf konzentrieren, den Duftzauber für den Dra zu erneuern, damit die Siegerehrung nicht gestört wurde.

Vor dem nun gespannt schweigenden Publikum baute sich der Dra in seiner ganzen Größe auf und sprach mit volltönender Stimme in der Sprache der Winze: „Es war nicht leicht, eine Entscheidung zu treffen. Alle sechs Jungmagier haben die Voraussetzungen für die Magierprüfung erfüllt und können diese nun jederzeit ablegen. Jubel brach aus. Langsam beruhigte sich das Publikum wieder und Spannung und Neugier gewannen die Oberhand, so dass es wieder still wurde. Pumpur fuhr fort: „Also, alle sechs waren einfallsreich und geschickt in der Anwendung ihrer Fähigkeiten. Die Aufgaben wurden zu aller Zufriedenheit erfüllt und lassen auf Großes in der Zukunft hoffen." Das Publikum wurde langsam wieder unruhig. Nun ließ der Dra die Wettkämpfer vortreten. Sie standen stolz vor der Menge, deren Geduld allerdings langsam am Ende war. Einzelne Rufe erschollen: „Wir wollen den Sieger!" Und so spannte Pumpur das Volk nicht länger auf die Folter und verkündete: „Dritter ist der Woode Horps." Der Genannte trat vor. Er verbarg seine Überraschung und Freude nicht und grinste über das ganze Gesicht – nicht sonderlich würdig, aber glücklich. Die Umstehenden jubelten ihm zu.

„Den zweiten Platz haben wir an Enkmann vergeben", verkündete Pumpur nun.

Auch Enkmann strahlte und verbeugte sich, während er vortrat, tief. Besonders die Flowen schrien begeistert. Bald stellte sich wieder spannungsvolle Stille ein, denn Pumpur war wieder vorgetreten und machte Anstalten zu reden. Jetzt würde der Sieger des Wettkampfes bekannt gegeben. Man sah den vier übrig gebliebenen Jungmagiern an, dass ihre Nerven zum Zerreißen gespannt waren. Einer von ihnen würde gleich vortreten und als Sieger gefeiert werden. Eine Ehre, die keiner von ihnen zu einer anderen Zeit erreichen konnte, denn eine mehrmalige Teilnahme an einem Magierwettstreit war ausgeschlossen. Es hieß: Jetzt oder nie! Nur von Weitem hörten sie Pumpurs Stimme, der sich gerade über die Schwierigkeiten der Wahl ausließ. Besonders Wadensein schien äußerst konzentriert. Es wäre ihm allerdings sehr peinlich gewesen, wenn irgendjemand den Grund dafür heraus gefunden hätte. Denn er versuchte gerade die Spannung zu umgehen und ein wenig in die Zukunft zu sehen, um endlich Gewissheit zu haben. Verlegen musste er jedoch erkennen, dass dagegen natürlich Vorsorge getroffen worden war. Seit den Unterredungen der Jury war alles, was die Siegerehrung betraf, gegen Hellsehen abgeschirmt. Eigentlich hätte Wadensein das klar sein müssen. Er errötete, als er das begriff. Die Zuschauer schrieben dies allerdings der Aufregung zu. Und nun endlich war es soweit, Pumpur sagte: „ ... und gesiegt hat ganz knapp --- Purgaaa!"

Die strahlende Purga wurde über die Köpfe der Menge gereicht, sie hatte kaum Zeit gehabt, sich zu verbeugen.

Nach mehreren Runden um den Festplatz wurde die junge Magierin wieder auf der Bühne abgesetzt. Nun konnten Pamilia und Bedun ihres Amtes walten und die Preise verleihen. Jeder der Teilnehmer erhielt eine Schärpe aus weichem Rindenleder, reich verziert mit wundervoll gearbeiteten Schmuckelementen von der Hand der besten Woodenschmiede. Auf den drei Siegerschärpen waren zudem die Platzierungen eingraviert.

Die Siegerehrung des Mannschaftswettkampfes war zwar nicht so spannend wie die vorherige. Dafür gab es aber zunächst einen

Tusch, vorgetragen von abgerichteten Hattichen, die in allen Tonlagen die Melodie der Flowen pfiffen. Dann überreichte Pamilia stolz ihren Magiern den Pokal.

Jetzt wurde bis in die Nacht gefeiert. Trunken vom süßen Aspanienmet sanken die meisten in ihre Kissen. Morgen würde man zum Alltag zurückkehren: die Flowen in ihre Dörfer und die Wooden an ihre Arbeit. Niemand dachte in diesem Moment an die Wolke, geschweige denn an Burmann oder Xinusia, die fehlten.

Xinusia saß am Bach, der ruhig vor sich hin plätscherte. Die Sonne schickte die frühen Morgenstrahlen durch die Baumkronen und ließ den Tau auf den Gräsern glitzern. Es hätte eine vollkommene Idylle sein können, doch sie konnte ihre Gedanken nicht von ihrem Dorf lösen. Zu gerne hätte sie gewusst, wie der Wettkampf verlief und was man über sie dachte. Also versuchte sie, sich auf die Geschehnisse in Waldstadt zu konzentrieren. Doch es gelang ihr nicht mehr als nur verschwommene Zerrbilder des Wettkampfes zu erhaschen. Zerknirscht gab sie den Versuch auf. Sie war schon immer recht gut in allen magischen Disziplinen gewesen, das Zukunftssehen allerdings war nicht ihre Leidenschaft. Um auf dem Laufenden zu bleiben, schickte sie nun Blasius ins Dorf, um vor allem zu erkunden, was bei den Magiern passierte.

In der Zwischenzeit vergrub sich Xinusia in ihr Magiebuch – Kapitel Hellsehen. Sie hatte ganz klar Nachholbedarf. Stunden später überraschte sie der Hattich, als er aus Waldstadt zurückkam. Er setzte sich unverhofft auf Xinusias Schulter und flötete sofort los. Xinusia musste sich erst einmal sammeln, aber sie wusste auch, dass sie den Vogel jetzt nicht unterbrechen durfte. Schließlich hatte sie noch keine Stichworte, um sich das Gehörte noch einmal wiedergeben zu lassen. Also bemühte sie sich zuzuhören. Die belauschten Gespräche gab Blasius wortgetreu und mit den Originalstimmen für Xinusia wieder. So erfuhr sie auch von den Aufgaben beim Wettkampf und der Wolke. Bald darauf war sie auch auf dem Laufenden darüber, was bei Bansein und Pipelt geschah. Und so wusste sie auch, dass vermutlich zu dieser Stunde

Burmann unterwegs in die Flowenstadt war. Starker Wind kam auf. Sie schaute zum Himmel. Weit in der Ferne hing in der Morgenbläue etwas Dunkles. Sollte das die Wolke sein, von der Blasius erzählt hatte?

9. Kapitel, in dem Burmann endlich nach Blütenia kommt, das Buch findet und sich nach kurzem Schlaf auf den Rückweg macht

Burmann konnte indessen endlich weiterreiten. Der Sturm hatte ihn sehr aufgehalten und er machte sich Sorgen. Der Jungmagier hatte mehrere Stunden warten müssen. Nun gelangte er bei Sonnenuntergang endlich nach Blütenia. Hier waren nur noch einige wenige alte Flowen. Die meisten jungen Leute waren beim Magierfest. Auch Blütenia war von dem Sturm heimgesucht worden und die Bewohner hatten sich in ihren Häusern versteckt. Auf dem Boden verstreut lagen große Äste, die aus dem Wald geweht worden waren und so von der Wut des Windes zeugten, der hier getobt hatte.

Als nun Burmann ankam, wurde er willkommen geheißen, kam aber noch nicht zu seiner eigentlichen Aufgabe, nämlich das Buch zu suchen, sondern musste erst einmal helfen, die riesigen Äste aus dem Weg zu räumen. Dafür waren die Flowengreise zu schwach. Ein einfacher junger Mann allein hätte diese Aufgabe nicht bewältigen können, aber Burmann konnte seine Magie zu Hilfe nehmen. Die Äste schwebten einer nach dem anderen auf einen großen Haufen. Dann bat Burmann die Flowen, etwas Abstand zu halten und es begann ein imposantes Schauspiel: Die Holzstücke wirbelten in die Höhe, schlugen aneinander und fielen zu perfektem Feuerholz zerkleinert wieder zu Boden, wo sie einen hohen Stapel bildeten.

So hatte Burmann erst sehr spät – und am Ende seiner Kräfte – die Möglichkeit, Pipelts Haus zu betreten. Von außen wirkte es wie die anderen Häuser. Es war aus Holz gebaut. Die Türen, es gab deren zwei, leuchteten in kräftigem Gelb und die Türklopfer hatten die Form ungewöhnlicher Blumen. Auch die anderen Häuser besaßen kräftig bunte Türen und waren mit allen möglichen Blumenmustern verziert, aber dies nahm Burmann kaum wahr. Er hatte weder die Kraft noch die Ruhe, sich die verschiedenen, phantasievollen Schnitzereien an den Häusern anzusehen oder auch die wunderschön angelegten kleinen Vorgärtchen zu bewundern, deren Blüten freilich schon lange schliefen. Pipelts Frau war nicht zu Hause. Sie besuchte eine Freundin in einem benachbarten Flowendorf. Trotzdem war die Tür nicht abgeschlossen.

Alles zeugte von einem großen Vertrauen der Winze untereinander. Diebe konnte es hier nicht geben.

Burmann betrat das Häuschen. Er öffnete ein paar Fenster. Schnell war es im Haus frisch und ein wenig kühl. Von Zeit zu Zeit zog ein Windstoß durch die Räume und bewegte die zarten Spitzendeckchen auf den Schränken und Tischen, die wie der Blütenstand von Schleierkraut wirkten. Alles war sehr gemütlich und sauber. Nichts, was nicht an seinen Platz passte. Burmann dachte an sein eigenes Zimmer, in dem die Dinge ein Eigenleben zu führen schienen. Nicht selten hatte er seine Socken im Regal und die Bücher unter dem Tisch gefunden. Zum Glück besaß er nicht viel. Hier waren Massen von Dingen und trotzdem herrschte kein Chaos. Burmann war das schleierhaft und er war sicher, dass dies nicht das Verdienst Pipelts war, sondern das seiner Frau.

An einem großen Tisch im Vorraum lud ein gepolsterter Ohrensessel zum Verweilen ein. Burmann stellte sich vor, wie in dem Kamin daneben wohl ein schönes Feuer lodern könnte und war versucht sich niederzulassen. Doch hätte der junge Magier sich jetzt ausgeruht, wäre er wohl auf der Stelle eingeschlafen. Also beschloss Burmann, zuerst das Buch zu suchen. Leider war er in dem Haus auf sich gestellt. Die Ordnung jedoch beruhigte ihn. Es war ja alles übersichtlich. Er sah in die Zimmer, aber es schienen reine Wohnräume und Pipelt hatte von seinem Arbeitszimmer gesprochen. Letztlich blieb nur eine kleine Tür im hinteren Bereich des Hauses. Burmann öffnete sie. Er stand in Pipelts Arbeitszimmer, das auch nach Pipelt aussah. Hier hatte der Ordnungssinn seiner Frau nicht gewaltet. Burmann wurde schmerzlich klar, dass die Suche nach dem Buch keine leichte Aufgabe bei den vielen Schriftstücken und der Unordnung sein würde. Zu allem Überfluss hatte Pipelt das Fenster aufgelassen, so dass der Sturm ins Zimmer gedrungen war und die Papiere durcheinander gewirbelt hatte. Außerdem hatte der Obermagier das Zimmer anscheinend gegen fremde Zauber gewappnet. Jedenfalls funktionierte keiner der Aufräum- oder Sortierzauber, die Burmann probierte.

Obwohl Pipelt das Buch recht genau beschrieben hatte, brauchte Burmann so sehr lange, bis er es tatsächlich fand. Es war nicht allzu dick, vielleicht hatte es 50 beschriebene Seiten und einige Bilder. Der Einband war in dunklem Grün gehalten und zeigte ein Relief von Drachenköpfen. Trotz seiner Müdigkeit begann Burmann zu lesen und hörte nicht auf, bis der Text zu Ende war. Als er sich endlich hinlegte, war es weit nach Mitternacht. Die Flowen sollten ihn bei Sonnenaufgang wecken.

Bansein war indessen schon in Sorge. Er hatte Burmann noch am selben Abend zurückerwartet. Der Weg nach Blütenia war nicht so weit und er hatte seinem Neffen eingeschärft, sich zu beeilen.

Nun war die Sonne schon wieder aufgegangen, die ersten Flowen machten sich schon auf den Heimweg und Burmann war noch immer nicht da. Der alte Magier zog sich in sein Studierzimmer zurück und konzentrierte sich. Er suchte in seinen Gedanken nach Burmann. Nach einer Weile entdeckte er ihn unter einem Gebüsch, die Drossel und Bomsel waren ebenfalls versteckt. Es war dunkel, obwohl die Sonne schon aufgegangen war. Über allem lag ein Schatten. Der gleiche Schatten, der am gestrigen Morgen über der Arena gehangen hatte.

Was war geschehen?

Burmann hatte sich gleich nach Sonnenaufgang auf den Rückweg gemacht. Was er in dem Buch gelesen hatte, bestärkte ihn in seinem Wunsch, schnell wieder in sein Dorf zu den beiden Zauberern zu gelangen. Durfte man der Legende glauben, war es höchste Zeit, etwas zu unternehmen. Das Buch sagte auch etwas über die mysteriöse Wolke. Sie sprach von einem Zet. Burmann hatte keine Ahnung, was das sein sollte. Er konnte angeblich jede beliebige Gestalt annehmen. Da er allerdings am liebsten die einer Wolke wählte, sprach die Geschichte von ihm als der „Schwarzen Wolke". Burmann glaubte zumindest dieser Passage der Legende aufs Wort und hätte jederzeit beschworen, dass er die „Schwarze Wolke" bereits gesehen hatte.

Er war also auf dem Heimweg. Unglücklicherweise waren viele Wege durch den Sturm unbegehbar geworden, Bäume waren umgestürzt und lagen wild durcheinander. Die Baumkronen waren ineinander verkeilt und bildeten ein undurchdringliches Dickicht, das selbst mit Magie ohne großen Zeitaufwand kaum zu entwirren war. So stieg Burmann auf eine der heil gebliebenen Tannen, um einen Weg zu finden. Von hier aus erspähte er in der Ferne etwas Dunkles am Himmel. Es kam rasch näher und Burmann sah, dass es wieder die „Schwarze Wolke" war. Ein Schauder überlief ihn und er stieg rasch vom Baum, um sich schnellstens zu verstecken.

Und nun saß er zum zweiten Mal in zwei Tagen unter Gebüsch versteckt im Brandwald. Sein Gefühl hatte Burmann nicht getäuscht. Die Augen in der Wolke suchten etwas. Es war, als würden sie systematisch den Wald geradezu abtasten. Langsam glitten sie auch über Burmanns Versteck hinweg. Er zog den Kopf ein und gab auch seinen beiden Tieren Anweisung, versteckt zu bleiben. Diesen fiel es allerdings ungleich leichter, sich zu tarnen, gehörte es doch zu den ausgeprägtesten Instinkten dieser Gattungen. Schließlich gab es einige Tiere im Wald, von denen ein Teil weder eine Reitdrossel noch einen Waldhund als Mahlzeit verschmäht hätte. Eine ganze Weile suchte die Wolke den Wald ab, bis sie schließlich in Richtung Blütenia weiterzog. Burmann wurde immer klarer, dass er keine Zeit verlieren sollte. Zu dritt durch das Dickicht zu gelangen wäre äußerst langwierig. Also entschied er, die versperrten Wege zu überschweben. Die beiden Tiere würden sich ohne ihn schon einen Weg bahnen, so dass sie sich am Waldrand treffen konnten. Der Jungmagier erhob sich in die Luft und glitt langsam über die umgestürzten Bäume hinweg. Jetzt erst sah er das ganze Ausmaß der Zerstörung. Auch Tiere lagen unter den Ästen. Doch darum konnte er sich jetzt nicht kümmern. Am Waldrand angekommen, sprang Burmann auf seine Drossel und ritt, so schnell es ging, nach Hause. Hier erwarteten ihn schon Pipelt und Bansein. Man sah ihren Gesichtern die Erleichterung an, dass er endlich wieder da war.

Sie ließen Burmann nicht einmal Zeit, etwas zu essen, sondern zogen ihn sofort ins Studierzimmer Banseins. Um die Tiere musste sich Summa kümmern.

„Nun gib es schon her!", bestürmten die beiden Obermagier den Heimgekehrten und meinten natürlich das Buch. Keiner der beiden fragte nach dem Grund seiner Verspätung. Zum einen hatten sie es selbst mit angesehen, zum anderen waren sie viel zu gespannt auf die alte Legende.

Die beiden Magier zogen sich zurück. Burmann begab sich nach Hause und fiel in sein Bett. Er hatte einiges an Schlaf nachzuholen.

10. Kapitel, in dem wir von der alten Geschichte der Drachentrennung erfahren

Nachdem die beiden Obermagier die alte Geschichte gelesen hatten, ließen sie Pumpur holen, der noch nicht abgereist war, weil er über die Wolke Bescheid wissen wollte. Bansein hatte ihm versprochen, ihn zu informieren.

Nun kam er herein und setzte sich auf das Fell, das in der Mitte des Zimmers lag. Es gab hier eine gute Belüftung, die die anderen vor den Düften des Dra weitgehend bewahrten. Nur ein leichter Geruch nach fauligen Bromwurzeln lag in dem Raum.

Kurz darauf kam auch Burmann herein. Gespannt hörten sie sich Banseins Zusammenfassung an.

„Also, ich denke, wir sollten uns Sorgen machen", begann er. „Dieser Schatten war, wie wir uns alle schon gedacht haben, nicht der einer einfachen Wolke. Es war der eines Zet, Usur genannt. Und nach ..."

Bansein wurde von Burmann unterbrochen: „Was ist das, ein Zet? Ich habe bis gestern noch nie davon gehört."

„Nun das ist nicht so einfach. Ganz genau weiß ich das auch nicht. Vor einigen Jahren habe ich einmal auf einem Treffen mit anderen Zauberern von den Zet gehört. Sie gehören keinem eigentlichen Volk an, es gibt auch nicht viele von ihnen. Wenn von ihnen erzählt wird, so scheinen es immer die gleichen zu sein. 12 vielleicht 15, aber nicht mehr. Und, wenn man der Legende glauben darf, gibt es sie schon ewig. Sie fühlen sich in allen Elementen zu Hause, möglicherweise gibt es Vorlieben, aber grundsätzlich gibt es für sie keine Grenzen. Mehr kann ich euch nicht sagen. Aber zurück zu dem, was wir wissen. Dieser Zet also taucht in der Geschichte des Kampfes zwischen den Wald- und Wiesenvölkchen und den Herben auf. Allerdings nur am Ende und er mischte sich nicht ein. Mit Sicherheit hat er nicht auf der Seite der Herben gestanden, denn dann hätte der Kampf länger gedauert. Es scheint vielmehr, als hätte sein Interesse etwas anderem gegolten", sagte Bansein nun zu Pumpur gewandt. „Nachdem der Kampf beendet war, richtete sich das Interesse des Zet auf euch Drachen."

„Uns Drachen? Welches Interesse soll er denn an uns gehabt haben? Und bezog es sich auf die Chen oder die Dra?", fragte der verblüfft.

„Auf beide, denn zu dieser Zeit gehörtet ihr noch zusammen. Es gab nur zwei verschiedene Familien. Die Spaltung kam erst kurz danach. Wer weiß, ob sie nicht sogar mit ihm zusammenhing. Aber weiter: Damals halfen die Drachen unserem Volk. Ihr wisst alle von dem Gerechtigkeitssinn der Dra. Er war damals bei allen Drachen stark ausgeprägt. Mit ihrer Hilfe konnten die Herben vertrieben werden und die Wooden und Flowen schenkten den Drachen zum Dank einen großen mit Edelsteinen besetzten Schrein. Kurz darauf brach unter den Drachenfamilien ein Streit darum aus, welche der Familien den Schrein hüten sollte. Obwohl die Lösung, abwechselnd darauf zu achten, sehr nahe lag, kam niemand darauf. Es war, als wäre Zwietracht gesät. Es wurde abgestimmt und diese Abstimmung war das erste und einzige Mal in der Geschichte der Drachen, dass es nicht ganz gerecht zuging. Die Familie mit den meisten Mitgliedern war die der späteren Dra. Natürlich erhielten sie den Schrein. Das Drachenvolk trennte sich, die einen zogen in den Norden, die anderen in den Süden. Der Zet verließ die Gegend. Vielleicht folgte er den Chen. Den Flowen und Wooden tat das alles sehr leid, doch kehrten sie zu ihrem Leben zurück und bald wusste niemand mehr, dass es einmal anders gewesen war ... In groben Zügen war es das. Nur eines noch: In den Überlieferungen aus dieser Zeit findet sich eine Prophezeiung über eine unheilbringende Allianz zwischen einem Zet und den Herben. Ich weiß nicht, ob Usur gemeint ist."

Bansein wandte sich plötzlich um, ein Geräusch am Fenster hatte ihn aufmerken lassen. Er drehte sich um und sah einen Hattich wegfliegen. Xinusia! schoss es ihm durch den Kopf, an sie haben wir gar nicht mehr gedacht.

11. Kapitel, in dem Xinusia einen Entschluss fasst und in Waldstadt Vorsichtsmaßnahmen ergriffen werden

Es war tatsächlich Blasius gewesen, der da am Fenster gelauscht hatte und er flog auf dem kürzesten Weg zu seiner Herrin, um das Gespräch wiederzugeben.

Xinusia war viel zu neugierig, um untätig herumzusitzen. Also hatte sie ihren Vogel noch einmal nach Waldstadt geschickt. Die Wolke, die sie in der Ferne gesehen hatte, kam ihr bedrohlich vor. Irgendetwas sagte ihr, dass sie besser auf dem Laufenden blieb. Sie war nicht dumm und reimte sich einiges zusammen.

Nun hatte sie gehört, was Bansein den anderen erzählt hatte, und sie grübelte darüber nach. Irgendwie waren diese Herben mit von der Partie. Das konnte eigentlich nichts Gutes für die Wooden bedeuten. Und da sie zu ihrem Volk nicht zurück wollte, beschloss sie von der anderen Seite aus mitzumischen. Der Entschluss stand fest. Sie würde zu den Herben gehen und dann weitersehen. Während sie begann, ihre Sachen zusammenzupacken, lobte sie den Hattich: „Gut gemacht, mein Blasius. Die werden sich wundern. Was meinst du, Blasius, sollte ich noch mal nach Hause und noch andere Dinge holen?"

„Bli bla blu, was meinst du?"

„Pah, warum frage ich dich, ich weiß doch, dass ich keine vernünftige Antwort bekomme. Ich werde nur wenig mitnehmen. Und ein Zurück gibt es sowieso nicht mehr."

Sie hatte ein Bündel gepackt, das immer noch recht groß war.

So begab sich Xinusia erneut auf Wanderschaft. Blasius saß auf ihrer Schulter und trällerte sorglos.

Ebenso sorglos lief Xinusia. Seit dem Tag, an dem sie Waldstadt verlassen hatte, stellte sich heute endlich wieder das Gefühl ein, zu wissen, was sie wollte, und die Lage unter Kontrolle zu haben. Ihre Intuition würde sie schon führen. Davon war sie überzeugt. Es war noch früh, als sie ihre Behausung am Bach verließ. Sie ärgerte sich etwas, dass sie den Waldhund Hul nicht dabei hatte, dann hätte sie nicht die ganze Zeit laufen müssen, aber was half es? Ins Dorf wollte sie nicht zurück, außerdem hätte sie erst zu ihrem Cousin gemusst, dem gehörte das Tier nämlich. Also musste sie zu Fuß gehen.

Es war wunderschönes Wetter. Die Sonne glitzerte durch das Blätterdach, es war warm und kaum ein Windhauch wehte. Xinusia genoss den Weg. Sie hatte eigentlich keine Eile, zumal ihr Plan erst sehr vage Gestalt angenommen hatte. Gegen Abend war sie ein gutes Stück vorangekommen, der Waldrand war schon in Sicht. Doch sie entschied, die Nacht noch im Schutz der Bäume zu verbringen. Xinusia sicherte ihr Lager und schlief bald ein.

Bansein war in Sorge. An Xinusia hatte niemand mehr gedacht. Als man nach ihr sah, stellte sich heraus, dass das Haus verriegelt war. Das Vögelchen war also ausgeflogen. Und gerade jetzt war es nicht gut, es sich mit einem guten Jungmagier zu verderben. Alle würden gebraucht werden, wenn sich die Befürchtungen der Obermagier bewahrheiteten. Er machte sich bittere Vorwürfe, nicht gleich nach dem Vorfall beim Wettbewerb mit Xinusia gesprochen zu haben. Während Bansein sich in Selbstvorwürfe vertiefte, versuchte Pipelt die junge Magierin zu finden. Doch er hatte nicht mit der Schlauheit Xinusias gerechnet. Diese hatte sich mit einem Schutz umgeben, der jede Gedankenbespitzelung unmöglich machte. Sie war im Wald gewesen, das war klar, aber es musste schon viele Stunden her sein und das Bild begann schon zu verblassen. Pipelt konnte nicht sehen, wo sie sich im Moment befand. Bansein hatte sich inzwischen wieder gefangen und versuchte es nun mit der Zukunft. Die konnte sie nicht abschirmen. Was sie hier sahen, war nicht zu ihrer Beruhigung geeignet: Zwischen einem Haufen Herben saß Xinusia und lächelte. Die Herben bedienten sie. Große Stapel Bücher türmten sich in ihrem Rücken auf und die dienstbaren Herben brachten immer mehr.

„Oh mein Gott", stöhnte Bansein, „das müssen wir verhindern. Der einzige Vorteil, den wir haben, ist, dass die Herben keine Zauberer haben."

„Aber Xinusia ist doch für euch keine Konkurrenz, sie ist doch noch viel zu jung", warf Pumpur ein.

„Unterschätze sie nicht!", erwiderte Bansein. „Sie ist immer eine der besten gewesen und sie hat die Gabe, ohne Lehrer lernen zu können. Das einzige, was sie benötigt, sind die entsprechenden Bücher. Dann könnte sie in nicht allzu langer Zeit eine ernst zu nehmende Magierin sein. Außerdem müssen wir bedenken, dass sie anscheinend bei den Herben landen wird und die könnten einen Zet haben, der ihnen hilft, jedenfalls, so wie es aussieht. Beide zusammen sind bestimmt gefährlich."

Pumpur war nachdenklich geworden. Bansein hatte recht. Xinusia konnte zu einer Gefahr werden.

„Schade", mischte sich jetzt Burmann ein, „ich mochte sie gern, obwohl sie manchmal etwas rechthaberisch und arrogant sein konnte. Aber ich dachte immer, im Grunde ihres Herzens wäre sie gut und gerecht. Es fällt mir schwer, mich an den Gedanken zu gewöhnen, dass ich womöglich gegen sie kämpfen muss."

Jetzt ließ sich Pipelt hören: „Nun haltet mal die Luft an, Vorsicht ist gut, aber Schwarzseherei kann zu Fehlern führen. Wer sagt euch denn, dass die Herben es tatsächlich auf uns abgesehen haben? Es gibt auch keinen Beweis, dass der Zet uns nicht gut gesinnt ist. Ich schlage vor, die Sache zu beobachten, um auf dem Laufenden zu sein und gegebenenfalls handeln zu können, aber wir sollten es mit Ruhe angehen. Außerdem müsst ihr bedenken, dass auch wir in der Zukunft nur Möglichkeiten sehen, es muss also nicht so kommen."

Ein wenig entspannten sich die anderen. Aber es war offensichtlich, dass sich keiner der Vier wirklich von dem Gedanken an eine Gefahr befreien konnte.

Schließlich schlug Pumpur vor: „Wir sollten auf jeden Fall unsere Siedlungen verständigen, uns noch einmal mit den Weisesten von allen beraten. Ich werde unverzüglich abreisen. Und auch ihr solltet mit euren Leuten reden. Treffen wir uns wieder, wenn wir mehr wissen. Sollte etwas Unvorhergesehenes geschehen, dann benachrichtigen wir einander. So und jetzt lasst mich Lebewohl sagen."

Damit erhob sich Pumpur und begab sich mit einer Behändigkeit hinaus, die ihm die Winze gar nicht zugetraut hatten. Ohne Zweifel machte sich der Dra Sorgen über Banseins Meinung, der Zet hätte in damaliger Zeit Interesse an den Drachen gezeigt.

Bansein, Burmann und Pipelt blieben zurück und sahen sich wortlos an. Als erstes brach Pipelt das Schweigen: „Ich werde Pumpurs Beispiel folgen und mich nach Hause begeben, um mit Pamilia und dem Rat zu sprechen."

„Ja, tu das! Auch ich werde mit Bedun sprechen, noch heute. Burmann, sei so gut und bitte Bedun, für heute Abend den Rat einzuberufen. Sag, dass es wichtig ist!"

Burmann nickte und verließ den Raum. Bansein half seinem Freund beim Packen und bald war er wieder allein in seinem Lieblingszimmer. Wie so oft setzte er sich ans Fenster und grübelte.

Er dachte zurück an seine Jugend. Damals hatte er eine Lehrerin – Luboka. Eine wunderbare Frau. Nie wieder hatte er ein Mitglied der Magiergilde getroffen, das so frei von Eitelkeit, Egoismus und feindlichen Gedanken war wie sie. So hatte sie denn auch seine Ausbildung übernommen, obwohl oder vielleicht gerade weil der Obermagier ihn abgewiesen hatte. Erst später hatte er verstanden, dass der Obermagier ihn nicht abgewiesen hatte, weil er zu viele andere Schüler hatte, sondern weil er die Konkurrenz nicht auch noch fördern wollte. Die Schüler des Obermagiers waren allesamt nur mittelmäßige Zauberer, denen er zwar sehr effektvolle Tricks zeigte, die aber nicht die volle Gabe zur Magie hatten. Luboka hatte Banseins Talent erkannt und ohne Eifersucht seine Ausbildung übernommen. Sie hatte sich sogar den Unwillen des Obermagiers zugezogen. Doch der konnte ihr nicht verbieten, ihr Wissen weiterzugeben, ohne seine wahren Beweggründe zu verraten. Jeder anerkannte Magier hatte das Recht, junge Magier auszubilden. Ohne sie wäre Bansein nie zum Amt des Obermagiers gekommen. Vielleicht hätte er es auch nie angestrebt. Luboka war es, die ihn nach dem Tod des alten Obermagiers vorschlug. Er hatte es ihr nicht abschlagen wollen, obwohl er lange nicht verstand, warum sie selbst nicht kandidierte. Heute wusste er es. Es war die Unlust, sich mit dem Rat herumzuschlagen, öffentliche Zeremonien zu zelebrieren und ständig im Mittelpunkt zu stehen. Auch er würde heute nicht noch einmal antreten, aus genau demselben Grund. Damals aber hatte er die Aufgabe für ehrenvoll und erstrebenswert gehalten. Und wenn er nachdachte, hatte er sie auch nicht schlecht erfüllt. Eines war jedoch sicher. Er würde, sobald es ging, zurücktreten, sobald ein annehmbarer Kandidat zur Wahl stand. Die jungen Magier im Dorf schienen ihm jedoch noch nicht reif genug. Und Burmann, den er selber ausgebildet hatte und dem er auch noch hätte unter die Arme greifen können, hatte zu viel von seinem Leben mitbekommen, um nicht auch die Nachteile des Amtes zu kennen. Er liebte seine Freiheit und wollte um keinen Preis Obermagier werden. So war es wohl sein Schicksal, noch eine

Weile die Bürde des Amtes zu tragen. Doch gerade jetzt hatte er dazu gar keine Lust. Das wurde ihm mehr und mehr klar.

12. Kapitel, in dem der Rat Beschlüsse fasst und eine Magierprüfung vor der Tür steht

Der Rat trat bei Sonnenuntergang in der Ratshalle zusammen, die durch ihre Größe und den Prunk einschüchternd hätte wirken können. Doch es war nicht die Art der Wooden, sich durch Dinge einschüchtern zu lassen. Wesentlich unangenehmer war ihnen, über irgendetwas nicht Bescheid zu wissen. Alle blickten gespannt auf Bansein. Niemand hatte eine Ahnung, worum es ging. In kurzen Worten machte der Obermagier alle mit den Tatsachen vertraut. Betretenes Schweigen lag nun im Raum. So still war es in dieser Ratshalle selten gewesen. Dann ging ganz plötzlich ein Sturm von Fragen los und Bansein verstand nicht ein einziges Wort.

„Ich bitte euch! Verschont mich! Ich habe euch alles gesagt, was ich weiß. Aber selbst wenn ich eure Fragen beantworten könnte, müsstet ihr mir erst einmal die Möglichkeit geben, sie zu verstehen. Also bitte ... Ach, es hat ja doch keinen Zweck!", sagte er resignierend und setzte sich. Seine Bitten waren in dem Tumult vollständig untergegangen. Jetzt wartete er einfach, bis jemand merkte, dass er sich gesetzt hatte. Nach vollen fünf Minuten war es soweit und Hellkars durchdringende, tiefe Stimme dröhnte durch den Raum: „Ruuuheee!"

Sofort war es still. Die zwölf Ratsmitglieder wurden sich ihrer Verantwortung wieder bewusst und es schien, als schämten sie sich für einen Moment ihres Verhaltens. Bedun ergriff nun das Wort.

„Liebe Ratsmitglieder, lasst uns Ruhe bewahren und der Reihe nach unsere Fragen stellen. Es könnte sein, dass uns alle dieselbe Frage bewegt, nämlich: Besteht akute Gefahr und was sollen wir tun?"

Alle nickten zustimmend und warteten auf Banseins Antwort.

„Nun, ob akute Gefahr besteht, kann ich nicht mit Sicherheit sagen. Außer der Wolke, die euch alle in so unerklärlicher Weise lähmte, gibt es keinen besorgniserregenden Anhaltspunkt. Aber ich denke, wir sollten auf der Hut sein. Alles zusammengenommen betrachtet, könnte eine Gefahr bestehen. Wir sollten uns mit den Flowen und den Dra beraten, vielleicht einen Plan erarbeiten für den Fall eines Angriffs. Ich schlage vor, wir bilden eine Gruppe aus vier bis fünf Leuten, die sich näher mit dem Thema beschäftigt. Was meint ihr?"

„Ja, das ist eine gute Idee. Wir können uns, so lange keine direkte Gefahr besteht, nicht alle auf diese Sache konzentrieren. Eine solche Gruppe wäre hilfreich und könnte auch mit den Dra und den Flowen in Kontakt treten. Die Frage ist nur: Wer soll dabei sein?", sagte Bedun.

Gorowan, der Kämpfer, meldete sich zu Wort. Er war bekannt für seine Umsicht und Klugheit, wie auch für die Kraft und Sicherheit, mit der er seine Schläge führte. Er sagte: „Es sollten aus allen Bereichen Mitglieder in der Gruppe sein. Wir wissen nicht, was uns erwartet. Also brauchen wir Absicherung von mehreren Seiten. Es sollten ein Magier, ein Kämpfer, ein Jäger, ein Fischer und ein Handwerker sein."

„Nein", widersprach ihm Ozola, die Vertreterin der Jäger, „das sind zu viele. Ein oder zwei genügen."

Bedun nahm das Wort: „Wir sollten erst einmal fragen, wer sich überhaupt bereit erklärt."

Bis auf den greisen Fischer Bildur und Koman, einem Magier, der nur wenig älter war als Bansein, meldeten sich alle.

„Gut, ich schlage vor, wir wählen die Kandidaten aus den folgenden Ratsmitgliedern: Magier Bansein, Krieger Gorowan, Jägerin Ozola, Fischer Wegetaun und Brückenbauer Iswer", sagte nun wieder Bedun.

Iswer meinte: „In diesem Fall würde ich mich zurückziehen. Wenn wir nur zwei auswählen, sollten es der Magier und der Krieger oder die Jägerin sein."

Bildur meldete sich. Sich räuspernd begann er: „Ich bin nicht für Bansein. Wenn es zu den Dra oder den Wooden geht, sollte er hier bleiben. Wir sollten Purga schicken, sie gehört zwar nicht zum Rat, aber immerhin hat sie den Wettbewerb gewonnen."

Die Ratsmitglieder lächelten. Bildur hatte schon mehrmals versucht, seine Enkelin in den Rat zu bekommen. Das war wohl wieder einer seiner Versuche.

Zu aller Überraschung sagte jetzt Bansein: „Ja, dafür bin ich auch, sie sollte die Chance bekommen, sich zu bewähren. Wenn es ernst wird, stehen sowieso alle Magier zusammen."

Bildur strahlte Bansein dankbar an und Bedun ergriff nun wieder das Wort: „Wenn Bansein dafür ist, habe ich nichts einzuwenden. Wen schicken wir als zweites?"

Die Entscheidung fiel auf Ozola. Gorowan sollte im Dorf bleiben und die Wooden im Kampf ausbilden. Die Jungmagier sollten sich weiter vervollkommnen und dann in ihre Dörfer zurückkehren.

Plötzlich meldete sich Koman zu Wort: „Wo ist eigentlich Xinusia? Ich habe sie seit der Auslosung nicht mehr gesehen."

Bansein war diese Frage gar nicht recht. Er hatte gehofft, sich in Ruhe um die Angelegenheit kümmern zu können. Nun war er gezwungen dazu Stellung zu nehmen. „Xinusia hat das Dorf kurz nach der Auslosung verlassen."

„Sie hat sich ohne sich zu verabschieden aus dem Staub gemacht?", fragte Bedun erstaunt. Bansein nickte.

Nun sprach wieder Koman: „Ihr Verhalten nach der Auslosung war äußerst befremdlich. Irgendetwas stimmt mit ihr nicht. Ich schlage vor, sie zu verstoßen und ihr das Recht, eine Magierin der Wooden zu werden, abzusprechen."

Einige Ratsmitglieder nickten.

Aber der Jäger Sent meinte: „Ich bin nicht dafür. Wir wissen doch gar nichts über ihre Gründe. Sie hat nichts Schlimmes getan. Wenn wir sie jetzt dafür bestrafen, dass sie das Dorf verlassen hat, verbittern wir sie doch nur. Lassen wir sie in Ruhe."

Bansein hatte dem Rat nichts von Xinusias Betrug beim Losen erzählt und jetzt war er froh darüber. Auch er war nicht dafür,

Xinusia aus der Ferne zu verurteilen. Es konnte nur schaden. Obwohl Arroganz sonst nicht zu seinen Zügen gehörte, dachte er: ‚Man merkt wieder einmal, dass Koman ein Schüler des alten Obermagiers war. Mittelmäßig und voreilig.' Laut sagte er: „Wir werden sie bestrafen, wenn Grund dazu besteht."

Damit war das Thema erledigt. Vorerst.

Aber Bansein war noch nicht fertig: „Übrigens, Purga wird erst in einer Woche zur Verfügung stehen. Soviel Zeit muss sein." Er fuhr fort: „Wir müssen noch klären, was wir den anderen sagen. Ich denke, so wenig wie möglich." Die Ratsmitglieder stimmten zu. Es wurde festgelegt, dass niemand etwas über den Inhalt der Zusammenkunft sagen sollte. Dann ging der Rat auseinander.

Als Bansein wieder in seinem Mildenhäuschen war, setzte er sich in seinen Sessel und dachte nach. Er war erleichtert, dass er nicht zu der Gruppe gehörte, die die Verbindung aufnehmen sollte. Hier konnte er in Ruhe alles viel besser beobachten und sich informieren. Morgen früh würde Bildur Purga zu ihm schicken. Darum hatte er den alten Fischer gebeten. Dann würde er die junge Frau in ihre Aufgabe einweisen. Sie war gewissenhaft und er würde sich auf sie verlassen können. Jetzt ging er schlafen.

Burmann kam zum Frühstück. Er ließ sich von der Zusammenkunft erzählen. Als Bansein zu der Stelle kam, dass ein anderer als der Obermagier mit Ozola gehen sollte, unterbrach Burmann seinen Onkel: „Du hast doch nicht etwa mich vorgeschlagen?"

„Nein, sei ganz beruhigt, ich dachte mir, dass das nichts für dich ist, außerdem brauche ich dich hier."

Als Bansein geendet hatte, fragte Burmann: „Und was hast du nun mit mir vor?"

Der Onkel lächelte: „Ich werde dir und Purga die Prüfung abnehmen. Das ist das erste. Alles andere erfährst du, wenn du sie bestanden hast, woran ich nicht zweifle." Er entließ den verblüfften Burmann. Der Jungmagier hatte weder den Magierwettstreit noch eine Wanderschaft vorzuweisen. Aber der Obermagier konnte in Notsituationen die Bestimmungen umgehen.

Bansein nahm wieder in seinem Sessel Platz. Kurz darauf klopfte es. Purga stand vor der Tür.

Etwas zaghaft trat sie ein. In der Arena wäre niemand auf die Idee gekommen, dass sie schüchtern war. Hier aber trat sie allein dem alten Magier gegenüber, den sie tief verehrte. Sie wusste nicht recht, wie sie sich verhalten sollte. So stand sie denn etwas unbeholfen herum.

Bansein bot ihr einen Stuhl an und sagte: „Purga, du musst nicht schüchtern sein. Du bist Siegerin des Magierwettstreites und bald wirst du zur Gilde gehören, also meinesgleichen sein. Und du wirst unsere Gesandte, wie dir dein Großvater sicher schon verraten hat, und nun setz dich!" Erst als Purga sich immer noch nicht setzte, bemerkte Bansein, dass der Stuhl, auf den er gewiesen hatte, voller Bücher lag. Darunter schaute sein seit einiger Zeit vermisster roter Schal hervor. Während er eine Entschuldigung murmelte, räumte er die Bücher samt Schal mit einem kurzen Wink auf seinen Sessel. Etwas unentschlossen wanderte er durch das Zimmer.

Dann sah er Purga an und eröffnete ihr, dass sie in Kürze ihre Magierprüfung ablegen sollte.

„Aber Obermagier", sagte Purga, die nun endlich saß, „ich bin noch lange nicht so weit ..."

„Purga, du meinst doch nicht, dass ich jemanden die Magier vertreten lasse, der noch gar kein richtiger Magier ist!? Du wirst in einer Woche die Prüfung ablegen, und komm mir nicht noch einmal damit, du seist noch nicht so weit. Überlass' solche Entscheidungen bitte mir!"

Sie saß wie versteinert: „Die Prüfung! Ich war noch nicht auf Wanderschaft! Bansein, das ist, das ist ..."

„Das ist eine große Ehre", führte der Obermagier ihren Satz zu Ende, „und du wirst dich ihrer würdig erweisen!" Sein letzter Satz hörte sich fast wie ein Befehl an. Eine solche unnachgiebige Art kannte Purga von ihm nicht. Es musste etwas geschehen sein. Sie würde den Grund sicher gleich erfahren.

Doch da täuschte sie sich. Er schickte sie weg mit den Worten: „Wandern wirst du demnächst genug!"

Trotzdem ging Purga mit einem Lächeln. Sie war glücklich. Burmann weniger. Er hatte keine große Lust, sich an die Bücher zu setzen. Dennoch begann er wie Purga in der selben Stunde mit den Vorbereitungen, die Zeit war kurz. Ein Teil bestünde in einer mündlichen Prüfung zu den Grundsätzen des Magiertums und ein weiterer in der Überprüfung der alltäglichen magischen Fähigkeiten.

13. Kapitel, in dem Xinusia einen Sumpf durchquert und zu einem Waldhund kommt

Xinusia wurde am Morgen von den ersten Sonnenstrahlen aufgeweckt, die sie in der Nase kitzelten. Sie wachte mit einem kräftigen Nieser auf. Ihr Blick fiel auf einen wunderbaren blauen Himmel. Nur wenige Wölkchen waren zu sehen. Es versprach, ein schöner Tag zu werden.

Die Jungmagierin nahm ihre Sachen und machte sich auf den Weg. Blasius war nicht bei ihr. Aber er würde sie finden. Davon war Xinusia überzeugt. Wahrscheinlich suchte er irgendwo nach Futter. Seine Spezialität waren Schnecken, im frühen Morgentau gesammelt. Der Weg führte sie über eine Ebene, die dicht mit Gras bewachsen war. Sie hatte einen fast unbegrenzten Blick über die weite Fläche. Ein starker Duft von Gras und Kräutern, gemischt mit einem leicht modrigen Geruch, stieg ihr in die Nase. Die kleinen üppigen Grashügel waren von schmalen Wasserläufen durchzogen. Xinusia erkannte, dass sie sich in einem Moorgebiet befand. Die kleinen gelben und blauen Blumen, die immer mehr wurden, je weiter sie in die Landschaft vorrückte, unterstützen ihre Annahme. Eindeutig Sumpfblumen. Sie musste vorsichtig sein, um nicht in gefährliche Gebiete zu geraten. Diese waren zwar selten, aber auch schwer zu erkennen. Jetzt hätte sie einen Waldhund gebrauchen können. Xinusia schärfte ihre Sinne und konzentrierte sich auf das Aufspüren von Wasser. Sie schloss die Augen und ihre Gedanken tasteten den Boden um sie herum ab. Die Magierin war gespannt. Würde es so sein, wie sie es in den Büchern gelesen hatte? Dann musste sie jetzt irgendwann vor ihrem inneren Auge Farben sehen. Anfangs geschah nichts. Nur die üblichen kleinen Lichtadern flimmerten auf der Innenseite ihrer Lider. Sie konzentrierte sich noch mehr und presste die Augen zusammen. Nichts, es begann zu schmerzen. Xinusia versuchte sich wieder zu entspannen. Und plötzlich änderte sich das Bild. Grüne und blaue Flecken tauchten auf und wurden allmählich klarer, grenzten sich von einander ab. Wie vorher die gelben Lichtadern auf dem schwarzen Boden ihrer Augenlider, zogen sich jetzt blaue Fäden durch grünen Untergrund. Das Bild wurde immer schärfer, kleine Lagunen wurden sichtbar. Xinusia musste jetzt nur noch den Weg dazwischen finden und ihn mit geschlossenen Augen gehen. Sie bewegte ihren Fuß vorsichtig in Richtung eines Wasserlochs. Nach anfänglichem Halt sank ihr Fuß plötzlich ein und sie spürte eine kalte Nässe. Sie taumelte und konnte sich gerade noch halten. Heimtückisch! Wer auf den Sumpf nicht gefasst war, konnte hier sehr schnell versinken. Eilig zog sie den Fuß wieder zurück. Ein paarmal testete sie so ihr Gefühl und stellte fest, dass sie dafür Talent besaß. Fast wie im Traum durchquerte sie nun das Sumpfgebiet. Immer seltener verspürte sie den Wunsch ihre Intuition auf die Probe zu stellen, sie wurde mit jedem Schritt sicherer. Und nun genoss Xinusia die neu erworbene Fähigkeit. Ein Hochgefühl ergriff sie. Es war, als könne sie mit geschlossenen Augen sehen.

Als die Wasserläufe wieder weniger wurden, war Blasius plötzlich wieder bei ihr. Die beiden setzten ihren Weg fort. Von Zeit zu Zeit probierte Xinusia ihr neues Können aus und schloss nur so zum Spaß die Augen. Es ging jetzt ganz leicht. Die Farben hatten sich verändert, sie sah grau und braun und rot, je nachdem, welchen Boden sie vor sich hatte. Nur noch vereinzelt waren blaue Fäden zu erkennen. Und das Beste war, dass sich die Farben nicht änderten, als es dunkel wurde. Nach einer Weile war die Magierin sogar in der Lage, Unebenheiten zu erkennen. Tief in der Nacht hatten sie den Rand des Moores erreicht und fanden ein trockenes Plätzchen für die Nacht unter einem der Felsen, die nun vereinzelt in der Ebene standen – graue, große Gebilde inmitten von ein wenig Grün und viel Braun. Wenn sie die Augen öffnete, war inzwischen alles grau und schwarz. Völlig erschöpft legte Xinusia sich hin. Es war nicht besonders bequem, aber nach dem langen Fußmarsch machte das Xinusia nichts aus. Sie schlief sofort ein, ohne sich groß umzusehen.

Als sie im trüben Morgengrauen mit schmerzender Hüfte erwachte und sich umschaute, war Xinusia enttäuscht. Sie hatte erwartet, schnell auf die Herben zu treffen. Nun musste sie erkennen, dass es nicht so war. Nichts deutete hier auf bewohnte Gebiete hin. Xinusia befürchtete, sie würde noch lange laufen müssen, bis sie endlich auf Anzeichen traf, dass sich Herben in der Nähe befänden.

Sie kuschelte sich in eine Grasmulde unter dem Felsen, gleich neben der harten Stelle, auf der sie die Nacht verbracht hatte, und zog ihren Umhang enger um sich. Blasius saß an ihrer Wange. Bald waren beide wieder eingeschlafen.

Als sie zum zweiten Mal erwachten, stand die Sonne schon recht hoch. Jetzt waren sie erfrischt und Xinusia hatte wieder neuen Mut. Bald würde sie diese Herben treffen! Und dann ...! So genau wusste sie allerdings auch nicht, was dann wäre.

Doch vorerst musste sie durch das Gebiet der Chen, das jetzt vor ihr lag. Die Felsen wurden häufiger, das Gras nahm ab. Es war nicht ganz ungefährlich dieses Gebiet zu durchqueren. Die Chen waren den Winzen nicht besonders freundlich gesinnt, obwohl die Winze ihr Gebiet immer respektiert und ihrer Meinung nach den Chen nie etwas Böses getan hatten. Xinusia wusste jetzt allerdings, woher diese alte Abneigung stammte. Die Sache mit dem Schrein gab ihr zu denken. Die Vorliebe der Drachenvölker für Schätze war zwar bekannt, ebenso aber auch ihr Hang zum Zusammenhalt. Es war das erste Mal, dass Xinusia von einem Fall hörte, dass Drachen sich wegen eines Wertgegenstandes gestritten hatten und dann auch noch so massiv. Es musste etwas Besonderes an diesem Schrein sein und sie hätte zu gerne gewusst, was es damit auf sich hatte.

In Gedanken versunken betrat sie eine öde Gegend. Das Gras verschwand jetzt ganz, dafür waren immer mehr Felsen in der Umgebung zu sehen. Da Geröll den Boden bedeckte, wurde das Gehen beschwerlicher und die Umgebung immer eintöniger: alles grau in grau. Hätte sich Xinusia nicht ein wenig mit ihrem neuen Können vergnügt und die verschiedenen Farbnuancen von Hügeln und Hügelchen erkundet, wäre ihr vor Langeweile und schmerzenden Füßen vielleicht die Wanderlust vergangen. Erst am späten Nachmittag bekam der Weg wieder einen gewissen Reiz durch die immer bizarrer geformten Felsen.

Der Abend senkte sich nieder. Blasius war wieder einmal allein unterwegs. Glücklicherweise war Xinusia nicht ängstlich. Denn hätte sie sich jetzt offenen Auges genauer umgesehen, wäre ihr aufgefallen, dass ihre Umgebung in der zunehmenden Dunkelheit nicht sehr anheimelnd wirkte. Die Spitzen der Felsen bohrten sich bedrohlich in den Himmel und ihre Umrisse wirkten unheimlich, als würden sie jeden Moment lebendig und sich auf den ahnungslosen Wanderer stürzen. Ein Geräusch schreckte sie aus ihren Gedanken. Es war ein Kratzen oder Scharren. Xinusia ließ in ihrer Hand einen Feuerball entstehen, ganz ähnlich denen, mit denen der Mannschaftswettbewerb ausgefochten worden war. Er erhellte einen kleinen Umkreis und beleuchtete einen großen Waldhund, der zwischen zwei eng zusammenstehenden Felsen feststeckte. Er sah kläglich aus. Ängstlich und zerschunden, die Rückenhaare wie eine Bürste aufgerichtet, aber in seinen Augen leuchtete ein trotziger Stolz, der zu seiner verzweifelten Lage überhaupt nicht passte.

Trotz des Mitleids mit dem Waldhund musste Xinusia ein Lachen unterdrücken. Sie wusste um den Stolz dieser Tiere. Waldhunde hatten einen starken Willen. Deshalb war es auch so schwer, sie zu hypnotisieren. Die meisten Wooden hatten keine Ahnung und behandelten die Waldhunde wie gewöhnliche Haustiere. Xinusia mochte sie und sie hatte wenig übrig für die Mätzchen, die ihnen beim Hypnotisieren abverlangt wurden. Sie hatte sich schon als kleines Mädchen vorgenommen, diese Disziplin bei Wettbewerben abzuschaffen. Xinusia machte einige Schritte auf das Tier zu. Es knurrte. Xinusia sprach es an: „Was machst du denn hier? Das ist kein Ort für Waldhunde." Wieder ein Knurren. Diesmal klang es verwundert. Das Tier war es nicht gewohnt, von Zweibeinern angesprochen zu werden.

„Du brauchst keine Angst zu haben. Ich will dir helfen. Steckst du fest?", fragte Xinusia.

Bis auf einen schmerzvollen, aber aufmerksam prüfenden Blick reagierte das Tier nicht.

Xinusia ging um den Felsen herum. ‚Meine Güte, wie kommt das Tier hier hinein!? Warum ist es nicht um den Felsen herumgegangen?', dachte sie. Der Leuchtball begann zu erlöschen und sie ließ ihn fallen um einen neuen zu entfachen. Da sah sie am Boden Spuren im Licht des verglimmenden Feuerballs. Sie bückte sich und entdeckte im Sand außerdem Blut. Xinusia schaute etwas höher und erschauerte. Jetzt verstand sie die Angst und den Schmerz im Blick des Tieres. Er war angefressen. In seiner linken Flanke klaffte eine große Wunde. Eindeutig von Zähnen gerissen. Der Waldhund musste halb wahnsinnig gewesen sein, als er den Sprung durch die Felsspalte wagte, der ihn in die Falle getrieben hatte. Es gab nur eines, von dem sie wusste, dass es eine solch starke Wirkung auf die Nerven eines Waldhundes ausüben konnte: Chen-Gift! Es konnte sogar tödlich sein. Einen ausgewachsenen Waldhund allerdings würden nur große Mengen umbringen. Anscheinend war der Waldhund gebissen worden und das Gift hatte seine Sinne gestört. Vielleicht hatte er die Felsspalte für eine schützende Höhle gehalten. Jedenfalls hatte er dann in der Falle gesessen und der Chen hatte ihn angeknabbert. Möglicherweise war er nicht gut an den Waldhund herangekommen oder der hatte sich noch zu stark gewehrt. Jetzt war jedenfalls keiner in der Nähe. Doch wie Xinusia die Chen kannte, würden viele wiederkommen um das Opfer gänzlich zu fressen. Wenn sie ihn retten wollte, musste Xinusia schnell handeln. Schieben hätte keinen Sinn gehabt. Die Kraft, mit der der Waldhund selbst schon versucht haben musste, sich zu befreien, würde sie nie aufbringen. Aber ihr standen andere Möglichkeiten zu Gebote. Sie hob entschlossen einige Steine auf und legte sie in gleichmäßigen Abständen um den Felsen herum. Dann warf sie einen Feuerball, der in rasendem Tempo von einem Stein zum anderen flog und dabei einen Kreis zog. Währenddessen hatte Xinusia ihr Haar geöffnet, das jetzt bis zu ihren Hüften herabfiel. Sie riss sich zwei Haare aus, entzündete sie an dem Feuerkreis und warf sie auf die beiden Felsseiten zu. Als sie den Stein berührten, gab es ein Knirschen und die Felsen rückten ein wenig auseinander. „Schnell!", rief sie dem Tier zu, „Raus da! Ich kann sie nicht lange auseinander halten."

Mit einem gewaltigen Sprung befreite sich der Waldhund und landete neben Xinusia. Sie holte aus ihrem Bündel eine Salbe, die sie vorsichtig auf die verletzte Stelle auftrug. „Ruhig, mein Schöner, ruhig, es ist gleich besser. Wir müssen weg hier. Sie werden wiederkommen."

Bei den letzten Worten zuckte das Tier. Es war klar, dass es noch immer vor Angst außer sich war. Ansonsten wäre es niemals freiwillig einem Zweibeiner gefolgt. Waldhunde mussten ganz jung gezähmt werden, ansonsten war es nahezu unmöglich, sie haustauglich zu machen. Doch jetzt schien ihm Xinusia Sicherheit zu bedeuten und er wich nicht von ihrer Seite. Kurz nachdem sie den Felsen verlassen hatten, hörten sie das wütende Heulen der Chen, die sich um ihre Beute betrogen fühlten. Der Waldhund erzitterte, hier in ihrem Gebiet war er ihnen unterlegen. Trotzdem drehte er sich um und bleckte die kräftigen Zähne. Xinusia berührte ihn hinterm Ohr und sagte: „Keine Sorge, die können uns nicht folgen. Keine Spuren. Wozu hab ich diese ganzen Magiebücher durchgeschmökert?! Komm!"

Die beiden gingen weiter, bis sie endlich eine Deckung gefunden hatten. Es war eine Höhle in einem Felsen, deren Eingang Xinusia mit einem Zauber versiegelte.

14. Kapitel, in dem eine Magierprüfung stattfindet und Burmann eine unangenehme Reise bevorsteht

Burmann und Purga standen kurz vor ihrer Prüfung. Sie war etwas anderes als der Magierwettstreit. Bald würde Bansein sie rufen lassen. Vor dem Rat der Woodenmagier zu stehen, war irgendwie anders als vor dem Volk Späße zu treiben. Eigenartigerweise hatte Purga vor den drei Magiern wesentlich mehr Respekt als vor der Masse.

Da! Der Bote trat ein und beorderte sie in den Achenhof. Für offizielle Termine wurde der große Saal genutzt. Die drei Prüfer saßen hinter einem langen Tisch, gebieterisch und ganz und gar nicht vertraut. Bansein war der Hauptprüfer, neben Koman und einer Magierin namens Vika, die weder Purga noch Burmann kannten. Bansein hatte sie extra für die Prüfung holen lassen. Alle drei trugen dunkelblaue Würdenhüte und dazu passend lange Umhänge, die ihre Statur verbargen. Trotzdem gab es Unterschiede. Die fremde Magierin war noch nicht alt, hatte eine glatte Haut und trotz ihres undurchdringlichen Gesichtsausdruckes erschien sie freundlich und humorvoll. Burmann hatte den Eindruck, als zuckten ihre Mundwinkel. Koman dagegen nahmen die beiden Prüflinge den zur Schau getragenen Ernst durchaus ab. Seine sonst schon mürrisch gerümpfte Nase, bebte leicht. Geringschätzig blickten seine kleinen schwarzen Augen auf die beiden und ließen kaum einen Zweifel daran, dass er diese Prüfung missbilligte. Auch Bansein saß ernst vor ihnen und ließ Burmann durch nichts erkennen, dass er sein Onkel war. Nun erhob er sich und sprach dem Ritual der Prüfung folgend die Eröffnungsworte: „Hier und heute werden abgenommen die Prüfungen in der hohen Kunst der Magie. Zeigt ihr euch würdig in euren Kenntnissen, so zeigt euch auch würdig in eurem Tun!"

Die beiden anderen Prüfer reagierten mit einem leichten Nicken, wobei Vika die Jungmagier nun ermunternd anlächelte, während sich in Komans Gesicht nichts veränderte.

Dann ging der Obermagier zu den Aufgaben über: „Eure erste Aufgabe besteht in einer Verwandlung. Nehmt die Gestalt eines alten Winzes an!"

Auf Burmanns Gesicht zeigte sich etwas Entspannung. Diese Aufgabe war relativ leicht. Er konzentrierte sich und sein Körper beugte sich leicht vorn über, sein Rücken rundete sich und Runzeln begannen sich auf seinen Händen und im Gesicht zu bilden. Es dauerte kaum eine Minute, da stand vor dem Rat der Magier an Stelle des jungen Burmann ein verhutzeltes, altes Männchen.

Auch mit Purga hatte sich eine Veränderung vollzogen. Wie Burmann sah sie um viele Jahre gealtert aus und war kaum wiederzuerkennen. Die drei Ratsmitglieder nickten anerkennend. Im Nu waren die beiden wieder zurückverwandelt und erwarteten die nächste Aufgabe. Es war ein Bewegungszauber. In einer der vier Ecken des Saales befand sich eine Vase, deren Standort Purga verändern sollte, ohne sie zu berühren. Burmann hatte das Gefäß auf die gleiche Weise wieder auf ihren Platz zu befördern. Dem Jungmagier schoss der Gedanke durch den Kopf, dass die Aufgaben nicht besonders einfallsreich waren.

Purga richtete ihren Blick fest auf die Vase. Man konnte sehen, wie angestrengt sie war. Ihre Augen waren schmal geworden und die Muskeln an den Schläfen zuckten leicht. Trotzdem dauerte es eine Weile, bis das Gefäß sich von der Stelle bewegte. Keiner der Anwesenden schien zu bemerken, dass auch Burmann seinen Blick inzwischen scharf auf die Vase gerichtet hatte. Nun war er an der Reihe. Voller Vertrauen in seine Fähigkeiten fasste Burmann die Vase fest ins Auge. Sie hob sich leicht vom Boden und schwebte auf ihren alten Platz zu, als sie plötzlich bedrohlich zu wackeln anfing. Verwirrt zwinkerte Burmann, aber die Vase fand trotzdem unversehrt ihr Ziel. Dankbar bemerkte Burmann, wie nun Purga ihrerseits ihm zur Seite gestanden hatte.

Nur eines war ihm nicht klar. Konnten die Magier wirklich davon nichts bemerkt haben? Dies löste sich sehr bald auf, als Bansein meinte, ihre Fähigkeiten im Bewegen schwerer Gegenstände könnten zwar noch ausgebaut werden, dass aber die eigentliche Aufgabe, sich gegenseitig beizustehen, hervorragend gelöst worden wäre.

Als letztes ging es um die Gesetze, die zu kennen und zu befolgen, eine der wichtigsten Voraussetzungen für einen Magier war.

Bansein wandte sich zuerst an Purga: „Was tust du, wenn ein Woode dich zu einem Todkranken ruft, damit du ihn heilst?"

Purga antwortete schnell: „Ich könnte nichts tun, als die Trauer der armen Familie zu mildern, indem ich ihnen Beruhigung brächte. Den Kranken dürfte ich dem Tod nicht entreißen."

„Gut!", antwortete Bansein und wandte sich jetzt seinem Neffen zu: „Gibt es irgendeine Ausnahme in diesem Fall?"

Burmann überlegte und wollte erst verneinen, da fiel ihm ein Absatz ein, den er erst vor Kurzem gelesen hatte. „Ja, es gibt eine Ausnahme. Aber es müssen drei Bedingungen erfüllt sein: Erstens, die Rettung darf nicht eigennützig und nur zu friedlichem Zwecke geschehen.

Zweitens, es müssen mindestens zwei Magier beteiligt sein.

Und drittens fordert eine solche Handlung immer ein anderes Lebensopfer."

„Sehr gut!", lobte Bansein. „Und nun sage mir, was geschieht, wenn ein Lebewesen Unsterblichkeit erlangen will."

„Es würde anderen Lebewesen die Lebenskraft entziehen. Deshalb ist es strengstens verboten."

„Das ist richtig, und vergesst das nie! Und nun, Purga, deine zweite Frage: Welche drei Grundsätze sind die wichtigsten für einen Magier?"

Purga antwortete: „Nun, ein Magier darf die Magie nur zu guten Zwecken nutzen. Die Magie darf nur an Ausgewählte, vom Rat bestätigte Winze weitergegeben werden. Und ein Magier hat sich in allen Bereichen an die Regeln der Magiergilde zu halten und dafür zu sorgen, dass auch andere nicht davon abweichen."

Als Purga geendet hatte, ergriff Bansein wieder das Wort: „Ihr fragt euch sicherlich, warum die Prüfung so einfach war. Das liegt daran, dass sie nur den Abschluss der Bewährung darstellt. In der letzten Woche seid ihr mit einigen Situationen konfrontiert worden, in denen ihr nicht nur Können sondern auch Reife beweisen musstet. Dies war der Hauptteil der Prüfung. Während ihr jetzt draußen auf unsere Entscheidung wartet, könnt ihr ja noch einmal überlegen, ob ihr immer richtig gehandelt habt." Mit einem hintergründigen Lächeln schickte er sie nun hinaus.

Als sie den Saal wieder betraten, erwartete sie ein strahlender Bansein, der allerdings, bevor er seinen beiden Schützlingen überschwänglich gratulierte, noch das Ritual beenden musste: „Von heute an seid ihr Magier der Gilde, nutzt eure Kraft und euer Wissen zum Wohl aller Winze und des Lebens. Achtet die Kräfte der Natur und arbeitet mit ihnen, niemals gegen sie." Er überreichte den beiden ihre Stäbe als Zeichen ihrer neuen Würde. Sie waren edel gearbeitet, aus abgestorbenen Wurzeln, beide wunderschön verziert. Burmanns Stab besaß einen kunstvoll gearbeiteten Raubvogelkopf aus schwarzem Granit und Purgas erblühte an seinem Ende in einer siebenblättrigen Blüte aus unzerbrechlichem Kristall. Rund um den Stamm rankten sich frische grüne Blätter. So schön die Stäbe waren, so unpraktisch waren sie, da sie ausschließlich zeremoniellen Zwecken dienten. Sie gehörten zur Tracht eines Magiers wie der Magierhut und der Umhang.

Einen Tag später begann Purga mit ihren Vorbereitungen für die Reise.

Burmann war indessen gespannt, was sein Onkel denn nun eigentlich mit ihm vorhatte. Er sollte es schnell erfahren. Kurz nachdem Purga gegangen war, rief Bansein seinen Neffen. Burmann beeilte sich. Die beiden Magier setzten sich an den kleinen Tisch in der Mitte des Studierzimmers und tranken Tee. Nach einer

Weile hub Bansein zu sprechen an: „Pass auf Burmann, ich habe dich zum Magier gemacht, weil ich eine Aufgabe für dich habe. Wir benötigen mehr Informationen. Im Grunde wissen wir kaum etwas über unsere Geschichte und noch weniger über die der Drachen. Ich glaube aber, wir sollten es wissen. Der Zet macht mir irgendwie Angst. Vor allem über diese Wesen möchte ich mehr wissen. Du sollst ausziehen und über all das etwas in Erfahrung bringen."

Burmann antwortete eine Weile nicht, dann fragte er: „Ich soll weg? Was ist, wenn inzwischen hier etwas passiert? Außerdem wüsste ich gar nicht, wo ich anfangen sollte."

„Keine Angst, du wirst nichts verpassen, bei dem du vonnöten wärst. Ich glaube auch nicht, dass es in nächster Zeit hier irgendetwas Aufregendes geben wird. Und anfangen könntest du bei Hork."

„Wer, zum hüpfenden Achhörnchen, ist denn Hork?"

Bansein schmunzelte, wurde aber schnell wieder ernst und erwiderte: „Hork ist ein Zet, ein sehr, sehr alter Zet, er ist der einzige, der von Natur aus unsterblich ist: Er kennt alle Geschichten und Legenden, im Grunde weiß er alles, was auf der Welt vorgeht, allerdings hat er an keinem dieser Dinge Anteil gehabt, denn seine Unsterblichkeit hat einen Preis. Er kann sich nicht über einen winzigen Raum hinaus bewegen."

„Woher weißt du das alles?"

„Ich weiß es nicht. Ich habe es in einer alten Legende gelesen. Es war nur noch wenig von dem Manuskript übrig. Der Rest war zerfallen oder zumindest unleserlich. Ich habe so eine Ahnung, dass es vielleicht eine alte Zet-Überlieferung ist. Sie lag tief vergraben in einer Truhe, die schon mein Urgroßvater besaß."

Burmann war noch immer nicht überzeugt: „Du willst mich also einer Legende hinterherschicken, von der du nicht einmal weißt, ob sie ein Fünkchen Wahrheit enthält?"

Bansein sah seinen Neffen ruhig an: „Vertrau mir! Mein Gefühl sagt mir, dass ich richtig liege. Außerdem habe ich noch eine andere Quelle gefunden, in der das, was ich dir gesagt habe, bestätigt wird. Ein Lied in der Sprache der Unterirdischen, es ist ein sehr altes Lied, ich musste eine ganze Weile knobeln, bis ich es entziffert hatte. Es besingt ein Wesen, unsterblich und unbeweglich, aber allwissend. Das Lied sagt, dass es ein Wesen ist, das alle Elemente der Natur verkörpern und in ihrer Gestalt auftreten kann. So, wie sich das anhört, kann es nur ein Zet sein. Um ihn zu finden, solltest du vielleicht zu den Unterirdischen gehen." Ohne den Schrecken in Burmanns Augen zu beachten, sprach Bansein weiter: „Suche einen der Weisen, ein solcher wird dir nichts tun, sieh zu, dass du alles über den Zet erfährst, dann kehre zurück und berichte mir."

„Du meinst das tatsächlich ernst!", stellte Burmann fest. „Du kennst doch aber auch die alten Geschichten."

„Ich weiß und ich verstehe dich auch, aber ich weiß nicht, wie wir sonst mehr herauskriegen könnten."

Burmann wurde durch diese Feststellung nicht besser. Der Gedanke an einen Ausflug unter die Erde behagte ihm nicht und schon gar nicht bei einer Erfolgsaussicht, die sich kaum zu erwähnen lohnte. Aber er wusste, dass Bansein nicht von seiner Idee abzubringen war. Und so wusste er auch, dass seine Reise schon so gut wie feststand.

<u>15. Kapitel, in dem Pipelt mehr über den Drachenschrein wissen will und Xinusia sich um den Waldhund kümmert</u>

Pipelt war derweil zu Hause damit beschäftigt, seine Bücher nach weiteren Hinweisen zu durchstöbern. Er war kaum zu sehen hinter einem riesigen Stapel von dicken Büchern und Schriftrollen. Die Bücher waren in einer Art gestapelt, die den Gedanken an ein sehr wackeliges Kartenhaus aufkommen ließ. Pipelt saß vollkommen vertieft über einer Schriftrolle, die sich jeden Augenblick wieder zusammenrollen wollte. Zwischendurch sah es so aus, als kämpfe er mit der Rolle.

Aber diese Bewegungen schien er selber nicht wahrzunehmen. Er war auf etwas gestoßen, das ihm zu denken gab. Es war eine Zeichnung. Auf dem Blatt war ein geöffnetes Schränkchen zu sehen. Es war reich geschmückt. Im Inneren leuchtete etwas. Was den Magier stutzig machte, war die Tatsache, dass um die Zeichnung herum schützende Zeichen zu sehen waren und zu beiden Seiten eine Art Wasserfall, der oben und unten zusammenlief. Das Wasser war ein Zeichen des Lebens. Aber es hatte hier keinen Anfang und kein Ende; das Zusammenlaufen der beiden Ströme war unüblich. Er war sich sicher, es hatte etwas zu bedeuten. Pipelt schaute von der Rolle auf und sah sich um. Sein Blick wanderte über die Bücherstapel, bis sie bei einem dicken Folianten in der hintersten Ecke verweilten. Pipelt richtete sich auf und sandte einen konzentrierten Blick in die Richtung des ausgewählten Buches. Etwas verärgert wandte er sich wieder ab und suchte weiter im Raum. Sein Blick in das Buch hatte gezeigt, dass hier nichts über das Zeichen stand. Auch in drei weiteren alten Büchern fand sich nichts, das wirklich weiterhalf. Endlich hatte er Erfolg. Es war ein kleines Buch und auf seinem Umschlag war die gleiche Drachenprägung zu sehen wie auf der Legende. Hier fand er eine weitere Beschreibung des Schränkchens und er erfuhr, dass es sich um den sogenannten Drachenschrein handelte. Er fand die Bestätigung, dass dieser Schrein vor sehr sehr langer Zeit einmal den Winzen gehört hatte, die ihn den Drachen zum Dank für die Hilfe gegen die Herben geschenkt hatten. Aus seinem Büchlein erfuhr Pipelt auch, dass er vor langer Zeit von einer Zauberergilde an die Winze übergeben worden war. Diese hatten ihn lange Zeit aufgehoben, dann vergessen und schließlich an die Drachen gegeben, da die Schnitzereien zu ihnen passten. Leider stand nichts über die Kräfte darin, die der Schrein besaß, doch Pipelt war sich sicher, dass es etwas Magisches mit dem Ding auf sich hatte.

Es klopfte und herein kam eine Flowin. Sie ging hinüber zu Pipelt und strich ihm über seine Glatze. Wenn Pipelts Frau so neben ihm stand, fiel die Gegensätzlichkeit des Paares besonders ins Auge. Pontisia war außergewöhnlich groß und schlank, man konnte sie fast als dürr bezeichnen. Die beiden lebten seit einigen Jahren zusammen. So gegensätzlich die beiden auch aussahen, so sehr waren sie ein Herz und eine Seele. Pontisia war keine Magierin, aber sie kannte die Pflanzen des Waldes wie kein anderer, wusste, welche zum Heilen und welche für die Küche geeignet waren, und sie war eine begnadete Köchin, was Pipelt sehr zu schätzen wusste.

„Pipelt, mach eine Pause!", sagte sie, „Du suchst jetzt schon seit zwei Tagen hier herum. Wie willst du etwas finden, wenn du todmüde bist?"

Jetzt erst merkte Pipelt selbst, wie müde er war. Ja, er hätte sich auf der Stelle hier hinlegen können und schlafen. Wenn nur Pontisia hier bleiben und weiter seinen Kopf streicheln würde. Er schloss die Augen. Aber Pontisia ließ ihn nicht hier eindämmern. Sie hatte zu oft erlebt, dass er dann mitten in der Nacht völlig zerschlagen aufwachte und nicht wieder einschlafen konnte. Er brauchte jetzt ein leichtes Abendessen und sein schönes weiches Bett mit der warmen Waldmoosdecke. Behutsam fasste sie seinen Arm und zog ihn in die Küche. Dort wartete schon ein leckerer Salat aus Apeneckern und Sommelbeeren verfeinert mit junger Waldkresse und Sperlingsfiletstreifen. Darüber hatte sie eines ihrer Spezial-Honigdressings gegeben. Als ihm der Duft in die Nase stieg, lebte Pipelt wieder merklich auf. Mit den Worten: „Was würde ich bloß ohne dich machen?", setzte er sich an den Tisch und begann zu essen. Pontisia sah ihn lächelnd an. Ja, was wohl? Am liebsten hätte sie ihn jetzt gefragt, was eigentlich los war und was er suchte. Aber sie hielt sich zurück. Pipelt erhob sich und ging zu Bett.

Xinusia kümmerte sich um den Waldhund. Das Heilen war nicht unbedingt ihre Stärke, aber sie tat, was sie konnte. Zaubern lag ihr mehr. Hier gab es nichts zu zaubern. Heilen war Handwerk. Sie überlegte. Welche Kräuter würde sie benötigen und woher sollte sie sie bekommen? Hier war nichts als Sand und Steine. In ihrer Hütte im Dorf gab es massenweise Heilmittel. Sie musste sich etwas einfallen lassen. Die Wunde hatte zu eitern begonnen.

Xinusias Gedanken eilten zurück ins Moor. Dort hatte es nach Kräutern geduftet, erinnerte sie sich. Sie richtete ihre Gedanken stärker in diese Richtung. Es zeigte sich, dass das Suchen nach dem Weg mit geschlossenen Augen die Konzentrationsfähigkeit insgesamt geschult hatte. So schnell hatte sie nicht erwartet, die richtigen Kräuter zu finden. Als Problem erwies es sich aber, die Kräuter aus dem Boden und zu ihr zu bekommen. Der Waldhund gab einen klagenden Laut von sich. „Ruhe!", fauchte Xinusia. „Ich muss mich konzentrieren." Sie musste es mit einem Bewegungszauber probieren. Gerade, als sie aufgeben wollte, lockerte sich die Pflanze. Sie bewegte einige Stängel der Kräuter langsam durch die Luft. Mehrmals entfielen sie ihr und landeten immer wieder auf dem Boden. Xinusia musste etwas suchen, ehe sie sie zwischen den Blättern wieder fand, dann hob sie sie wieder an und zog die Kräuter in ihre Richtung. Es war anstrengend und dauerte lange, bis die Pflanzen endlich in ihr Versteck schwebten.

Erschöpft hob Xinusia die Kräuter auf und begann sie über einer Schale mit kochendem Wasser zu zerreiben, dazu streute sie etwas dunkle Erde. Es entstand ein schwärzlicher Brei, der leicht säuerlich roch. Xinusia ließ ihn etwas abkühlen und strich den Brei behutsam auf die Wunde. Augenblicklich linderten sich die Schmerzen, die vollständige Heilung würde jedoch noch etwas dauern.

Das Tier sah Xinusia dankbar an und murmelte: „Es ist besser so. Waldhund dankt."

„Hast du einen Namen?", fragte die Magierin.

„Nein", antwortete das Tier.

„Wenn du bei mir bleiben willst, gebe ich dir einen", meinte Xinusia.

„Ja, gib mir einen Namen, Waldhund bleibt."

„Gut, du wirst Stratasal heißen, das bedeutet Treue in der alten Sprache. Ich kann einen treuen Freund brauchen."

„Stratasal wird treu sein. Verlass dich auf Stratasal."

Xinusia strich dem Waldhund über den Kopf. Sie war froh, diese Gesellschaft zu haben. In diesem Augenblick flog Blasius herein. Er drehte eine Runde und setzte sich in einiger Entfernung von Stratasal auf einen Vorsprung im Fels. Er schaute fragend auf Xinusia. Sie musste lachen. War der Vogel etwa eifersüchtig? Das hätte sie nie für möglich gehalten. Oder hatte er einfach nur Angst?

„Komm her!", lockte sie, „Du brauchst keine Angst zu haben. Stratasal tut dir nichts." Blasius trippelte auf dem Felsen einige Schritte näher und wartete wieder. Xinusia stand auf und holte ihn. Jetzt kletterte er bereitwillig auf ihre Hand.

Sie nahm ihn mit auf ihr Lager, setzte den Vogel ab und dachte nach. Morgen würde sie weiterziehen. Und sie würde die Herben finden. Und was dann? Das würde sich zeigen.

Sie schlief ein.

16. Kapitel, in dem Purga und Ozola aufbrechen

Purga und Ozola saßen im Haus der Jägerin. Es befand sich – ganz unüblich für Wooden – im Wipfel einer Bante. Von hier aus hatte man einen atemberaubenden Blick über die Lichtung. Und Ozola hatte das Wild im Blick, ohne selbst gesehen zu werden.

Purga und Ozola kannten sich nur flüchtig. Die Jägerin war etwas älter und sie hatten bisher kaum miteinander zu tun gehabt.

Die beiden überlegten, wo sie beginnen sollten.

Ozola wollte zuerst zu den Dra. Diese Geschöpfe faszinierten sie.

Purga aber sagte: „Ich möchte zuerst zu den Flowen. Das ist näher und ich möchte auch wissen, was Pipelt inzwischen herausbekommen hat. Außerdem wollen sie uns Verstärkung mitschicken."

Ozola gab nach. „Na gut, gehen wir zuerst zu den Flowen. Was werden wir brauchen?"

„Nicht viel, das Wichtigste sind gute Reittiere. Ich habe meinen Waldhund. Wie steht es mit dir? Ist deiner in Form?"

„Immer!", erwiderte Ozola prompt.

„Gut, dann werden wir morgen aufbrechen, pack nur das Nötigste ein. Etwas Wäsche zum Wechseln, feste Schuhe und so weiter", kommandierte die Magierin.

„Hey, Frau Zauberin, was ich anziehen muss, weiß ich gut genug und anderes als festes Schuhwerk besitze ich gar nicht. Außerdem glaube ich nicht, dass du hier das Kommando führen musst!", zischte Ozola verärgert. Was bildete sich diese frisch gebackene Magierin ein! Sie warf einen abfälligen Blick auf die Sandalen ihres Gegenübers. Purga registrierte diesen Blick sehr wohl, sagte aber nichts. Es war ihr unangenehm, dass sie eben so rechthaberisch gewesen war. Das hatte sie nicht gewollt. Was war nur in sie gefahren? Irgendwie fühlte sie sich in der Gegenwart der Jägerin unsicher. Vielleicht hatte sie deshalb so aufgetrumpft. Sie hätte sich jetzt entschuldigen können, aber das brachte sie auch nicht über sich. Stattdessen verabschiedete sie sich kurz und ging. Ein toller Anfang für ihre gemeinsame Aufgabe!

Purga ließ sich an dem Seil herab, das von Ozolas Baumhaus nach unten führte.

Sie begab sich nach Hause. Dort holte sie eine lederne Tasche aus dem Schrank und begann, ihre Sachen zu packen: ein wetterfester Umhang, etwas Wäsche… Ihren magischen Stab ließ sie lieber zu Hause. Sie nahm ihn zärtlich in die Hand. Er war ihr Beweis, dass sie nun eine echte Magierin war. Purga konnte es selbst noch kaum glauben. Sie stellte ihn behutsam wieder an seinen Platz.

Am Morgen wurde Purga durch lautes Klopfen geweckt. Draußen schien schon die Sonne und es klopfte noch einmal. Purga schlich zur Tür. Wie sie es sich gedacht hatte, stand Ozola dort und sah sie herausfordernd an. „Was ist, ich denke, wir wollen heute aufbrechen? Meintest du womöglich am Abend?"

„Es ist gut, Ozola, wollen wir die ganze Zeit streiten? Ja, ich habe verschlafen. Aber ich bin gleich fertig. Willst du einen Tee?"

„Gerne, hast du Purpeln? Ich mache den Tee, zieh du dich an!"

Purga konnte sich nicht verkneifen zu bemerken, dass diesmal wohl Ozola kommandierte.

„Dann sind wir ja quitt, also wo ist nun der Tee?", konterte diese.

„In der Küche, oben auf dem Schrank steht eine Dose. Da sind sie drin", rief Purga aus ihrem Schlafzimmer. Ozola hatte inzwischen Wasser aufgesetzt. Jetzt streute sie etwas getrocknete Purpeln in die Teekanne und legte einige Bantenplätzchen auf einen Teller. Dann stellte sie zwei Becher, die Plätzchen und einen Topf Honig auf den Tisch. Als Purga in die Küche kam, war auch der Tee fertig.

Sie setzten sich schweigend. Nach einer Weile rang sich Purga ein Danke ab. Sie war gerührt, wollte es aber um keinen Preis zeigen. Auch Ozola schien keinen Wert auf große Gefühlsausbrüche zu legen. Sie nickte nur.

Kurz darauf schlüpfte Purga in ihre bequemen Lederstiefel. Sie waren alt, aber unverwüstlich und selbst die Jägerin fand an ihnen nichts auszusetzen. Purga schloss sorgsam ihre Tür ab und sie schlugen den Weg in den Wald ein. Im Gegensatz zu ihren Reiterinnen vertrugen sich die beiden Waldhunde vom ersten Augenblick an. Einträchtig liefen sie nebeneinander her und kümmerten sich wenig um die Anstrengungen ihrer Herrinnen, der anderen wenigstens um ein kleines Stück voraus zu sein.

17. Kapitel, in dem sich Burmann auf den Weg zu den Unterirdischen macht

Auch Burmann hatte sich auf seine Reise begeben. Diesmal allein. Bomsel hatte er bei seiner Mutter gelassen. Unter die Erde wollte Burmann das Tier nicht mitnehmen. Auch eine Reitdrossel wäre ihm dorthin nicht gefolgt.

Er war auf dem Weg zum Grottenberg. Wie der Name es schon sagte, befanden sich im Inneren des Berges Grotten und, was die wenigsten wussten, von ihnen führte ein geheimer Weg in die Tiefen der Erde. Burmann war immer noch nicht ganz wohl bei dem Gedanken an diesen Teil der Welt. Was er über die Unterirdischen wusste, kannte er aus Büchern und Geschichten, die seine Mutter ihm, als er klein war, erzählt hatte. Sie waren durchweg unheimlich gewesen. Es hieß, die Unterirdischen seien blutdürstig und machten keinen Unterschied zwischen Winzen und Tieren. Ihr Aussehen konnte auch niemand wirklich beschreiben. Bansein hatte etwas von winzähnlich gesagt, mit grünlich brauner Hautfarbe. Aber die Leute im Dorf hatten noch ganz anderes erzählt. Die alte Fin zum Beispiel hatte, als sie von seinem Vorhaben hörte, die Hände zum Himmel erhoben und etwas von riesigen Zähnen und Krallen gefaselt. Und Bips erzählte von schaufelförmigen, scharfen Geweihen. Wenn nur die Hälfte von alldem stimmte, wollte er die Unterirdischen gar nicht sehen.

Aber es musste ja sein. Das meinte jedenfalls Bansein.

Es war fast Mittag, bis vor Kurzem hatte die Sonne noch geschienen, aber jetzt bezog es sich. Burmann hatte schon immer einen Nerv fürs Wetter gehabt. Und jetzt wusste er, dass es bald regnen würde. Er hatte ganz und gar keine Lust nass zu werden. Also beeilte er sich, in die Grotten zu gelangen.

Ein paar Tropfen waren schon gefallen, als er sie endlich erreichte. Drinnen war es trocken, aber empfindlich kühl.

Burmann ließ einen Feuerball entstehen und setzte etwas Holz, das er zusammengetragen hatte, in Brand.

Es wurde etwas gemütlicher. Jetzt schaute er sich um. Von der Decke hingen glitzernde Stalagtiten herab, ihnen entgegen wuchsen Stalagmiten. Einige trafen sich schon fast. Sie mussten sehr alt sein. Im Hintergrund der Grotte schimmerte eine kleine Wasserfläche. Burmann bemerkte, wie durstig er war und ging zu dem See. Das Wasser war kristallklar. Der junge Magier beugte sich nieder, schöpfte seine Hand voll und trank. Es war kalt und schmeckte ausgezeichnet. Burmann zog seine Vorräte heraus und aß etwas. Dann breitete er eine Decke aus und legte sich hin. Bansein hatte gesagt, er solle am Ende der vierten Grotte nach einem Spalt in der Wand suchen. Dort würde ein Pfad hinab führen. Und er sollte einen Weisen finden. Aber wo, das hatte Bansein nicht gesagt. Er hatte seinen Namen genannt. Wie hieß er noch mal? Es war in der Sprache der Unterirdischen ... Burmann zog einen Zettel hervor. Darauf stand der Name: Jozikza. Hoffentlich verlor er den Zettel nicht! Seine größte Sorge aber war, wie er einen Weisen erkennen sollte. Bansein hatte gemeint, er würde es schon merken.

18. Kapitel, in dem Xinusia Bekanntschaft mit den Herben macht

Xinusia hatte sich früh am Morgen auf den Weg gemacht, auf der Schulter Blasius, hinter sich Stratasal. Sie war einige Tage unterwegs und hatte langsam schon keinen Elan mehr. Endlich änderte sich die Gegend, aus der felsigen Einöde wurde wieder fruchtbares Land. Hier tauchten auch keine Chen auf. Ihre letzte und einzige Begegnung mit diesen Kreaturen war Xinusia nicht in guter Erinnerung. Sie lag zwei Tage zurück. Xinusia hatte in den Felsen nach Nestern gesucht, um ein paar Eier zu finden, da war sie einem Chen auf den Schwanz getreten. Er schoss mit einem Zischen herum und bespritzte die Zauberin mit einer Flüssigkeit, die verdammt brannte und eine hässliche Wunde an ihrer Hand zurückließ. Gott sei Dank hatte das Vieh nicht genug Zeit zum Zielen gehabt. Xinusia hatte zum Glück in ihrem Rucksack eine Salbe gefunden, die den Schmerz linderte. Warum war sie ihr bei Stratasals Verwundung nicht in die Hände gefallen? Die Heilung wäre um einiges schneller gegangen. Doch dann war ihr eingefallen, dass diese Salbe nicht bei Tieren Anwendung fand, weil sie das Nachwachsen von Fell verhinderte. Es war also gar nicht so schlecht gewesen. Wer weiß, vielleicht wäre ihr diese Einschränkung erst zu spät eingefallen und Stratasal hätte jetzt eine Glatze am Hintern! Nach dieser Begegnung war die Gruppe den Felsen nur nach genauester Prüfung der Umgebung nahe gekommen. Doch das lag jetzt hinter ihnen. Hier war Gras, hier waren Blumen und es gab Bäume, gigantische Bäume!

Es dauerte nicht lange und sie trafen auf Spuren von Lagern. Die Fußspuren im Sand waren allerdings zu groß, um Winzen zu gehören. Xinusia vermutete, dass sie nun ihrem Ziel nicht mehr fern war. Wenn das die Fußabdrücke von Herben waren, mussten sie tatsächlich riesig sein. Xinusia war sich plötzlich nicht mehr so sicher, ob es eine gute Idee war, dieses Volk zu suchen. Aber jetzt war sie hier und sie hatte nicht vor aufzugeben. Langsam musste sie sich allerdings darüber klar werden, wie sie sich bei den Herben einführen sollte. Xinusia würde darüber nachdenken. Doch im Moment war sie müde und wollte nur schlafen. In einem sehr dicken Baum klaffte eine Öffnung, die den Blick auf einen passablen Schlafplatz freigab. Stratasal kroch eher widerstrebend in die Baumhöhle. Er schien diese Höhle, die nur einen Ausgang hatte, nicht sonderlich zu mögen. Aber er gab ein wunderbares Kopfkissen ab und Xinusia fand den Raum im Baum einfach nur kuschelig. Sie legte sich zu dem Waldhund und schlief schnell ein.

Die Jungmagierin wachte von einem bedrohlichen Knurren des Tieres auf, doch es war zu spät, irgendetwas zu unternehmen. Als Xinusia die Augen aufschlug, sah sie sich einer Meute riesiger Geschöpfe gegenüber, die neugierig in die Öffnung starrten. Allerdings wagten sie sich nicht nah heran, da sie Respekt vor dem knurrenden Tier hatten. Auf den ersten Blick sahen sie, bis auf ihre Größe, nicht viel anders aus als die Winze. Ihr Haar war kurz geschoren, alle sahen fast gleich aus. Sie trugen Hosen, die an den Oberschenkeln weit und von den Knien abwärts röhrenartig eng waren, und gleiche Oberteile mit ausgepolsterten Schulterteilen. Doch sie schienen keiner vielschichtigen Sprache mächtig. Was sie sagten, hörte sich an, wie weebiiduu webidu. Nach einer Weile wurde Xinusia klar, dass es WER BIST DU heißen sollte. Es war eine verkümmerte Form ihrer eigenen Sprache. Sie erinnerte sich jetzt wieder, gehört oder gelesen zu haben, dass die Herben einmal die gleiche Sprache wie sie gesprochen hatten. Wie es jetzt war, wusste sie nicht. Es schienen aber noch Reste vorhanden zu sein.

Xinusia entschloss sich, nur das Nötigste zu sagen. Sie wollte sich erst einmal ein Bild von ihrer Lage machen. Und so sagte sie langsam: „Mein Name ist Xinusia." Sie entschied, aus der Höhle zu kommen und stieg, während sie beruhigend auf Stratasal einsprach, aus der Öffnung.

Das schien den Herben auszureichen. Ohne Weiteres abzuwarten, nahmen sie Xinusia in ihre Mitte. Der Waldhund, der anfangs in der Höhle geblieben war und auf ein Wort von seiner Herrin gewartet hatte, trottete jetzt neben ihr her, nicht ohne noch immer leise vor sich hin zu knurren. Nur die Magierin verstand, dass dem Waldhund der Geruch der Kerle nicht gefiel. Der Kreis der Herben um die beiden wurde, als sie merkten, dass das Tier nicht angriff, recht eng und sie hielten lange Speere auf sie gerichtet. Xinusia war zwar nicht gefesselt, aber gefangen, das spürte sie deutlich. Natürlich hätte sie einfach mit einem Schwebezauber entkommen können, aber einerseits wollte Xinusia Stratasal nicht bei den Herben lassen und auf der anderen Seite war das Lager der Herben ja sowieso ihr Ziel. Und es war vielleicht besser, nicht all ihr Können gleich zu zeigen. Die Herben schienen schon überrascht, dass sie mit einem Tier reden konnte. Möglicherweise kannten sie keine Magier. Vielleicht würde es ihr noch nützen, einige Überraschungen parat zu haben. Der Marsch zog sich eine Weile hin. Diesmal ging es wieder zurück in Richtung ihrer Heimat. Bald würden sie sich wieder in den Gebieten der Chen befinden. Das ärgerte Xinusia im Moment am meisten.

19. Kapitel, in dem Pamilia ihre Gesandten auswählt und Purga Pipelt bei der Lösung seines Problems hilft

Pipelt hatte endlich mal wieder ausgeschlafen, Pontisia verwöhnte ihn und die Sonne schien. Es war ein schöner Tag. Wären da nur nicht diese Gedanken an das seltsame Zeichen auf der Schriftrolle gewesen. Dann hätte er heute einen unbeschwerten Tag genießen können. Einen von der Sorte, wie er sie gekannt hatte, bevor auf dem Magierfest diese vermaledeite Wolke aufgetaucht war. Aber das alles ließ ihm jetzt keine Ruhe, zumal er von Bansein eine Nachricht erhalten hatte, dass zwei Abgesandte des Woodenrates bald bei ihm auftauchen würden, eine Magierin und eine Jägerin. Zu ihnen sollten sich ein oder zwei Flowen gesellen. Gemeinsam sollten sie sich dann weiter zu den Dra begeben, um das weitere Vorgehen zu planen. Das Problem war jedoch: Wie sollte man Pläne schmieden, wenn man gar nicht wusste, wogegen oder wofür?

Es war nur eines klar: Die Herben waren näher an die Winzgebiete herangerückt und mit ihnen hatte ein unheimlicher Zet namens Usur irgendetwas zu tun. Was sie wollten, wusste niemand genau.

Pipelt hatte heute einen Termin bei der Prinzessin. Nachdem Pamilia durch einen Boten Beduns über die Umstände unterrichtet worden war, bestand sie darauf, die Auswahl der Flowenbotschafter zu treffen und er sollte ihr dabei helfen. Der Magier begab sich vor den Spiegel, zog sein Gewand glatt, streifte die Ordenskette über den Kopf und machte sich auf den Weg. Wie er Pamilia kannte, hatte sie die Entscheidung schon getroffen und wollte nun nur noch seinen Segen. Dagegen war meist nichts zu machen, sie hatte einen Dickkopf, den sie praktisch immer durchsetzte. Zum Glück waren ihre Entscheidungen aber meist recht durchdacht.

Wie Pipelt es geahnt hatte, saßen im Vorraum zu Pamilias Audienz schon zwei Flowen. Es waren Eheleute: Pisur und Asta, ein ungleiches Paar. Pisur war kräftig, groß und dunkelhaarig, Asta klein, zierlich und flachsblond. Trotz ihrer kleinen Statur verstand es Asta aber bestens, sich durchzusetzen. Pisur war ein wunderbarer Musikant und in allen handwerklichen Dingen äußerst geschickt, allerdings nicht allzu hellen Verstandes und er war den Damen nicht abgeneigt. Um Schäden, die aus den beiden letztgenannten Eigenschaften Pisurs entstehen konnten, vorzubeugen, hatte sich Pamilia entschieden, auch die kluge Ehefrau mitzuschicken. Außerdem hatte sie einige Erfahrung im Heilen und auch das konnte vielleicht bei ihrer Mission von Nutzen sein.

Pipelt war es zufrieden. Er klopfte und trat in den großen Audienzsaal, der durch ein mit Netzen verhangenes Oberlicht diffus erleuchtet wurde. Einzelne Strahlen wurden durch die geschickt gelegten Durchlässe zu kleinen Scheinwerfern, die bestimmte Stellen im Raum erhellten und andere im Dunkeln ließen. So entstanden blütenartige Muster auf dem Boden. In der Mitte eines dieser angestrahlten Orte saß Pamilia auf ihrem Sessel, der aus sehr schön gemasertem Holz gefertigt und an den Lehnen mit phantasievollen Blütenschnitzereien verziert war. Sie besah sich die Spitzen ihres langen grünlich schimmernden Haares. Das taufarbene Übergewand legte sich locker um ihre schlanke Figur. Darunter trug sie einen eng anliegenden grünen Anzug aus gewatzten Blütenblättern. Die hübschen Beine hatte die Prinzessin übergeschlagen, so dass sie gut zu sehen waren. Pisur würde Augen machen. Und Pipelt argwöhnte, dass Pamilia genau dies hoffte. Dass er selber gemeint sein könnte, darauf kam er gar nicht. Diese Frau könnte tatsächlich einmal eine gute Herrscherin werden, wenn sie endlich weniger eitel würde. Schon die alberne Bezeichnung Prinzessin, die sie sich gegeben hatte! Dabei waren ihre Eltern längst tot und sie rechtmäßige Inhaberin des Thrones. Noch immer besah sich die Schöne ihre Haarspitzen, ohne auf Pipelt zu achten. Schließlich sagte dieser: „Ehrenwerte Pamilia, ich grüße dich." Nun schaute sie auf: „Ah, Pipelt, sei auch du gegrüßt. Gut, dass du da bist. Wir haben Wichtiges zu besprechen. Wir müssen aus unserem Volk zwei Botschafter bestimmen, die mit den Woodengesandten zu den Dra ziehen. Aber ich nehme an, du weißt Bescheid?" Sie drehte sich graziös zur Seite, wobei sie den Beinüberschlag wechselte, und beobachtete Pipelt, doch der schien ihrer Erscheinung noch immer keine Beachtung zu schenken. Sie zog eine enttäuschte Schnute, die der Magier anscheinend ebenfalls nicht bemerkte. Pamilia entschloss sich, von Pipelt gar nicht beachtet werden zu wollen. Er war alt und dick! Dieser Pragmatismus hatte der Prinzessin schon des Öfteren über ihre gekränkte Eitelkeit geholfen und trug dazu bei, dass sie nicht nachtragend war. Und böse konnte sie Pipelt sowieso nicht sein. Er kannte sie seit ihrer Geburt.

Sachlich antwortete er: „Ja, natürlich Pamilia, mein Freund Bansein schickte mir eine Nachricht. Du hast sicher schon eine Vorauswahl getroffen?"

Pamilia lachte: „Du kennst mich gut. Bist du mit den beiden draußen einverstanden?"

Pipelt erwiderte: „Ich hätte kein besseres Paar finden können. Pisur wird den Damen die schwere Arbeit abnehmen und sie beschützen und Asta wird auf ihn aufpassen."

„Ja, genauso hatte ich mir das gedacht. Sagen wir es ihnen also. Sei so lieb und hole sie herein!"

Pipelt machte eine Handbewegung und die Tür schob sich auf. „Asta, Pisur, kommt herein!"

Die beiden betraten den Raum und blieben in einiger Entfernung stehen.

„Tretet näher!", forderte Pamilia sie auf. „Wir haben einen Auftrag für euch. Ihr sollt als Botschafter der Flowen fungieren. Das ist eine große Ehre. Die Flowen in unserem Dorf werden sich während eurer Abwesenheit um eure Belange kümmern. Pipelt wird euch mit allem, was ihr wissen müsst, vertraut machen. Das war es. Geht und packt und findet euch dann bei Pipelt ein."

Asta wandte sich widerspruchslos um und wollte gehen. Sie wusste, selbst wenn sie etwas gegen diese Mission gehabt hätten, Pamilia hätte sie irgendwie überzeugt.

Pisur aber blieb wie angewurzelt stehen und suchte nach schmeichelhaften Worten, die er nicht fand. Er benahm sich genau wie Pamilia es ersehnt hatte. Pisur bewunderte sie und konnte sich kaum satt sehen und Pamilia ließ es gnädig geschehen. Bis Asta ihren Gemahl am Ärmel zog und ihn irgendetwas murmelnd unsanft hinaus schubste.

Pipelt rief ihnen noch hinterher: „Bis morgen, kommt zum Frühstück!" Dann waren sie aus der Tür. Pipelt ließ sie wieder zufallen.

„Du hast ihnen ja wieder mal die freie Wahl gelassen", sagte Pipelt nun zu Pamilia.

Sie grinste: „Was hätte Herumdiskutieren gebracht? Sie sind die Richtigen. Außerdem wird es ihnen Spaß machen, mal aus dem Dorf herauszukommen."

Pipelt nickte nur.

„Dann werde ich sie mal einweihen. Ich weiß nicht, ob ihnen die Aufgabe dann immer noch Spaß macht."

„Du musst ihnen ja nicht alles sagen."

„Doch, das werde ich", antwortete Pipelt energisch, „Ich werde sie nicht losschicken, ohne ihnen alles gesagt zu haben, was wir wissen."

„Ja", lenkte Pamilia ein, „ist ja gut. Früher oder später werden sie es ja doch mitbekommen, aber sie sollen nichts zu den anderen sagen. Das übernehme ich, wenn es soweit ist."

Pipelt verabschiedete sich und ging.

Zu Hause erwarteten ihn Gäste. Ozola und Purga waren angekommen. Freudig überrascht begrüßte Pipelt sie.

„Oh, Purga, du?! Verzeih meine Verwunderung, Bansein sagte in seiner Nachricht etwas von einem Magier. Du bist doch noch Jungm ..."

„Nein,", fiel ihm die junge Frau ins Wort, „Burmann und ich haben letzte Woche die Prüfung abgelegt. Du sprichst also mit einer Magierin, wenn auch mit einer frisch gebackenen."

„Wie schön, ich gratuliere! Und du musst die Jägerin sein. Sei gegrüßt." Damit wandte er sich Purgas Begleiterin zu.

„Ja, Pipelt, ich bin die Jägerin, mein Name ist Ozola."

„Gut, macht es euch bequem! Morgen früh werdet ihr eure Gefährten kennenlernen. Bis dahin ruht euch aus. Ach, Purga, wenn du Lust hast, könntest du mir bei einem kleinen Problemchen behilflich sein."

‚Ha‘, dachte Purga, ‚hattest du nicht eben etwas von Ausruhen gesagt?‘ Sie fühlte sich etwas zerschlagen. Immerhin waren sie die ganze Zeit durchgeritten. Keine der beiden Frauen hatte der anderen gegenüber zugeben wollen, dass sie gerne gerastet hätte.

Am Schluss war es schon eher ein Spiel, aber eines, das von beiden sehr ernst genommen wurde. Sie wäre jede Wette eingegangen, dass Ozola, obwohl als Jägerin geübt, jetzt auch Ruhe brauchte. Sie sah zu ihr hinüber. Doch diese plauderte äußerst vergnügt mit Pontisia. Jetzt sollte Purga also Pipelt bei irgendetwas helfen. Und Ozola hatte es gehört. Wie also sollte Purga es abschlagen. Es reizte sie allerdings auch, von einem Obermagier um Hilfe gebeten worden zu sein.

Also sagte sie: „Sehr gern, Pipelt!“

Dieser nahm sie bei der Hand und führte sie in sein Arbeitszimmer. Hier sah es noch immer so aus wie am Vorabend. Purga musste lächeln. Sie kannte nur wenige Magier, die Ordnung halten konnten. Wozu sollten sie auch? Schließlich konnte ein guter Magier alles durch seine Gedanken aufstöbern und fand so, was er benötigte, auch im größten Chaos.

Pipelt führte sie zu der Rolle, die er am Abend zuvor ausgegraben hatte, und zeigte ihr das Wasserfallzeichen, dass ihm so rätselhaft darauf aufgefallen war.

„Sieh mal Purga, das habe ich gestern gefunden. Hast du eine Ahnung, was es bedeuten könnte? Du hast doch bestimmt für die Prüfung noch ein paar Bücher gewälzt, ist dir was aufgefallen?“

„Nein“, sagte sie mit einem Kopfschütteln, „das Zeichen kenne ich nicht. Aber Wasser bedeutet ...“

„Leben, das ist mir klar. Aber warum fließen die Wasserfälle zusammen? So etwas habe ich noch nie gesehen.“

Zaghaft erwiderte Purga: „Könnte es nicht sein, dass dieses Zusammenfließen Erneuerung bedeuten soll?“

Pipelt sah sie groß an, dann rief er begeistert: „Oder Unendlichkeit! Leben ohne Ende.“ Er stockte und fuhr dann ehrfürchtig und zugleich erschrocken fort: „Unsterblichkeit!“

Er sah Purga an: „Du bist ein Schatz! Du hast es herausgefunden. Dass ich nicht selbst ... Purga, du verdienst deinen Titel. Das müsste dann eigentlich heißen, dass dieser Schrein, den wir vor langer Zeit den Drachen schenkten, irgendetwas mit Unsterblichkeit zu tun hat. Oh, oh, das Ganze wird komplizierter, als ich dachte ..., aber wie kann das sein? Solche Gegenstände gibt es, soviel ich weiß, in unserer Welt nicht.

Aber Purga, kein Wort zu den anderen! Ich muss der Sache erst auf den Grund gehen."

Sie nickte. Auch Purga war klar, wie gefährlich dieses Geheimnis sein konnte. Wie war das noch? Unsterblichkeit konnte nur auf Kosten anderer Leben erlangt werden. Eine Gänsehaut überzog ihren Rücken. Wenn ein solches Ding wie der Schrein in falsche Hände kam! Sie mochte es sich nicht ausdenken.

20. Kapitel, in dem Burmann ins Reich der Unterirdischen gelangt

Burmann hatte ausgeschlafen. Durch eine schmale Nische fiel Tageslicht in die Grotte. Ihm wurde bewusst, dass er es heute wahrscheinlich für lange Zeit zum letzten Mal sehen würde. Wehmut befiel ihn. Doch die konnte er sich jetzt nicht leisten. Er holte seine Vorräte hervor und prüfte sie. Das Essen würde für ungefähr fünf Tage reichen. Wasser hoffte er im Inneren der Erde ausreichend zu finden. Irgendwoher musste sich der kleine See ja auch speisen. Ein oberirdischer Zulauf war nicht zu entdecken. Er hatte eine Nase für Wasser. Jetzt wollte Burmann seine Vorräte aber noch nicht angreifen. Er begab sich nach draußen. Hier glitzerte noch alles im Morgentau. Der junge Magier sammelte einige Aspanienfrüchte und röstete sie in der Glut seines Feuers. Sie schmeckten ausgezeichnet. Dann räumte er seine Sachen zusammen, verschnürte sie zu einem kleinen Bündel und machte sich an die Erkundung der Grotte. Hinter dem kleinen See fand er eine Nische. Sie führte in eine andere Grotte. Allerdings war es hier stockfinster und Burmann musste sich eines Feuerballs bedienen. Die Grotte war kleiner als die vorige und niedriger. Aber Burmann hatte noch keine Schwierigkeiten mit der Höhe. Für einen Dra wäre es hier vielleicht ungemütlich geworden, aber er hatte noch eine Menge Bewegungsfreiheit. Das änderte sich in der nächsten Grotte.

Sie war selbst für einen Winz niedrig. Burmann schob sich durch einen Spalt hinein und hätte sich beinahe den Kopf gestoßen. Zum Glück hatte er seinen Feuerball, der die Umgebung beleuchtete. Plötzlich ging er aus. Wahrscheinlich hatte Burmann damit eine der feuchten Wände berührt. Doch auch neue Feuerbälle erloschen ständig wieder. Es war zum Verzweifeln. Rumms! Da war es passiert. Burmanns Kopf brummte. Jetzt erst fiel ihm ein, dass er sich auch auf andere Weise orientieren konnte. Er konzentrierte sich, so sehr es sein Brummschädel zuließ, und sandte seine Gedanken aus. Sie stießen kurz vor ihm auf ein Hindernis. Burmann bückte sich und kroch durch einen schmalen Gang, dann waren keine Hindernisse mehr zu erkennen. Er stand auf und konnte sich wieder bewegen. Nun zog er sein Bündel aus dem Gang nach und versuchte erst einmal wieder ein Feuer zu entzünden. Und siehe da, es funktionierte. An der Seite war jetzt ein eigenartiges Gestell zu erkennen. Burmann trat näher und erkannte einen Fackelhalter. Und da lagen auch Fackeln auf dem Boden. Er nahm eine und zündete sie an. Es war jetzt heller und vor allem brauchte er nicht so viel Kraft, als wenn er ständig hätte neue Feuerbälle entstehen lassen müssen. Das musste die vierte Grotte sein. Von hier aus sollte es also einen Weg ins Innere der Erde geben.

Burmann durchschritt die hallenartige Höhle. An ihrem Ende stieß er auf eine glitzernde Wand. Sie flimmerte im Licht der Fackel in hunderterlei Farbtönen. Es war unmöglich, an der Fläche Unebenheiten, geschweige denn die angebliche Spalte am Ende der Grotte zu erkennen.

Der junge Woode entschied sich zu tasten. Doch kaum hatte er die Wand berührt, zuckte er auch schon wieder zurück. Er hatte sich die Finger verbrannt. Aber nicht an Feuer, das konnte ihm schon lange nicht mehr passieren. Es war etwas anderes, etwas, das er nicht kannte. Burmann blies sich auf die Fingerspitzen, aber es half kaum. Wie sollte er dieses Hindernis überwinden? Er spannte seine Gedanken an und tastete mit ihrer Hilfe die Wand ab. Jetzt fand er den Spalt, er war nicht allzu groß. Burmann würde sehr vorsichtig hindurch gehen müssen, wenn er nicht riskieren wollte, sich noch einmal zu verbrennen. Und darauf hatte er wahrlich keine Lust. Also zog er den Bauch ein, nahm sein Bündel davor und begann sich langsam durch den Spalt zu fädeln. Er mochte nicht daran denken, was ihn am Ende dieses Durchgangs erwartete.

Auf jeden Fall würde es wieder einmal dunkel werden. Die Fackel hatte er in der Grotte zurücklassen müssen. Vorerst konzentrierte Burmann sich auf seine jetzige Umgebung. Wenn er seinen Sinnen trauen durfte, waren die Wände aus dem gleichen Material, wie die glimmende Wand am Ende der vierten Grotte. Aber sie schienen nicht heiß zu sein. Vorsichtig berührte er das Gestein. Es war kalt. Vielleicht war es das Licht des Feuers, das die Wand so erhitzt hatte. Möglicherweise war es die Eigenart des Gesteins, Licht in Wärme umzuwandeln. Wenn seine Überlegung richtig war, wäre es interessant zu wissen, wie das Gestein auf andere Elemente reagierte. Er beschloss es auszuprobieren, sobald er aus dieser verdammten Ritze heraus wäre. Immerhin konnte er sich auch irren und die Wände hielten noch ganz andere Überraschungen bereit. Er tastete sich weiter. Seine Gedanken waren immer ein kleines Stück voraus. Burmann wollte wissen, worauf er sich einließ.

Endlich gelangte der Magier an das Ende der Spalte. Burmann war froh, dass er keine Angst vor engen Räumen hatte.

Im Gegensatz zu seiner Annahme, in vollständiger Dunkelheit anzukommen, schimmerte Licht in den Durchgang. Draußen herrschte eine Art Dämmer. Was er erblickte, war überwältigend. Obwohl nirgends eine Lichtquelle auszumachen war, leuchtete die Decke der sich vor ihm erstreckenden Grotte in Hunderten von Grüntönen, die zum Teil zart ineinander übergingen und dann wieder hart aufeinander treffende Hell- Dunkelkontraste bildeten.

Es war kühl hier unten. Burmann hüllte sich gedankenverloren in einen Mantel, den er aus seinem Bündel zog. Er konnte die Augen kaum von dem Licht wenden. Am liebsten hätte er sich gesetzt und diesen Anblick einfach nur genossen. Aber er wusste, dass er sich damit nicht aufhalten konnte. Seine Gedanken kehrten zu dem Gestein zurück, durch das er sich die letzte halbe Stunde geschoben hatte. Er ließ einen Feuerball entstehen und prompt begann die Wand zu flimmern. Er musste nicht noch einmal anfassen, um zu wissen, dass sie heiß war. Was würde geschehen, wenn er die Wand mit Wasser in Berührung brachte? Er zog seinen Behälter hervor, ging hinter einem Felsen in Deckung, zog den Deckel ab und spritzte einige Tropfen gegen das Gestein. Es passierte ... nichts. Langsam kam Burmann aus seiner Deckung. Es geschah noch immer nichts. Er beschloss noch etwas anderes zu probieren. So wie es hier unten kein Feuer gab, so gab es auch keinen Wind. Der Magier blies in seine hohle Hand und warf dann die einge-fangene Luft, die unter seinem Zauber zu einem kurzen aber hef-tigen Windstoß wurde, gegen die Wand. Kaum hatte der Luftzug die Wand berührt, begann das Gestein sich auszudehnen und kam auf Burmann zu. Was hatte er angerichtet? Er wich zurück. Zum Glück hörte der Stein binnen Kurzem auf, sich zu bewegen. Der Fels hatte jetzt eine Ausbeulung. Burmann berührte ihn. Er war fest und kühl. Wie froh war der junge Woode, die Eigenschaften der Wand nicht schon in dem engen Gang erkundet zu haben. Er stellte sich vor, wie Jahre später irgendwer sein eingeklemmtes Skelett gefunden hätte. Doch seine Neugier war noch nicht versiegt. Was würde bei Kälteeinwirkung geschehen? Trotz der Unvorherseh-barkeit konnte Burmann nicht widerstehen. Er legte die Hand auf und ließ Kälte in den Stein strömen. Dieser wurde feucht und gleich darauf begann er zu tropfen. Burmann beglückwünschte sich dazu, sich nicht beherrscht zu haben. Er würde solange er in der Nähe dieser Steine blieb, immer genug Wasser haben. Also be-schloss er, an der Wand entlang zu wandern. Dieser Weg war genauso gut wie jeder andere, um Jozikza oder jemanden, der mit diesem Namen etwas anfangen konnte, zu finden. Er führte Burmann wieder zu einem Gang, der in westlicher Richtung abbog. Diesem folgte der junge Magier jetzt, weiterhin begleitet von dem grünlichen Licht.

21. Kapitel, in dem Xinusia zu nützlichen Informationen kommt

Xinusia wurde in ein Zelt gebracht, das aus einem festen braunen Stoff gefertigt war. Er wirkte fast lederartig. Licht drang nur über eine kleine Öffnung am spitzen Ende des Zeltes ein. Der Raum war bis auf ein paar Schemel, ein paar Decken auf dem Boden und eine Feuerstelle leer. Sie war allein. Stratasal wurde nicht zu ihr gelassen. Vielleicht war er entkommen. Xinusia hatte bemerkt, dass die Herben immer bemüht waren, Abstand zu ihm zu halten. Jedenfalls war er jetzt nicht da. Xinusia kam sich einsam vor. Plötzlich hörte sie neben sich eine bekannte Stimme: „Ich bin hier, du bist da und ich singe trallala ...“

„Blasius!“, Xinusia nahm den Vogel auf die Hand. „Ich kann dir gar nicht sagen, wie ich mich freue. Du kannst mir sehr behilflich sein. Flieg in die Zelte und lausche!“

Der Hattich flog los. Sie hätte ihm gerne noch gesagt, dass er sich die Oberhäupter aussuchen sollte, aber das hätte keinen Zweck gehabt. Was Blasius ihr erzählen würde, war vollständig vom Glück abhängig.

Xinusia setzte sich in eine Ecke, in der sie eine Art Matte erspähte. Sie hatte vor, ein wenig zu schlafen. Der Weg durch das Chen-Gebiet hatte sie erschöpft und sie wollte fit sein, wenn sie mit den Herben sprach.

Ein wenig Heimweh hatte sie schon nach Waldstadt. Vielleicht hätte man ihr dort ihren Fehltritt ja verziehen. Aber sie sich selbst nicht. Sie, Xinusia, würde es allen zeigen. Sie dämmerte ein. Einige Zeit später weckte die Jungmagierin ein Picken am Ohr. Blasius saß auf ihrer Schulter.

„Ach, du bist's. Schön, dass du wieder hier bist. Und was sagen die draußen so?“

Blasius hatte auf diese Frage nur gewartet und fing an zu reden mit immer wieder neuen Stimmen: „AAu duu mii geeh ... trii wii eii ... ee gee wee voo mii ... auu auu blöö kee ... auu auu aabaa .... wann woolen wiir spreechen üüber die Wiinz? ... Niicht voor moorgen ... haa duu maa ...“

„Halt!“, unterbrach Xinusia den Redeschwall, „Flieg noch einmal zu denen davor. Die scheinen wenigstens so zu sprechen, dass man etwas versteht.“

Blasius flog noch einmal weg und kehrte eine Stunde später wieder zurück.

Jetzt erfuhr Xinusia einiges von Wichtigkeit. Allerdings musste sie auch diesmal die eine oder andere unverständliche Passage über sich ergehen lassen, da der Vogel nun einmal nicht unterscheiden konnte, was wirklich wichtig war. Aber er hatte anscheinend den richtigen Ort gefunden.

Xinusia machte in Blasius' Erzählung drei Stimmen von Bedeutung aus. Der mit der tiefen Stimme schien so etwas wie ein Anführer zu sein. Er wurde mit „Großer Graan“ angeredet. Die anderen beiden hießen Weik, der eine hohe, fast piepsige Stimme hatte, und Boor, er sprach etwas rau und noch langgezogener als die anderen. Auf diese drei Stimmen konzentrierte die Jungmagierin ihre Aufmerksamkeit.

„Weik, wiie woolen wiir voorgeehen, ween wiir siind daa? Waas woolen wiir maachen geegen Zaubeerer?“, fragte die tiefe Stimme.

„Iich weiß niiicht, wiir brauchen auch Zaubeereer. Deer Zeeet iist niiicht iimmer daa.“

„Haa, haa, haa auch Zaubeerer. Wooheer? Diieser Zeet, eer iist auch nuur daa, ween eer wiil. Niie, ween wiir iihn hiier haaben woolen“, quietschte es.

„Psst, spriiich niie schleeecht üüüber Uusuur. Spriich gaar niicht üüübeer UUsuur! Eeer kaaann Scheeeckliiches üüber uuns briingeen“, ließ sich wieder die langgezogene Stimme hören.

„Grooßer Graan, wiir müüsen daarüüber spreechen. Wiie soolen wiir gemeiiinsaam miit iihm käämpfen, ween wiir niicht miit iihm reeden düürfen. Bei deen Draachen maag ees oohne Maagiie geehen. Die haaben keine Maagiier! Aaber die Wiinze, diie jaa", quietschte es nun wieder.

Die Stimme, die anscheinend dem Großen Graan gehörte, antwortete: „Guut wiir weerden einee Löösung fiinden. Geeht jeetzt. Wiir weerden moorgen miit deer Gefaangeneen spreechen. Foort jeetzt!"

Xinusia war begeistert: „Blasius, das war toll! Besseres hättest du gar nicht hören können."

Zu sich selbst sagte sie: „Die brauchen also einen Magier, das ist ja phantastisch. Warum habe ich mir eigentlich den Kopf zerbrochen, wie ich mich hier nützlich machen könnte? Die brauchen einen Magier, hier haben sie einen! Dass ich erst Jungmagierin bin, muss ich ihnen ja nicht sagen und ich nehme an, die kennen den Unterschied auch nicht. Sie sind wirklich nicht besonders gut informiert. Sonst wüssten sie, dass die Dra nur deshalb keine Magier haben, weil ein jeder seine eigene Magie besitzt."

Jetzt konnte sie beruhigt einschlafen. Sie würde das Kind schon schaukeln.

22. Kapitel, in dem der Weg zu den Dra beginnt, und Purga und Ozola Freundinnen werden

Purga, Ozola, Pisur und Asta trafen sich am Morgen zum Frühstück bei Pipelt. Dieser machte sie miteinander und dann mit den Fakten bekannt. Wie vorhergesehen, waren Pisur und Asta nicht begeistert von der Mission. Natürlich gingen sie gerne auf Reisen, aber das hier hörte sich ganz und gar nicht nach Vergnügungsreise an. Es schienen eine Menge Gefahren zu warten und wenn Pisur an die schwarze Wolke dachte, deren Schatten er im Dorf der Wooden gesehen hatte, wurde ihm nicht besser. Aber sie waren bereit. Alles war besser, als untätig herumzusitzen.

Ihr erstes Ziel sollte die Stadt der Dra sein. Dort sollten sie mit Pumpur zusammentreffen. Hier würde sich auch alles Weitere entscheiden. Die Dra gehörten zum alten Geschlecht und verfügten über die Weisheit und Magie vieler Jahrhunderte. Bessere Strategen als die Dra gab es wohl kaum. Ihnen konnten darin höchstens die Chen das Wasser reichen. Doch die waren weit weg und zudem den Winzen nicht gerade freundlich gesonnen.

Zu den Dra würden sie drei bis vier Tage benötigen. Die Reitdrosseln sollten in Blütenia bleiben. Denn der Weg nach Drastadt führte durch dichtes Unterholz und wurde selten genutzt.

Noch am gleichen Tag machte die kleine Gruppe sich auf den Weg. Kurz bevor sie aber loszogen, hielt Pontisia sie noch einmal auf: „Asta, warte!" Die Angesprochene hielt inne und wartete. Pontisia war noch einmal ins Haus gelaufen und kam nun mit einem kleinen Beutelchen wieder. „Nimm das mit! Die Kräuter sind für eine Erzinientinktur. Wenn es soweit ist, bereite sie zu, aber denke daran, dass sie immer nur für drei Tage wirksam ist!" Asta war verwundert, sie fragte sich, warum sie eine Tinktur zum Aussetzen der Geruchsfähigkeit mischen sollte. Aber die anderen waren schon voraus geritten und sie wollte nicht noch mehr Zeit verlieren. Also fragte sie nicht nach, sondern beeilte sich, den anderen zu folgen.

Ozola und Purga ritten voran. Sie hatten ihre kleinen Rivalitäten begraben, es gab jetzt Wichtigeres. Pisur folgte. Asta hatte sie schnell eingeholt und ritt nun neben ihrem Mann. Der Weg führte wieder in den Wald. Hier hatte der Sturm nicht so scharf getobt wie in dem Stück zwischen der Wooden- und der Flowensiedlung. Es gab kaum umgekippte Bäume, dafür war aber das Unterholz so dicht, dass die vier zu Messern greifen mussten, um hindurch zu gelangen. Wege gab es nicht. Die Flowen hatten kaum mit den Dra zu tun und wenn es unbedingt sein musste, kam ein Dra geflogen. Hier zeigte sich zum ersten Mal, wie gut es war, dass Pisur mit von der Partie war. Seine Kräfte schienen schier unverwüstlich. Er hieb auf das Unterholz ein, räumte die Überreste aus dem Weg, so dass die anderen drei nur noch Kleinigkeiten zu tun hatten. Letzte Dornenzweige, die hartnäckig immer wieder zurück schwangen, mussten entfernt werden. Aber das war, wenn man auf die Dornen achtete, keine allzu schwere Aufgabe. Allerdings würden sie etwas mehr Zeit benötigen, wenn es so weiterging. Mit solchen Bedingungen im Wald hatte niemand gerechnet. Als es zu dämmern begann, hatten auch Pisurs Kräfte ein Ende. Er setzte sich an das Lager und wartete auf sein Abendbrot. Normalerweise hätte Asta ihm solch ein Verhalten nicht durchgehen lassen, aber heute hatte er es verdient, sich ein wenig verwöhnen zu lassen. Sie behandelte seine geschundenen Hände und begann Aspanienfrüchte zu kochen, während sich Ozola und Purga aufmachten, um an freien Stellen nach Pilzen oder Beeren Ausschau zu halten. Ans Jagen war bei diesen Bedingungen gar nicht zu denken. Während ihrer Suche blieben die beiden eng beieinander, um sich nicht zu verirren. Sie unterhielten sich. Purga erzählte davon, wie sie als kleines Mädchen ihr Talent für die Magie entdeckt hatte. Sie hatte am Bach gespielt und war hinein gefallen. Damals konnte sie noch nicht schwimmen, der Bach war tief und durch das Schmelzwasser aus den Bergen fast reißend zu nennen und niemand war in der Nähe, der ihr hatte helfen können. Sie hielt sich an ihren Träumen fest, in denen sie zum Beispiel zum Spaß das Wasser in Seen hin und her schaukeln ließ. Das kleine Mädchen hatte sich so stark auf diese Träume konzentriert, dass das Wasser sich plötzlich zu einer starken Welle erhob und sie ans Ufer schob. Völlig verwirrt und durchnässt war sie nach Hause gelaufen und hatte ihren Eltern aufgeregt erzählt, was passiert war. Diese wollten es ihr nicht glauben. Noch nie hatte es in den Familien ihrer Eltern magische Kräfte gegeben. Sie waren Fischer und Flechtkünstler, aber keine Zauberer. Sie schrieben Purgas Rettung einem glücklichen Umstand zu und ihre Erzählung ihrem Zustand. Als sie aber darauf bestand, hatten die Eltern, um sie zu beruhigen, zugegeben, dass das Wasser ihr vielleicht zu Hilfe gekommen war. Aber sie erklärten es damit, dass ein Magier in der Nähe gewesen sein musste, der sie gerettet habe. Purga aber wollte sich nicht zufrieden geben. Sie hatte schon damals einen Dickkopf besessen, der ihren Eltern des Öfteren zu schaffen machte. Warum sollte ihr Retter sich nicht gezeigt haben. Er verdiente doch Dank!? So machte sie sich auf den Weg zum Obermagier. Das war damals gerade Bansein geworden. Sie hatte vor ihm gestanden und gesagt: „Du, Obermagier, ich kann auch zaubern."

Und er hatte geantwortet: „Das ist aber schön, kleines Fräulein. Zeigst du mir etwas davon?"

Sie war verlegen geworden. „Ich weiß nicht, ob es hier geht. Ich glaube, dazu muss ich in den Bach."

Er hatte sich ein Lachen nicht verbeißen können, aber es war ein fröhliches Lachen, kein höhnisches und so ließ sie es ihm durchgehen. Bansein meinte: „Nein, das denke ich nicht, wenn du zaubern kannst, dann kannst du es überall. Aber wenn du Wasser brauchst, komm, wir gehen an meinen Brunnen!"

Und sie war mit ihm in den Hof des Mildenhauses gegangen. Dort stand ein wunderschöner, überdachter Brunnen mitten im Licht der einfallenden Sonne.

„So, meine kleine Zauberin", hatte er gesagt, „wenn du das Wasser steigen lassen kannst, werde ich deinen Eltern persönlich sagen, dass du wirklich zaubern kannst."

Sie blickte ihn überrascht an, er hatte ihre Gedanken gelesen, ihre Angst, er könnte ihr wie ihre Eltern nicht glauben. Sie hatte dann all ihre Kraft zusammen genommen, in den Brunnen gesehen und mit aller Konzentration, derer sie fähig war, gedacht: ‚Steige Wasser, steige!' Plötzlich war ihr Gesicht nass gewesen. Das Wasser war für einen kurzen Augenblick in die Höhe geschossen und sank nun wieder auf seinen normalen Stand. Bansein hatte dagestanden und, obwohl er vor Nässe triefte, applaudiert. Nachdem er sich gründlich trocken gerubbelt hatte, war der Obermagier mit ihr nach Hause gegangen und hatte mit den Eltern ausgemacht, dass sie zweimal in der Woche zu ihm in die Lehre kommen sollte. Später war sie viel öfter da gewesen und hatte alles von ihm gelernt, was er sie lehren konnte. Dann hatte er vor einiger Zeit zu Purga gesagt: „Mehr kann und muss ich dir nicht beibringen. Ein wirklich guter Magier weiß, wie er all das anwendet und so seine Künste vervielfacht. Ein schlechter sollte diese Tricks gar nicht erst kennen, er würde nur Unsinn damit anstellen. Aber ich bin sicher, du wirst ein gutes Mitglied unserer Zunft." Damit war die Lehrzeit beendet und sie musste sich alles Weitere selbst erarbeiten. Es hatte Spaß gemacht und die Möglichkeiten schienen unerschöpflich.

Ozola hatte gespannt zugehört, dabei aber auch eine Menge Beeren gesammelt. Jetzt fragte sie: „Purga, könntest du mir nicht ein kleines Kunststück beibringen?"

Die Magierin sah sie erstaunt und etwas erschrocken an. „Bitte mich nicht um so etwas, wir dürfen die Künste nicht an andere weitergeben. Nicht ohne die Erlaubnis des Obermagiers."

„Ach so!", lenkte Ozola ein, „Das wusste ich nicht. Ich fand nur immer schon das Zaubern so faszinierend und da habe ich gedacht ... na ja, wenn's nicht geht, geht's nicht, ich hätte wahrscheinlich sowieso kein Talent."

„Naja, wenn du bisher nichts davon gemerkt hast ... Bist du irgendwann mal plötzlich geschwebt oder hat sich mal eine Tischdecke selbst angezündet, als du an Feuer gedacht hast, oder sind schon mal alle, die in deiner Umgebung waren, plötzlich eingeschlafen, nur du nicht, oder ..."

„Halt ein, nein, nichts von alledem. Und wenn ich das so höre, bin ich gar nicht mehr so sicher, ob ich es will. Ist dir das alles mal passiert?"

„Na ja, nicht alles, aber das mit der Tischdecke. Beim Hut des Obermagiers, hab' ich einen Ärger bekommen! Es war die Lieblingsdecke meiner Mutter." Sie lachten.

Nun begann Purga zu fragen: „Und wie bist du zur Jägerei gekommen? Soviel ich weiß, kommen deine Vorfahren aus dem Webereigewerbe."

„Nein, das stimmt nicht ganz. Mein Großvater väterlicherseits war Jäger. Er wandte sich der Weberei erst zu, nachdem ein Unfall es ihm unmöglich gemacht hatte, weiter auf die Jagd zu gehen. Ich fand seine Jagdwaffen in einer winzigen Kammer. Zuerst sagte ich niemandem etwas davon, sondern machte die alten Waffen wieder sauber. Es waren ein großes Jagdmesser mit geschnitztem Griff und dieser Bogen. Pfeile waren nicht dabei, aber eine Anleitung, wie man welche herstellt und wie man sie behandeln muss, damit sie geschmeidig werden und gut fliegen, trotzdem aber hart sind. Auch zur Behandlung des Bogens gab es darin gute Tipps. Ich kann ihn mit Leichtigkeit spannen, aber hinter seiner Sehne steckt eine atemberaubende Kraft. Zuerst war es für mich mehr ein Zeitvertreib, mit den Waffen zu üben, aber dann machte es mir immer mehr Spaß und das Weben immer weniger. Also wurde ich Jägerin und der Erfolg gab mir recht. Ich glaube, meine Eltern fanden es gar nicht so schlecht, zumal meine beiden Schwestern schon Weberinnen waren. So viele Weber hätten hier nicht genug zu tun gehabt."

Die beiden hatten während ihrer Unterhaltung eine Menge gesammelt und wollten jetzt zum Lager zurückkehren. Doch als sie sich umsahen, konnten sie kaum noch etwas in der Umgebung erkennen. Es war schon fast dunkel. Wie sollten sie zurückfinden? Purga und Ozola griffen sich bei den Händen. „Hast du eine Ahnung, wie wir hier heraus kommen sollen?", fragte Purga.

„Vielleicht", meinte die Jägerin, „Wir haben uns von einer freien Fläche zur anderen vorgearbeitet. Wenn wir Glück haben, ist so eine Art Weg entstanden. Wir müssen ihn nur finden."

„Du hast recht, ich werde uns erst mal Licht machen." Damit ließ sie eine Feuerkugel entstehen und es wurde hell um sie herum.

„Halt!", rief jetzt Ozola erschrocken, „Was, wenn du den Wald anzündest?"

„Huch!" rief jetzt Purga, die Kugel flog ihr aus der Hand und landete mitten in einem Laubhaufen. Mit der Geistesgegenwart der Jägerin sprang Ozola hinzu und wollte das Feuer mit ihrem Mantel ersticken. Noch bevor dieser jedoch den Boden berührte, hatte Purga den Feuerball schon wieder zu sich zurück geholt und sagte den Ball in der Hand haltend, mit einem entschuldigenden Lächeln: „Ich konnte einfach nicht widerstehen. Keine Angst, es ist kaltes Feuer." Von kaltem Feuer hatte Ozola noch nie gehört. Aber es war ihr jetzt auch klar, wie die Magier das Feuer anfassen konnten.

„Aha, dann ist ja gut", sagte die Jägerin etwas pikiert, musste dann aber lächeln. Mit Hilfe des Lichtes fanden die beiden den Weg zurück. Arm in Arm kamen sie am Lagerplatz an. Astas Aspaniensuppe war allerdings schon kalt.

23. Kapitel, in dem Xinusia hoch pokert und am Ende doch im Ungewissen ist

Xinusia wartete darauf, dass die Herben sie holen würden. Blasius war schon wieder unterwegs auf Schneckenjagd, aber um diese Zeit wäre er als Spion sowieso nicht sehr nützlich gewesen. Rings herum schlief noch alles. Hätte sie fliehen wollen, wäre es jetzt ohne Probleme möglich gewesen, aber die Jungmagierin hatte andere Pläne. Jetzt überlegte sie, wie sie sich am besten einführen sollte.

Sie hatte eine Menge Zeit, die Sonne stand schon hoch, als sie tatsächlich geholt wurde. Blasius war längst zurück und saß nun auf ihrer Schulter. Xinusia hatte ihm eingeschärft, auf keinen Fall zu sprechen, aber gut zuzuhören.

Sie wurde in ein großes Zelt geführt. Links und rechts räkelte sich eine Gruppe Herben, am Ende des Zeltes stand eine Art zusammenklappbarer Thron. Auf ihm saß ein besonders großer Herbe. Selbst im Sitzen wirkte er noch riesig. Das musste Graan sein, der Große Graan! Die Herben sahen auf sie herab.

Xinusia beschloss, die Initiative zu ergreifen.

„Großer Graan, ich grüße dich und freue mich, dich zu sehen. Nur muss ich die Umstände bedauern, unter denen wir uns kennenlernen. Leider ließ man mich nicht früher zu dir, damit ich dir meine Dienste anbieten konnte."

Der große Herbe schaute verwundert auf und fragte: „Weer biist duu? Wooher keennst duu meiinen Naamen? Und wie koommst duu daarauf, daass iich diich iin meiinen Diiensten haaben mööchte?"

„Lass mich mit dem Beantworten der Fragen von hinten anfangen. Du brauchst einen Magier. Denn, wenn du gegen die Winze etwas unternehmen willst, musst du auch gegen ihre Magier gewappnet sein ..."

„Wooher weiißt duu voon meiinen Pläänen?", unterbrach Graan sie.

„Einen Augenblick! Also du brauchst einen Magier, ich bin eine Magierin. Deshalb kenne ich auch deine Pläne und deinen Namen. Mein Name ist übrigens Xinusia, ich bin Woodin, wurde aber von meinem Volk verraten. Deshalb bin ich hier."

„Duu erwaartest dooch niicht, daass iich diir veertrauue?"

„Wenn du das tätest, wärest du ganz schön unvorsichtig. Aber du kannst meine Dienste ja auch ablehnen oder du stellst mich auf die Probe."

„Nuun, iich weerde miir deiin Aangeboot duurch deen Koopf geehen laassen. Jeetzt briingt siie weeg. Aaber daass iihr siie miir guut behaandelt, biis iich eiine Entscheiidung getrooffen haabe!"

Xinusia wurde wieder weggebracht. Diesmal mit wesentlich mehr Respekt. Die Herben fühlten sich sichtlich unwohl in der Nähe einer Magierin.

In den nächsten Stunden würde sich zeigen, ob Xinusia zu hoch gepokert hatte. Bis dahin saß sie in ihrem Zelt fest und fieberte der Entscheidung entgegen. Die Jungmagierin begann Fluchtpläne zu schmieden, falls der Oberherbe sich gegen sie entscheiden sollte. Sie wollte nicht darüber nachdenken, was dann mit ihr geschehen würde. Wie gerne hätte sie jetzt Stratasal bei sich gehabt. Sie verspürte keinerlei Lust, das Gebiet der Chen noch einmal zu Fuß zu durchqueren und schon gar nicht allein.

Xinusia versuchte die Gedanken der Herben zu lesen, aber es gelang ihr nicht, den Großen Graan zu finden. Wenn sie ehrlich zu sich selbst war, musste Xinusia sich eingestehen, dass diese magische Disziplin nicht zu ihren Stärken gehörte. Kaum ein

Magier beherrschte sie vollkommen. Allerdings konnte sie die grölenden Gedanken der Herben draußen hören. Dabei gelangten hauptsächlich hirnverbrannte Äußerungen der unteren Herben zu ihr. Anscheinend gab es nur sehr wenige intelligente Vertreter dieser Rasse. Das erste Kennzeichen eines etwas höheren Ranges war die Fähigkeit, sich einigermaßen verständlich auszudrücken. Warum war die Sprache der anderen so verstümmelt? War es möglich, dass der Großteil der Herben tatsächlich einfach dumm war? Anscheinend führten sie Befehle aus, uniformierten sich und soffen. Das konnte sie den abendlichen Gesängen der Herben entnehmen, die sich schauerlich anhörten.

Da sie keine Informationen über den Oberherben erhielt, schickte Xinusia Blasius noch einmal los. Er brachte ihr allerdings nur die beunruhigende Nachricht, dass sie im Falle ihrer Nutzlosigkeit den niederen Herben überlassen werden sollte.

Sie musste sich also unbedingt nützlich machen oder fliehen.

24. Kapitel, in dem Burmann beinahe von einem Ungeheuer verspeist wird

Burmann war schon eine ganze Weile den Gang entlang gegangen, als er plötzlich in einem scharfen Winkel seine Richtung veränderte. Führte der Weg bisher nach Westen, so wendete er sich jetzt nördlich. Eine lange Weile später endete die Wand ganz plötzlich. Burmann stand am Rande einer unermesslich großen Höhle. Vor ihm lag ein See. Er schimmerte im selben grünen Licht, das Burmann schon die ganze Zeit den Weg erhellte, war jedoch etwas dunkler, teilweise sogar schwarz. Ein Ufer auf der anderen Seite war nicht zu erkennen.

Burmann neigte sich zum Wasser hinab und schöpfte mit der Hand einige Tropfen, um zu kosten. Kaum hatte er etwas davon im Mund, spuckte er es auch schon wieder aus. Es schmeckte sauer. Den Geschmack wurde er eine ganze Weile nicht wieder los. Erst als er etwas gegessen hatte, verschwand er. Der Magier ärgerte sich, so unvorsichtig gewesen zu sein. Wer weiß, was er da im Mund gehabt hatte. Zum Glück hatte er nichts geschluckt.

Am Ufer erstreckte sich ein breiter Strand. Burmann ließ sich im Sand nieder, der sich weich und samtig anfühlte. Er streckte sich aus und beobachtete das Wasser. Plötzlich kräuselte sich die Oberfläche und ein großes schuppiges Etwas erhob sich. Um besser zu sehen, stand Burmann auf. Das Ungetüm bewegte sich auf den Strand zu und kroch ganz in der Nähe Burmanns heraus. Es hatte keine Augen. Das war das erste, das dem Magier auffiel. Dafür aber ein Maul, das eine Unmenge spitzer, kleiner Zähne beherbergte. Die Schuppen schimmerten gelblich-grün. An den Seiten saßen je zwei große Flossen und weiter vorne ein Paar schaufelartiger Pranken. Auf der Schnauze war eine Art Riechorgan zu sehen.

Das Tier bewegte sich auf dem Strand weiter fort auf die Felswand zu. Kurz davor begann es den Sand aufzuwühlen. Eine große Kuhle entstand. Das Ungetüm wollte gerade darin verschwinden, als es durch irgendetwas aufgehalten wurde. Es kam wieder herauf. Burmann, der bis eben wie versteinert dagestanden hatte, wich zurück. Das Ungeheuer kam direkt auf ihn zu. Seine Zähne mahlten und ein Geräusch, das wie ein Schmatzen klang, war zu hören. Burmann wich immer weiter zurück, bis er mit dem Rücken an die Wand stieß. Das Tier kam immer näher, und es schien Appetit zu haben. Burmann schleuderte Feuerbälle. Sie trafen das schuppige Ungetüm, aber es kam unbeeindruckt weiter auf ihn zu. Der junge Magier überlegte, ob er lieber einen Gefrierzauber anwenden oder das Tier hypnotisieren sollte. Beides war sehr aufwendig und wenn es nicht funktionierte, wäre es zu spät, die andere Variante auszuprobieren. Plötzlich ertönte neben ihm eine Art Pfiff. Das Ungetüm hob den Kopf, wand sich wie unter Schmerzen kurz hin und her und zog sich dann schleunigst ins Wasser zurück.

Burmann ging erleichtert in die Knie. Vor ihm stand jetzt ein kleiner Mann. Wie alles hier hatte auch seine Haut eine grünliche

Färbung und sah lederartig aus. Seine Augen waren ungewöhnlich groß und leuchteten gelblich-grün. Es musste ein Unterirdischer sein. Wie ein Ungeheuer sah er auf jeden Fall nicht aus.

Als Burmann aufstand, überragte er den Mann um gut eine Kopflänge. Der Unterirdische begann zu sprechen: „Sie mögen diese Töne nicht. Viel mehr kann man allerdings gegen diese Viecher nicht tun. Was machst du hier bei uns? Du musst ein Winz sein." Burmann fiel die eigenwillige Komik auf, die darin lag, dass dieser Winzling ihn einen Winz nannte. Dann stellte er erstaunt fest, dass er den Mann verstand. Er hatte zwar einen merklichen Akzent, der sehr melodisch klang, sprach aber eindeutig die Sprache der Winze.

Burmann antwortete: „Ja, du hast recht. Mein Name ist Burmann und ich bin ein Woode. Übrigens danke!"

„Oh, gern geschehen. Es ist mir immer ein Vergnügen, wenn ich diesen Ungetümen eins auswischen kann."

„Was ist denn das überhaupt?"

Der Unterirdische antwortete: „Wir nennen sie Baruane. Es gibt im Sauren Meer eine ganze Menge von ihnen. Zum Glück entfernen sie sich nie weit davon. Aber Baden würde ich nicht empfehlen. Ansonsten ist es ratsam, seine Pfeife nicht zu vergessen."

„Ich werde es mir merken. Aber wer bist du eigentlich?"

„Oh, ja, ich heiße Quörio. Meines Zeichens Wildhüter."

„Wildhüter? Hier unten gibt es Wild?"

„Ja, warum nicht, nicht solches, wie es bei euch herumläuft. Aber wir haben ja auch Ungeheuer, die sind doch auch so was wie Wild, oder?", fragte Quörio.

„Na ja, aber die brauchen doch keinen Hüter."

„Die hier nicht. Aber wir haben Tiere mit wertvollen Panzern. Sie sind auch nicht so unverletzlich wie die Baruane und schon gar nicht so angriffslustig. Und die brauchen schon einen Hüter. Es gibt hier viele Wilddiebe, die die Tiere nur wegen der Panzer in Massen dahin metzeln."

„Ja, wenn das so ist. Aber ich bin eigentlich nicht hier, um mich über Wild zu unterhalten. Ich suche einen Weisen ...“, Burmann kramte einen Zettel hervor und faltete ihn auseinander, „ ...Sagt dir Jozikza etwas?“

„Ha, was willst du denn von dem? Der ist schon lange nicht mehr weise.“

„Wie meinst du das?“ „Er ist alt und er redet schon seit einigen Jahren kein vernünftiges Wort mehr. Komm erst mal mit zu mir, da können wir weiter sehen. Da kannst du mir auch erzählen, was du hier eigentlich willst.“

Burmann ging mit. Nach kurzer Zeit standen sie vor einer Höhle in einem schwarzen Felsen. Quörio öffnete eine versteckte Tür und sie befanden sich in einem gemütlichen, nicht allzu großen Raum. In der Mitte standen ein runder Tisch und einige Stühle. Sie setzten sich und Burmann erzählte von seinem Auftrag.

Als er geendet hatte, sagte Quörio: „Das ist ja eine interessante Geschichte. Hier unten ist die Sprache vor einiger Zeit auch auf die Zet gekommen. Ich weiß aber nicht mehr, worum es genau ging. Am besten, ich bringe dich zu Ambora. Sie ist das, was du wahrscheinlich mit einer Weisen meinst. Sie kennt die alten Geschichten. Und sie kann dir vielleicht auch sagen, was mit Jozikza los ist. Aber das kann bis morgen warten. Du bist bestimmt müde und hast Hunger. Ich denke, du bleibst heute Nacht hier und wir können uns noch unterhalten. Ich erzähle dir dann von unseren unterirdischen Monstern.“

Burmann stimmte zu.

25. Kapitel, in dem Bansein und Pipelt sich mit dem weiteren Vorgehen beschäftigen

Bansein hatte jetzt Zeit, sich genauer mit den Geschehnissen zu befassen. Pipelt war zu Besuch. Er hatte seinem Freund von seiner Vermutung erzählt, dass der Schrein der Drachen etwas mit Unsterblichkeit zu tun und höchstwahrscheinlich eine zentrale Rolle bei den Geschehnissen der letzten Zeit gespielt habe.

Irgendwer wollte den Schrein in seinen Besitz bringen. Aber welche Rolle sollten die Winze dabei spielen und wer genau war hinter dem Drachenschrein her? Waren es die Herben oder Usur, der Zet? Welche Rolle spielten dann die jeweils anderen?

„Ich wünschte, Burmann wäre schon zurück. Aber das wird wohl noch eine Weile dauern. Wer weiß, ob er überhaupt schon unten ist. Und ich hab nicht mal eine Ahnung, ob der alte Jozikza noch lebt. Aber ich musste ihm doch wenigstens einen Namen sagen, sonst wäre er nie dort runter gegangen."

„Ja, ich kann dich verstehen. Aber wie ich ihn kenne, wird Burmann das Kind schon schaukeln. Mach dir also um ihn keine Sorgen."

„Nun, eigentlich tue ich das auch nicht. Ich vertraue auf ihn. Und was die Dra betrifft: Ich habe einen Orgonen zu Pumpur geschickt. Er wird mich benachrichtigen, wenn sich bei ihnen etwas tut. Wir sollten Pumpur aber auch von der Sache mit dem Schrein erzählen. Soweit ich weiß, ist der noch immer in der Obhut der Dra."

„Er wird es vielleicht schon wissen. Purga hat mir geholfen, das Zeichen der ineinanderfließenden Wasserfälle zu entschlüsseln. Sie wird ihn informieren."

„Das ist gut. Ich freue mich, dass Purga dir helfen konnte, sie ist ein feines Mädchen."

„Ja, das ist sie. Hast du sie ausgebildet?"

„Hab' ich", antwortete Bansein stolz, „Aber zurück zu unserem Problem. Wenn jemand hinter Unsterblichkeit her ist, dann weiß er entweder nicht, worauf er sich einlässt, oder er nimmt den Tod vieler anderer in Kauf. Und ich fürchte, das Letztere ist der Fall. Man hat in solchen Situationen selten das Glück, es nur mit Dummheit zu tun zu haben."

Pipelt stimmte ihm zu: „Ja leider, ich fürchte, du hast recht. Was denkst du, sind es die Herben, die den Zet benutzen oder ist es der Zet, der die Herben benutzt?"

„Vielleicht benutzen sie sich gegenseitig."

„Ja, das wäre möglich, es hilft uns aber nicht weiter. Was immer auch los ist, wir müssen uns wappnen. Zuerst einmal gegen das, was wir wenigstens etwas einschätzen können. Und das wäre ein Angriff durch die Herben." Bansein warf ein: „Wir müssen die Dörfer schützen. Das sollten wir den Oberhäuptern überlassen. Dazu müssten die allerdings erst einmal erfahren, was überhaupt los ist."

„Und wie viel willst du ihnen sagen?", fragte Pipelt

„Nun, ich denke alles, bis auf die Sache mit den Zet. Das würde die Gerüchteküche zum Überkochen bringen. Und es gibt jetzt schon Unruhe genug. Um das Zetproblem kümmern wir uns zunächst allein."

„Wir sollten vielleicht die Jungmagier mit der Aufgabe betrauen, die Oberhäupter zu informieren. Enkmann und Sinda könnte ich in die südlichen Regionen schicken." So wurde es beschlossen.

26. Kapitel, in dem Xinusia ihrem Ziel näher kommt

„Iich haabe miich eentschloossen, deeine Diienste iin Aanspruuch zuu neehmen. Aaber wiir weerden diich seehr geenauu beoobaachten." Der Große Graan lehnte sich zurück und musterte Xinusia, die ihn auf eine Antwort nicht warten ließ: „Großer Graan, ich danke dir für dein Vertrauen. Ich werde mich bemühen, dir nach Kräften zu helfen. Es wäre allerdings gut, wenn du mir sagen würdest, wobei."

„Ooh, soo neuugieriig?"

„Aber, Großer Graan, wie soll ich dir helfen, wenn ich keine Ahnung habe, was zu tun ist? Kann ich vielleicht mit dem Zet sprechen?"

„Miit deem Zeet!? Wooheer weiißt duu voon deem Zeet? Kauum eiiner weiiß voon iihm. Uund üüberhauupt, iich weiiß gaar niicht, woo eer ist."

„Ach deshalb braucht ihr einen Magier. Ihr könnt euch auf den Zet nicht verlassen!", sagte sie leise zu sich selbst. Laut sagte sie: „Ihr müsst euch daran gewöhnen, dass ich so etwas weiß. Was wollt ihr aber von dem Zet, was soll er für euch tun?"

Graan antwortete: „Daa duu soowiieso aallees heerauusbekoommst, kaann iich ees diir jaa auuch saagen. Aaber voorheer saage miir, wiissen aalle Maagier, waas hiier voorgeht uund waas iich deenke?"

Xinusia lächelte. Dieser Dummkopf hatte keine Ahnung, was ein Magier vermochte und was er nicht konnte. Es würde nicht schwer werden, ihm etwas vorzumachen.

„Oh", sagte sie, „ich werde einen Schutzzauber über euch legen. Dann ist es ihnen nicht mehr möglich, euch zu bespitzeln. Aber was ist nun mit dem Zet?"

Der Große Graan war beeindruckt. „Daas miit deem Zauuber iist guut. Ees iist soogaar seehr guut. Ees wääre uungüünstig, weenn euure Zauubereer iimmer wüüsten, waas iich wiill."

„Naja, der Zauber wirkt aber nicht in unmittelbarer Nähe."

„Iich haabe niicht diie Aabsiicht, eiinen diieser Maagier iin meiine Näähe zuu laassen."

„Was ist nun mit dem Zet?"

„Eer wiill uuns diie Hiilfe deer Cheen sichern. Eer saagt, wiir brauuchen siie, ween wir geegen diie Wiinze ziiehen. Deenn siie haaben diie Hiilfe deer Draa."

„Wie seid ihr denn zu dem Zet gekommen?"

„Niicht wiir siind zuu iihm geekoommen, eer kam zuu uuns. Eer brachte uuns auuch auuf diie Iidee, uunseere aalten Geebiiete zuurüück zuu hoolen. Wiir kaanten uunseere Geeschiichte gar niicht."

Xinusia fragte: „Was verlangt er denn von euch für seine Hilfe?"

„Niichts, eer hiilft uuns oohne Beediinguungen."

Xinusia bat, sich zurückziehen zu können und erhielt die Erlaubnis. Sie war bald wieder in ihrem Zelt und hatte jetzt Zeit zum Nachdenken. Der Zet hatte die Herben also aufgestachelt. Und die waren dumm genug, zu glauben, er helfe ihnen ohne eine Gegenleistung zu erwarten. Das war mit Sicherheit nicht der Fall. Aber was versprach sich dieser Zet? Was gab es zu holen, das einen Zet reizen konnte?

Sie würde es nur von dem Zet selbst erfahren und sie nahm sich vor, ihn bei der nächsten Gelegenheit kennenzulernen.

27. Kapitel, in dem Burmann Ambora kennenlernt und mehr über die Zet erfährt

Burmann und Quörio waren auf dem Weg zu der Weisen. Auch ihre Behausung befand sich in einer Felshöhle, deren Tür von außen kaum zu erkennen war. Ohne Quörio wäre Burmann daran vorbei gelaufen.

Als die Tür aufging, stand vor ihnen eine Frau, ebenso klein wie Quörio. Ihre Haut hatte dieselbe grünliche Färbung. Die Blüte ihrer Jahre schien sich dem Ende zuzuneigen. Ambora empfing die beiden recht verwundert. „Ein Oberirdischer? Wie kommt er hierher?", wandte sie sich an Quörio. Ihre Stimme klang glockenhell und hatte den gleichen melodischen Akzent wie die seine.

„Das ist Burmann, und du hast recht, er kommt von oben."

„Oh, ich bin unhöflich und lasse euch hier draußen stehen. Kommt erst einmal herein. Ich wollte gerade Tee kochen, ihr trinkt bestimmt ein Tässchen mit."

Nickend traten die beiden ein und Ambora goss einen aromatischen Tee auf. Burmann kannte den Geschmack nicht, aber er war gut, sehr gut.

Er genoss das Aroma schweigend und sah sich in dem Raum um. Dieser war sehr ordentlich. Alles schien genau dort zu stehen, wo es hin gehörte. Nichts machte den Eindruck, als sei es ohne Überlegung platziert. Trotzdem hatte der Raum eine warme Ausstrahlung und Burmann ging durch den Kopf, dass seine Mutter sagen würde: ‚Hier war eindeutig eine Frau am Werk!' Ja, vielleicht hatte sie recht. Burmann hatte schon ordentliche Junggesellenbehausungen gesehen, aber meist hatte er sie schnell wieder verlassen wollen. Hier war das nicht so. Fast alles Mobiliar war aus Stein, aber es war ausgesucht und passte zueinander. Es war Burmann nicht bewusst gewesen, dass auch Stein sehr warm wirken konnte. Quarze und verschiedene Kalksteine wechselten sich ab in Struktur und Farbe. Je nach Zweck war die Beschaffenheit der Oberflächen unterschiedlich. Die Stühle, deren Sitzflächen mit einem flauschigen Geflecht bedeckt waren, schienen aus einem weichen, dennoch aber festen Stein, der eine leicht beige Färbung hatte. Der Tisch war aus dem gleichen Material, in seine Platte war allerdings eine Fläche aus in verschiedenen Farben schimmerndem Material eingelassen. Es konnte Glas sein.

„Der Tee schmeckt wunderbar", sagte Burmann schließlich.

„Oh, danke", erwiderte die Frau, „es ist ein Aufguss aus verschiedenen Wurzeln. In Gebieten mit niedrigen Decken kann man sie bequem pflücken. Du musst nur darauf achten, dass du nicht die jungen Triebe nimmst. Erstens haben sie noch kein Aroma und zweitens würde man der Pflanze schaden. Aber wie bist du denn nun eigentlich hierher gelangt?"

„Ich bin durch die Grotten gekommen. Den Weg hat mir mein Onkel gewiesen. Er ist Obermagier der Wooden."

„Wie heißt er?", fragte sie.

„Bansein ist sein Name."

„Bansein?!", rief sie erfreut.

„Ja, kennst du ihn denn?"

„Oh ja, ich kenne ihn. Er besuchte damals meinen Großvater. Es ist schon lange her. Ich war noch ein kleines Mädchen. Wahrscheinlich hat er mich gar nicht wahrgenommen, oder hat er von mir erzählt?"

Burmann musste bedauern. Sein Onkel hatte kein Wort von Ambora gesagt, er hatte ja nicht einmal sehr viel über Jozikza, geschweige denn über irgendwelche Großväter und deren Enkelinnen und schon gar nichts darüber, dass er überhaupt schon einmal hier war, gesagt.

Ambora war etwas enttäuscht, aber sie versuchte, es nicht zu zeigen.

„Aber nun erzähl doch mal, was führt dich hierher?", fragte sie jetzt.

„Eigentlich wollte ich zu Jozikza. Bansein sagte, ich könnte von ihm einige Informationen bekommen, aber Quörio meinte, das würde nicht einfach werden."

Ambora lächelte wehmütig: „Ja, leider, mein Großvater ist seit einigen Jahren sehr krank. Er vergisst immer mehr und erkennt manchmal seine engsten Freunde nicht mehr. Aber du darfst auch nicht vergessen, er ist 148 Jahre alt. Nicht schlecht, selbst für einen Unterirdischen."

„Ach, er ist dein Großvater! Hätte ich mir ja auch denken können."

„Ich dachte, das wäre dir klar. Aber was wolltest du nun von ihm? Vielleicht kann ich dir ja helfen."

Quörio mischte sich ein: „Also, ich denke, ich bin hier erst mal überflüssig, die Geschichte kenne ich ja schon. Burmann, kommst du wieder zu mir, wenn ihr fertig seid?"

„Ja, ich komme. Bis nachher!"

Dann wandte sich Burmann wieder Ambora zu: „Weißt du, ich brauche Informationen über einen Zet. Bansein meinte, dein Großvater könne mir sagen, wo der alte Hork zu finden ist."

Ambora sah ihn an. „Ich denke, ich kann dir auch helfen. Die Zetforschung war ein Gebiet, für das sich mein Großvater besonders interessierte und er erzählte mir viel davon. Warte, hier oben habe ich die Bücher." Zielstrebig ging sie auf eines der Regale zu, die im hinteren Teil des Raumes in die Wand gehauen waren und griff nach einem Buch. „Hier ist es", sagte sie und kam zum Tisch zurück.

Sie legte das große, flache Buch ab und schlug es ehrfürchtig auf. Es war in einer Schrift geschrieben, die Burmann nicht kannte. Aber die Bilder allein waren schon beeindruckend. Die Figuren auf den Bildern hatten immer neue Gestalten.

Das einzige, woran zu erkennen war, dass es sich um immer dieselben Wesen handelte, waren die Augen, die in jeder Gestalt unverändert waren.

Ambora sah sich Burmann an, der über den Schriftteil immer sehr schnell hinweg blätterte und sagte nach einer Weile: „Komm, gib her, ich lese es dir vor!"

„Ja", sagte Burmann, „das wäre sehr nett, nur mit den Bildern ist es doch ein wenig schwierig. Was ist das für eine Schrift?"

„Die unsere. Dieses Buch hat mein Großvater selbst geschrieben und gezeichnet."

Sie las vor: „Die Zet sind eine alte Rasse. Man nennt sie auch die Wandler. Denn sie sind in der Lage, jede beliebige Gestalt anzunehmen. Jede Gestalt jedes Elementes. Sie können Luft sein, sie können Wasser, Feuer oder Erde sein. Sie können Tier sein, Mensch oder Pflanze.

Die Zet werden sehr alt, und es kommen nur selten neue hinzu, immer dann, wenn ein anderer stirbt. Das geschieht nach etwa 500 Jahren. Es gibt sieben von ihnen. Und sie teilen sich Pandosia. Nur ein Zet ist unsterblich. Er hat die Aufgabe, über die anderen zu *wachen*. Doch er zahlt für seine Unsterblichkeit mit Gefangenschaft. Er weiß alles, kennt Geschichten und Legenden, doch er ist gefangen in seiner Höhle im Norden. Er kann sie nicht verlassen. Sein Name ist Hork.

Die anderen zurzeit lebenden Zet heißen: Garut, Sinip, Usur, Penural, Fedej und Lowabad.

Ein jeder hat sein Gebiet, in dem er lebt. Nur selten sind sie erkennbar. Versteckt schalten und walten sie dort nach Gutdünken.

Um zu verhindern, dass sie ihre Macht missbrauchen, ist es ihnen nicht möglich, etwas von jemandem durch Gewaltanwendung zu erhalten. Versuchen sie es dennoch, verlieren sie die Hälfte ihrer Lebenszeit.

Noch nie hat ein Zet es gewagt, dagegen zu verstoßen. Aber es ist möglich, dass sie andere benutzen, um ihre Ziele zu erreichen.

Welche Rolle die Zet im Schicksalsband der Welt spielen, ist unklar.

Nur von einem Zet ist bisher eine direkte Einmischung in die Angelegenheiten anderer Völker bekannt. Usur heißt er. Vor langer Zeit muss er etwas mit den Drachen zu tun gehabt haben. Dieser Zet hat von allen als einziger eine dunkle Ausstrahlung. Er wurde verbannt von Hork. Doch er wird zurückkehren, denn ein Zet kann nicht für unbegrenzte Zeit verbannt werden. Macht er sich allerdings wieder schuldig, kann Hork ihm seine Lebenszeit entziehen. So heißt es in einer alten Überlieferung. Doch so etwas ist noch nie geschehen und es ist also nicht bewiesen. Das ist, was ich erzählen kann von den Zet. Wer mehr weiß, möge ergänzen, auf dass das Buch der Vollständigkeit näher gebracht werde."

Ambora hielt inne. Dann sagte sie: „Hier sind noch ein paar neuere Aufzeichnungen, aber man wird daraus nicht schlau. Großvater hat sie erst im letzten Jahr geschrieben. Zum Teil ist es unleserlich. Hier sind ein paar Worte. Wasser ... und Erde ... und dann steht hier noch was von vielen Toten gegen ein Leben ...keine Ahnung, was das soll. Tja, das war's. Mehr kann ich auch nicht sagen. Ich hoffe, das hilft dir weiter."

Burmann nickte: „Ja, ich danke dir, ich denke, es bringt mich weiter. Immerhin weiß ich jetzt, dass ich nach Norden muss, um Hork zu finden. Usur ist genau der Zet, der uns Sorgen macht. Ich muss sehen, dass ich bei Hork mehr erfahre. Sag' mal, meinst du, es hätte Sinn, mit deinem Großvater zu sprechen?"

Ambora erwiderte: „Ich glaube es nicht. Aber du kannst es ja versuchen. Wenn du willst, gehen wir morgen hin. Auf jeden Fall ist es eine Abwechslung für ihn. Immer vorausgesetzt, er bekommt etwas mit."

„Ja, ich würde ihn gerne sehen. Für heute danke ich dir. Ich werde jetzt zurück zu Quörio gehen. Bis morgen."

„Gut, bis morgen."

28. Kapitel, in dem ein merkwürdiges Puzzle auftaucht

Am nächsten Tag trafen sich Ambora und Burmann sehr früh und begaben sich zu Jozikza. Ambora war der Meinung, ihr Großvater sei am Morgen noch am ehesten bei Sinnen. Sie liefen über einen kleinen Hügel. Dahinter war ein eigenartiger Wald zu sehen, er sah unheimlich und kahl aus – wie abgestorben. Die Bäume schienen auf dem Kopf zu stehen. Am Boden waren sie zart und beweglich, nach oben hin wurden die Äste immer stärker und verloren sich in der Höhlendecke. Burmann fragte sich gerade, wie diese Bäume überhaupt stehen konnten, als Ambora auf das Astgewirr vor ihnen zeigte und sagte: „Hinter dem Wurzelfeld wohnt er."

Tatsächlich waren es Wurzeln, die aus der Erde über ihnen herunter ragten und wie verzweifelt versuchten, die nächste Erdschicht zu erreichen. Einige hatten die Verbindung schon hergestellt, andere hatten gerade die Spitzen aus der Höhlendecke gesteckt. Von Weitem hatte das Ganze dann ausgesehen wie ein kahler Wald.

Sie durchquerten das Gewirr von Wurzeln und sahen schließlich in der Höhlenwand eine Öffnung. Durch sie betraten die beiden das Heim Jozikzas. Dieser lag hellwach in seinem Bett und spielte mit einem Puzzle. Es bestand aus pyramidenartigen Steinen, deren Seiten verschiedenfarbig marmoriert waren. Er versuchte irgendein bestimmtes Muster zu legen. Anscheinend war es zu einem Viertel fertig. Jozikza bemerkte die Ankömmlinge gar nicht.

„Er arbeitet an diesem Puzzle schon eine Ewigkeit. Aber jedes Mal zerstört er es wieder, wenn er fast fertig ist. Er sagt dann einfach, es sei nicht richtig."

Jozikza schaute auf. Eine Weile sah er abwechselnd Ambora und Burmann an, dann erhellte sich sein Gesicht. „Oh, Besuch!", rief er und stand auf. Dabei fiel ihm sein Puzzle herunter. Wie erstarrt stand er nun da und sah auf die verstreuten Teile.

„Ich dachte, ich würde es diesmal schaffen", flüsterte er. Dann ließ er sich wieder auf das Bett fallen. Die Besucher standen etwas betreten da. Endlich raffte sich Ambora auf und sagte: „Großvater, das schaffst du schon noch. Ich räume das weg." Noch immer schaute Jozikza auf die Teile. Als Ambora sich bückte, sagte er plötzlich: „Nein, Ambora, bleib, wo du bist, rühr' nichts an! Es war alles falsch, was ich bisher gemacht habe. Das hier ist die Lösung. Sieh, die Teile liegen im Kreis um ein Zentrum. Wenn wir sie zusammen schieben, ergeben die blauen Linien einen Weg. Er führt spiralförmig in die Mitte. Es ergibt einen Sinn. Ich habe bloß noch keine Ahnung, welchen."

Burmann und Ambora hatten die Linien nun auch entdeckt. Irgendwie hatte der Magier das Gefühl, dass dieses Gebilde für ihn wichtig werden würde. Er wandte sich an den alten Unterirdischen: „Ich bin Burmann, der Neffe Banseins. Ambora sagte mir, du kennst ihn."

„Ja", sagte Jozikza nachdenklich, „Ja, der gute alte Bansein. Wie geht es ihm?"

Burmann bemerkte mit Erleichterung, dass der unterirdische Gelehrte ihn völlig klar ansah. Keine Spur von geistiger Umnachtung oder Träumerei. Er war vollständig aufmerksam.

Der junge Magier antwortete: „Es geht ihm gut, aber er macht sich Sorgen. Irgendetwas passiert da oben bei uns, in das die Zet wahrscheinlich verwickelt sind. Deshalb bin ich hier. Bansein sagte, du könntest uns vielleicht helfen, wenn wir versuchen, Hork zu finden."

Jozikza kicherte. „Du willst also Hork finden? Weißt du denn, wie er aussieht?" Burmann schüttelte den Kopf. „Wie willst du jemanden finden, den du gar nicht kennst?"

„Dich habe ich ja auch gefunden und kannte dich nicht. Bansein hat nicht mal annähernd etwas von eurem Aussehen gesagt und unsere Legenden beschreiben euch nicht gerade treffend. Und trotzdem bin ich hier", antwortete Burmann zuversichtlich.

Jozikza nickte und murmelte: „Man merkt, dass er ein Verwandter von Bansein ist. Der hätte auch nicht so schnell aufgegeben." Laut sagte er: „Gut, versuch es. Da du mit Ambora hier bist, nehme ich an, sie hat dir meine Abhandlung über die Zet gezeigt. Mehr kann ich dir auch jetzt nicht über sie sagen. Aber vielleicht hilft dir mein kleines Puzzle hier. Setze es zusammen, es scheint einen Weg zu zeigen. Allerdings kann ich dir nicht sagen, wo er beginnt. Das musst du selber herausbekommen. Ich glaube auch, dass die einzelnen Teile irgendetwas zu sagen haben. Finde es heraus! Such den Anfangspunkt und du wirst Hork finden." Die letzten Worte waren wie in Trance gesprochen worden.

„Ich danke dir", antwortete Burmann, „aber woher willst du wissen, dass das Puzzle etwas mit den Zet zu tun hat?"

„Das sagt mir meine linke Bartspitze." Dabei strich er beschwörend seine Barthaare und schaute sinnend in die Ferne.

Burmann schaute ihn zweifelnd an. War der Alte jetzt doch wieder umnebelt? Ambora, die die ganze Zeit nur still dabei gestanden hatte, sagte jetzt: „Großvater, hör' auf, Burmann auf den Arm zu nehmen. Sag ihm, was er wissen will."

Etwas unwillig, so wie ein Kind, das um einen Spaß gebracht worden ist, wandte sich Jozikza wieder an Burmann: „Na schön, also ich habe das Puzzle in einer Höhle gefunden, die einmal einem Zet gehört haben muss. Ein Pergament sprach von einem Weg zu Hork. Jetzt haben wir herausgefunden, dass das Puzzle einen Weg zeigt. Und wenn ich eins und eins zusammenzähle, dann kann das nur eine Art Karte zu Hork sein."

Burmann wusste darauf nichts zu erwidern. Vorsichtig legte er die Teile des Puzzles in ein Tuch, nicht ohne die einzelnen Stücke vorher markiert zu haben. Dann verabschiedete er sich von Jozikza, der plötzlich einen sehr müden Eindruck machte und sich abwesend, als wären die beiden gar nicht da, in sein Bett legte und Löcher in die Luft starrte.

Ambora nahm Burmanns Arm: „Komm, er muss jetzt ruhen. Er weiß nicht einmal mehr, dass du da bist."

„Ja, ich komme. Und ich werde mich gleich morgen früh auf den Weg machen. Was ich hier erfahren konnte, weiß ich jetzt. Lass uns zu Quörio gehen und den Abend gemeinsam verbringen!"

Sie verließen Jozikzas Höhle und machten sich auf den Heimweg.

29. Kapitel, in dem sich Xinusia auf die Begegnung mit Usur vorbereitet

Der Große Graan saß alleine in seinem Zelt und grübelte. Sollte er der Zauberin trauen, die da so plötzlich und äußerst willkommen aufgetaucht war? Es wäre ein nicht zu unterschätzender Glücksfall, eine Magierin zu haben und sie schien nicht dumm zu sein. Aber genau das machte ihn auch vorsichtig. Er war es nicht gewohnt, Leute von solcher Intelligenz um sich zu haben. Sie konnten gefährlich sein. Er musste sie im Auge behalten. Die Frau war schließlich nicht nur klug, sondern auch noch verflixt gut aussehend. Ein wenig klein vielleicht.

„Grooßer Graan, iich muuß euuch spreechen", störte eine Stimme seine Gedanken.

Unwillig drehte er sich um und sah Boor, seinen Ratgeber.

„Waas wiillst duu?", fragte Graan.

„Aalsoo, dieeser Zeet, eer haat eiine Bootschaaft geschiickt. Eer wiird moorgen hieer seiin."

„Guut, daann beereiitet aalles voor. Uund schiickt miir dieese Zauuberiin", antwortete Graan. Er bemühte sich um Gelassenheit.

Kurz darauf erschien Xinusia bei ihm. Sie trug ihren Kopf hoch erhoben, im Gegensatz zu den Herben, die sich in der Nähe des Großen Graan befanden. Sie war fest entschlossen, in diesem Spiel mitzumischen, und das hier war ihre Chance. Von Blasius wusste sie bereits, dass Usur erwartet wurde und sie war gespannt darauf, was Graan nun von ihr wollte. Ihre kühnsten Hoffnungen wurden übertroffen, als Graan ihr eröffnete, dass sie bei der Ankunft des Zet zugegen sein sollte. „Maagieerin, duu wirst moorgen mit deem Zeet spreechen."

„Das wäre gut", erwiderte sie betont gelassen. „Ich werde bereit sein."

Tausend Gedanken kreisten in Xinusias Kopf. Wie würde der Zet aussehen, was würde er können, wie sollte sie ihm gegenübertreten? Ihr wurde schlagartig klar, dass sie so gut wie nichts über die Zet wusste. Sie würde hundertprozentig im Nachteil sein.

„Habt ihr Aufzeichnungen über eure Verhandlungen mit Usur oder irgendetwas anderes über die Zet?", fragte sie an den Großen Graan gewandt.

„Hier haaben wir nichts, aaber in uunserem Haauuptlaager sind vieele Auufzeichnuungen. Aaber sie sind nicht voon uuns. Wir haalten nicht viel voon Schriften. Daas, waas wir haaben, staammt auus Feeldzüügen."

„Kannst du mir daraus etwas erzählen?"

Graan sah Xinusia einen Moment verständnislos an. „Wooher sooll ich denn wissen, waas daa drin steht?", fragte er.

Xinusia nickte leicht mit dem Kopf und sagte: „Verzeiht, wie konnte ich so etwas annehmen?!"

„Schoon guut", knurrte Graan, „jeetzt geeh! Moorgen früüh laasse iich diich hoolen."

Xinusia war zurück in ihrem Quartier. Sie musste sich eine Strategie einfallen lassen, damit die Herben ihre Unkenntnis nicht bemerkten. Lange lag sie wach. Als sie endlich einschlief, hatte sie noch immer nicht den zündenden Gedanken. Sie würde sich morgen auf ihre Intuition verlassen müssen. Ihr anfängliches Hochgefühl wich einem flauen Magen.

Sehr früh wurde die Jungmagierin wach. Draußen war Krach. Niemand kümmerte sich allerdings um sie. So hatte sie Zeit, sich fertig zu machen. Sie legte großen Wert auf ihr Aussehen. Usur hörte sich schließlich männlich an. Ihre langen schwarzen Haare flocht sie zu einer Unmenge von Zöpfen. Auch jetzt sah es noch sehr voll aus. Nun ging es ans Schminken. Leider waren ihre Vorräte bei der Gefangennahme arg in Mitleidenschaft gezogen worden. Aber Xinusia wusste sich zu helfen. Ein Spaziergang, ein wenig Handarbeit und sie konnte beginnen. Als erstes zog Xinusia akkurat die Brauen nach. Die Farbe hatte sie sich aus verschiedenen Erden gemischt. Das Rot, das sie auf ihre Lippen auftrug, stammte aus dem Saft der Korkelblüte, die hier zum Glück häufig zu finden war. Auch die restlichen Farben hatte sich Xinusia aus der Umgebung geholt und sie nahm sich vor, einen guten Vorrat anzulegen. Die Herben schienen von den Pflanzenschätzen in der Umgebung keine Ahnung zu haben.

Sie benutzte die Farben sehr diskret. Als sie fertig war, sah Xinusia umwerfend aus. Wenn dieser Usur auch nur einige männliche Eigenschaften besaß, würde sie ihn um den kleinen Finger wickeln. Ihre Stimmung hatte sich wieder gebessert. Selbstbewusst trat sie hinaus. Was sie jetzt sah, ließ ihre Sicherheit ins Wanken geraten. Eine große Zahl von Chen tummelte sich auf dem Platz vor Graans Zelt. Ein Teil von ihnen nagte an etwas, das einmal ein Tier gewesen sein musste. Unwillkürlich musste Xinusia an Stratasal denken, der sich irgendwo in der Nähe, vielleicht in der Chenwüste, befinden musste. Aber sie war sich sicher, dass er sich nicht noch einmal von den Chen erwischen lassen würde. Dazu war das erste Mal zu schmerzhaft gewesen. Gerade, als sich Xinusia in Richtung Hauptzelt aufmachen wollte, wurde die Plane beiseite geschoben und der Große Graan trat heraus, gefolgt von einem weiteren Herben. Dieser jedoch verströmte eine Aura, wie sie sonst niemand unter den Herben besaß. Sie wusste sofort, dass es der Zet sein musste. Doch bevor sie sich über seine banale Gestalt wundern konnte, begann er zu wachsen. Plötzlich war er fünfmal so groß wie die Herben. Sie war sich nicht mehr so sicher, ob ihre Schönheit diesem Riesen überhaupt auffallen würde. Was, wenn er kurzsichtig war?

30. Kapitel, in dem die Gesandten vergeblich nach der Dra-Stadt suchen

Asta war gerade dabei, Pisur davon zu überzeugen, dass es nicht gut für ihn war, ständig nach den beiden jungen Frauen zu gucken. „Du solltest lieber an deine Aufgaben denken. Die beiden haben für dich sowieso keine Augen. Und du bist auch viel zu alt und zu verheiratet."

„Quatsch, ich bin nicht zu alt!", brauste er auf. Purga und Ozola wandten sich um. Ein Blick auf das Paar sagte ihnen alles. Kichernd drehten sie sich um. Seit ihrem nächtlichen Abenteuer im Wald war ihre Rivalität wie weggeblasen. Sie waren die besten Freundinnen.

Die Vier waren nun schon fast eine Woche unterwegs. Nach Pipelts Angaben konnte es jetzt nicht mehr weit sein bis zur Dra-Siedlung.

Besonders Purga war gespannt. Sie hatte sich fest vorgenommen, Pumpur nach dem Schrein zu fragen. Ob er schon wusste, dass er etwas mit Unsterblichkeit zu tun hatte?

Ozola hatte es gar nicht so eilig. Sie fühlte sich hier in den Wäldern wie zu Hause. So tief war sie noch nie in einen Wald eingedrungen. Die Wälder zu Hause waren viel kleiner und lichter. Ja, es schien ihr fast, als wären es gar keine Wälder, eher größere Baumansammlungen. Im Vergleich mit diesen jedenfalls. Wenn sie hier einen Baum erklomm, um Ausschau zu halten, so sah sie weithin nichts als Baumwipfel. Und hier unten fand sie Gewächse, die sie noch nie gesehen hatte. Noch etwas war anders als zu Hause: In diesem Wald roch es eigenartig und nicht wirklich angenehm. Je nach Windrichtung wurde der Geruch stärker oder schwächer. Irgendwo musste er seinen Ursprung haben. Jetzt schienen sie aber daran schon vorbei zu sein, denn der Geruch stellte sich inzwischen vor allem bei Rückenwind ein. Nach weiteren Stunden des Marsches war jedoch noch immer nichts von Drastadt zu sehen. Sie zweifelten immer mehr an ihrem Orientierungssinn. Alles wirkte fremd. Das Einzige, das wie zu Hause war, war das Wild. Ob groß oder klein, es unterschied sich kaum von dem im Woodengebiet. Aber es gab mehr davon. Es war das reinste Vergnügen, hier auf die Jagd zu gehen, jedenfalls, solange es das Unterholz zuließ.

Purga zog Ozola am Ärmel: „Ozola, was hältst du davon, mal wieder Ausschau zu halten. Sonst laufen wir noch an der Dra-Siedlung vorbei. Das wäre doch zu dumm."

Asta nickte zustimmend und Pisur ließ sich hören: „Das könnte vielleicht irgendwem anders passieren, aber uns doch nicht."

Auch wenn ein Verirren laut Pisurs Meinung schier unmöglich war, ließ die Jägerin sich nicht zweimal auffordern. Sie reichte der Freundin ihren Bogen und die Pfeile und sah sich nach einem geeigneten Baum um. Schon bald hatte sie einen entdeckt und begann ihn zu erklettern. Es war eine besonders hohe, aber schlanke Ape. Ihr Geäst war nicht zu dicht, so dass man ohne große Schwierigkeiten den Wipfel erklimmen konnte. Ozola war flink und behände. So kam sie schnell oben an. Sie blickte in die Richtung, in der ihr Ziel liegen musste. Nichts. Vor ihr breitete sich wie schon vor einigen Tagen, als sie das letzte Mal Ausschau gehalten hatte, der weite grüne Teppich der Baumwipfel aus. Und er wurde durch nichts unterbrochen, das einer Siedlung auch nur ähnelte. „Ich kann noch nichts erkennen. Kein Rauch, keine Lichtung – nichts", rief sie hinab. „Das kann doch nicht sein", murmelte Purga, „Das verstehe ich nicht."

Pisur ließ seine Zweifel lauter hören: „Sperr gefälligst deine Augen auf. Da muss was sein. Wahrscheinlich guckst du mal wieder in die falsche Richtung. Du hättest mich raufklettern lassen sollen." Ozola ließ sich von dieser äußerst ungerechten Unterstellung nicht aus der Reserve locken. Auf ihren Orientierungssinn konnte sie sich verlassen. So rief sie nur hinab: „Ich kann mich ja mal beim Herunterklettern umdrehen." Das tat sie denn auch. Was sie sah, ließ sie laut auflachen.

Pisur rief: „Was ist, was siehst du?"

Eine Weile antwortete Ozola nicht. Ihre Gefährten hörten nur ihr Lachen und die glucksenden Versuche, es unter Kontrolle zu bringen. Dann endlich gelang es ihr und sie rief hinab: „Ich kann die Siedlung jetzt sehen. Wir sind gar nicht so weit weg. Aber wir müssen zurück, ungefähr eine halbe Tagesreise."

Purga, Pisur und Asta sahen sich verblüfft an. Ein jeder zermarterte sich den Kopf, wie das hatte passieren können. So standen sie noch immer, als Ozola wieder auf dem Boden ankam. „Was ist, ich denke, wir sollten uns wieder auf den Weg machen. Wenn wir hier noch lange rumstehen und uns angaffen, schlafen wir noch eine Nacht im Wald. Mir macht das ja nichts aus, aber ihr habt doch schon gejammert."

Asta fasste sich als erste wieder: „Ozola hat vollkommen recht. Lasst uns nicht lange grübeln, sondern gehen."

Die Wanderer nahmen ihre Bündel wieder auf und gingen in der entgegengesetzten Richtung weiter. Sie hielten sich etwas südlich. Wieder streifte sie ein Hauch des unangenehmen Geruchs. Noch hatten sie eine gute Chance, vor Sonnenuntergang bei den Dra zu sein. Aber daraus wurde nichts. Die Sonne war schon weg, als sie an diesem Tage doch noch einmal ihr Lager im Wald aufschlugen, Pisur fluchend, Asta stöhnend, Purga grübelnd und Ozola einfach nur müde.

Purga konnte lange nicht einschlafen. Irgendetwas stimmte hier nicht. Einmal konnten sie den Weg verloren haben. Aber doch nicht zweimal und dann auch noch so kurz hintereinander! Und dann dieser Geruch! Er war ganz in der Nähe. Sie wusste jetzt, wo sie ihn schon einmal gerochen hatte. Es war auf dem Magierfest gewesen, das erste Mal in der Arena während der Schwebeaufgabe, sehr schwach und dann noch einmal, als sie neben Pumpur gestanden hatte, kurz vor seinem Abschied aus Waldstadt. Die heilenden Tinkturen! Die Dra mussten ganz in der Nähe sein. Es gab einen anderen Grund, weshalb sie die Siedlung nicht finden konnten. Und Purga ahnte, dass es Drachen-Magie war, die sie von ihrem Ziel fernhielt. Sie hatte einmal von einem Schutzzauber gelesen, den Drachen anwandten, um für ihre Umwelt unsichtbar zu sein. Warum sollte es einen solchen Zauber nicht auch für eine ganze Siedlung geben? Am Morgen würde sie schon eine Möglichkeit finden, den Hokuspokus zu überlisten. Mit diesem Gedanken schlief Purga ein.

31. Kapitel, in dem Burmann nach Waldstadt zurückkehrt

Burmann verabschiedete sich von Jozikza und Ambora. Was er von ihnen erfahren konnte, hatten sie ihm gesagt.

Er entschied, nicht sofort zu Hork aufzubrechen, sondern erst einmal zu Bansein zurückzukehren.

Und so machte er sich auf den Weg in die obere Welt. Quörio begleitete ihn bis zur Höhle. Dann nahm auch er Abschied.

„Willst du nicht mit mir kommen?", fragte ihn Burmann.

„Nein, ich würde die obere Welt nicht mögen. Viel zu hell. Und der Himmel wäre mir zu hoch. Ich wäre dir nur eine Last. Außerdem habe ich zu tun. Aber wenn du irgendwann Hilfe aus der Erde benötigst, dann bin ich zur Stelle. Lebe wohl!"

„Auf Wiedersehen!" Burmann umarmte seinen Freund. Dann schlängelte er sich durch den schmalen Gang bis zu den Grotten. Kurz darauf erblickte er Sonnenlicht. Burmann musste die Augen zukneifen, so sehr blendete es ihn. Dabei stand die Sonne schon sehr tief. Nun verstand er auch, warum Quörio nicht mit ihm kommen wollte. Seine Augen waren an das Halbdunkel unter der Erde gewöhnt. Es hätte Wochen gedauert, bis er das Sonnenlicht ertragen hätte.

Die Nacht verbrachte Burmann in der Höhle. Am Morgen brach er nach Hause auf.

Er brauchte nicht lange. Mit Macht zog es ihn dorthin – zu seiner Mutter, zu Bansein und zu Bomsel.

Der Waldhund kam ihm schon am Ortsrand entgegen gesprungen. „Bomsel kommt! Bomsel riecht! Bomsel freut!", bellte sie schwanzwedelnd.

Burmann kniete nieder und umarmte das Tier. Er kraulte das weiche Fell und sagte: „Ja, meine Bomsel, du hast mir auch gefehlt."

Als Burmann durch Waldstadt ging, wich der Waldhund ihm nicht von der Seite.

Seine Mutter hörte Burmann schon von Weitem. Sie rief nach Bomsel. Als sie die beiden kommen sah, war ihr klar, warum das Tier fortgelaufen war. Sie lief ihnen entgegen und begrüßte ihren Sohn. Auch Bansein kam aus seinem Haus gelaufen. Die Nachricht, dass Burmann zurückgekehrt war, hatte sich schnell verbreitet.

Burmanns Mutter bereitete ein Mahl und ließ Bansein allein mit seinem Neffen: „Und, hast du Jozikza getroffen? Wie geht es dem Alten?"

Burmann antwortete: „Du hast mir nicht gesagt, dass du Jozikza kennst und auch nicht, dass du überhaupt schon mal unten warst. Warum nicht?"

„Habe ich das nicht? Ich dachte, ich hätte es dir erzählt. Aber was hätte es auch geändert?", gab Bansein zurück.

„Nun, zumindest hättest du mir die Unterirdischen beschreiben können. Dann hätte ich mir wenigstens darüber nicht den Kopf zerbrechen müssen. Du wirst doch wohl die Gerüchte kennen, die über die Leute unten in Umlauf sind."

„Und du wirst doch wohl genug Verstand haben, Gerüchte von Wahrheit unterscheiden zu können."

Darauf antwortete Burmann lieber nicht. Er wechselte das Thema und erzählte von seinen Erlebnissen.

Er war gerade bei seinem Besuch bei Jozikza, als Burmanns Mutter mit dem köstlich duftenden Essen herein kam. Taubeneier gerührt – mit Kräutern aus dem Wald – dazu große Stücke eines frisch gebackenen Brotes. Bansein konnte seinen Neffen nicht dazu bewegen, weiterzuerzählen, bevor dieser seinen Teller bis auf den letzten Löffel geleert hatte. Amboras Essen war nicht schlecht gewesen, aber an das seiner Mutter kam nichts heran.

Endlich war Burmann fertig, nur das Brot war noch nicht aufgegessen. Kauend erzählte er weiter.

Als er geendet hatte, sagte Bansein: „Armer alter Kauz! Nun ist Jozikza also nicht mehr klar im Kopf. Schade. Und die kleine Ambora ist eine reife Frau. Die Zeit vergeht rasend schnell. Gestern noch warst du ein junger Spund und morgen klopft der Tod an deine Tür. Manchmal würde ich mir Unsterblichkeit wünschen."

„Ja", erwiderte Burmann, „das wäre nicht schlecht. Aber dann müssten meine Freunde auch ..."

„Und die Freunde deiner Freunde und die Freunde der Freunde deiner Freunde ... Und deshalb geht es eben nicht."

„Nein", seufzte Burmann, „leider nicht. Aber man sollte zu Ende führen können, was man begonnen hat. Es ist unschön, wenn man stirbt, bevor man seine Aufgabe erfüllt hat."

„Und welche Aufgabe wäre das?", fragte Bansein.

Burmann setzte zur Antwort an, dann wurde er gewahr, dass er überhaupt keine hatte.

Er hatte keine Ahnung, was seine Aufgabe war. Vielleicht war sie auch schon getan. Vielleicht war es sein Ausflug zu den Unterirdischen. Vielleicht aber auch die Suche nach Hork oder noch etwas anderes. Er würde nie wissen, wann sein Lebenswerk getan war, so schien es jedenfalls.

Bansein wartete seine Antwort nicht ab, sondern sagte: „Ich glaube, das Leben ist so eingerichtet, dass ein jeder seine Aufgabe erfüllt und sei sie noch so klein. Der eine merkt es gar nicht, andere wissen genau, wann es so weit ist. Wir Magier gehören meist zu den Letzteren. Also hab keine Angst, du wirst es schon wissen. Ich werde jetzt gehen, es ist spät. Wir reden morgen weiter. Gute Nacht, Neffe, auf Wiedersehen, Schwester."

Burmann ging zu Bett und schlief schnell ein. Die letzten Tage waren anstrengend gewesen.

32. Kapitel, in dem Purga einen Weg in die Dra-Stadt findet

Purga wusste am Morgen noch nicht genau, wie sie die Siedlung der Drachen finden sollte. Stimmte das, was sie über den Schutzzauber von Drachen gehört hatte, dann würde, sobald sie sich ihr näherten, die Siedlung verschwinden und sie würden immer wieder fehlgehen.

Sie grübelte. Die einzige Lösung schien darin zu bestehen, die Drachen von ihrem Kommen in Kenntnis zu setzten und um Einlass zu bitten. Aber wie? Dann fiel ihr ein, dass sie die Siedlung von oben hatten sehen können. Vielleicht wirkte der Zauber ja nur nach den Seiten und nicht in die Höhe. Einen Versuch war es wert. Also wandte sie sich an ihre Gefährten: „Ich werde versuchen, von oben in die Siedlung zu gelangen und die Dra bitten, euch einzulassen."

„Aber wie willst du denn das machen?", fragte Asta einen Moment lang fassungslos, „Willst du fliegen?"

„Etwas Ähnliches", antwortete Purga, „ich werde schweben."

Pisur grinste seine Frau an: „Das hättest du dir aber auch denken können. Du bist doch sonst immer so schlau."

„Ja, Ja!", wehrte Asta ab, es ärgerte sie, dass sie an die Fähigkeit der Magierin nicht gedacht und sich diese Blöße gegeben hatte. Und noch mehr ärgerte sie, dass sie damit Pisur Gelegenheit zu einer spitzen Bemerkung gegeben hatte.

Purga bereitete sich derweil auf das Schweben vor. Sie konzentrierte sich und hob nach kurzer Zeit vom Boden ab. Alle anderen waren mucksmäuschenstill, denn was Purga da vorhatte, ging über die üblichen Schwebespielchen in den Wettkämpfen weit hinaus. Sie musste eine große Höhe erreichen und diese über eine lange Strecke beibehalten. Es würde mit Sicherheit keine Kunststückchen geben.

Purga hatte all ihre Kraft und Konzentration zusammen genommen und bewegte sich jetzt unendlich langsam aufwärts, so schien es ihr jedenfalls. Als sie die Wipfel der Bäume erreicht hatte, konnte sie tatsächlich die Drachensiedlung sehen. Sie war keine hundert Schritte entfernt. Noch immer sehr langsam und konzentriert bewegte sie sich auf die Siedlung zu.

Je näher sie ihr kam, desto größere Ausmaße hatte die Siedlung. So eine große Ansammlung von Behausungen hatte Purga noch nie gesehen. Doch sie musste ihr Staunen im Zaum halten, denn sie brauchte jeden Gedanken, um sich zu konzentrieren, zumal sie der jetzt immer stärker werdende Gestank ablenkte. Ihre Kraft ließ schon nach. Mit Mühe und Not gelangte sie an den Rand der Drachensiedlung. Dort ließ sie sich erschöpft nieder und lehnte sich an einen Baum. Purga sah sich um. Jetzt, da sie innerhalb der Grenzen der Siedlung war, verschwand sie nicht mehr. Überall standen eigenartig gebaute Gebilde. Sie waren groß, hatten Türme und große Terrassen auf den flachen Dächern. Gedrehte Säulen begrenzten die großen Tore, die durch verzierte Gitter verschlossen waren. Fenster hatten die Bauten kaum. Dafür hatte Purga von oben Öffnungen in den Dächern ausgemacht. Während sie sich noch immer staunend umsah, näherte sich ihr ein Dra. Er stand eine Weile hinter ihr, dann sprach er sie an: „Wer bist du und was machst du hier?"

Purga starrte ihn verdutzt an, dann fasste sie sich wieder und fragte nach Pumpur.

Da sie aber, verwirrt wie sie war, in ihrer Sprache geantwortet hatte, schaute der Dra nun seinerseits verständnislos drein und fragte noch einmal, wer sie sei.

Nun hatte Purga sich wieder im Griff und sprach jetzt Dra: „Mein Name ist Purga, ich bin Woodin und ich suche Pumpur."

„Ahh!", hellte sich das Gesicht des Dra auf: „Du suchst Pumpur." Dann machte er eine Pause, dachte nach und sprach dann weiter: „So genau kenne ich ihn nicht, aber mein Bruder weiß bestimmt Bescheid."

Erstaunt fragte jetzt Purga: „Du kennst ihn nicht? Ich dachte, es gibt nicht so viele Dra und ihr kennt euch alle untereinander."

Der Dra erwiderte: „Naja, wir sind nicht viele, aber doch 234. Da kennt man sich eben nicht immer. Gehört habe ich schon von ihm. Komm mit, ich bringe dich zu meinem Bruder."

Purga folgte ihm. Kurz darauf stand sie vor einem der hohen Gebäude mit Dachgarten. Der Dra war hineingegangen und hatte sie allein gelassen.

Einige Zeit stand die Woodin vor der Tür und versuchte, den strengen Geruch zu ignorieren, der sie umgab. Endlich öffnete sich das Tor und vor Purga stand ein imposanter, großer Dra.

„Komm herein! Mein Name ist Negrüjsnah. Entschuldige, dass du warten musstest, aber es ist ungewöhnlich, dass sich ein Fremdling in unsere Stadt verirrt. Mein Bruder Egnal ist ein eher zurückgezogener Dra. Er hat nicht viel Kontakt zu den anderen. Deshalb konnte er dir nicht helfen. Vielleicht willst du dich erst einmal stärken?"

Purga erwiderte: „Danke gerne, aber ich muss zu Pumpur. Ich habe auch noch Freunde vor der Stadt, die auf mich warten."

Negrüjsnah schaute Purga an: „So, so, du hast Freunde mitgebracht. Und du suchst Pumpur. Aha. Dann werde ich gleich jemanden zu ihm schicken und du setzt dich erst einmal und isst etwas. Einverstanden?"

„Na gut", meinte Purga, „Ich würde mich gern ausruhen. Es war gar nicht so einfach, euren Schutzzauber zu überwinden." Negrüjsnah führte die Magierin in einen großen Raum, wo sie sich auf einer Art Sofa niederließ, das aber für sie riesige Ausmaße hatte. Es war eben nicht für Angehörige der Waldvölkchen gemacht.

Purga versank förmlich darin. Aber ansonsten war es sehr bequem. Der Dra brachte Purga ein Mahl aus Früchten und setzte sich zu ihr.

„Wie hast du denn eigentlich unseren Schutzzauber überwunden?"

Purga erzählte ihm von ihrer kleinen Gruppe und den Irrwegen, die sie gegangen waren, sagte aber nichts von dem eigentlichen Grund ihres Hierseins. Wie es schien, hatte Pumpur seinem Volk noch nichts gesagt und sie wollte seine Entscheidung nicht untergraben.

33. Kapitel, in dem Burmann sich schon wieder auf eine Reise einstellen muss

Burmann wachte am anderen Morgen auf und musste sich erst einmal wieder daran gewöhnen, zu Hause zu sein. Bomsel saß vor dem Bett, sah ihn mit ihren treuen Augen an und wedelte mit dem Schwanz.

„Burmann nicht wieder weg von Bomsel. Bomsel traurig."

„Aber Bomsel, wie kommst du denn darauf, dass ich wieder weg gehe?", fragte Burmann.

„Bomsel hat im Ohr. Bomsel weiß, Burmann geht wieder weg. Bomsel traurig."

Burmann wusste dem nichts entgegenzusetzen. Meist hatte Bomsel recht, wenn sie etwas, wie sie sagte, im Ohr hatte. Was hatte wohl Bansein mit ihm vor? Bald würde er es erfahren. Heute Vormittag sollte Burmann zu ihm kommen. Langsam erhob er sich aus dem Bett. Er reckte sich und beschloss, erst einmal nicht daran zu denken, was nach dem Frühstück sein würde. Jetzt wollte er einzig und allein seinen Apeneckernbrei. Dessen Duft durchströmte schon das ganze Haus und ließ so auch keinen anderen Gedanken mehr zu.

Als er in die Küche kam, stand für den jungen Magier schon ein großer Teller auf dem Tisch. Seine Mutter wusste, was Burmann mochte. Dazu gab es süßes Sommelbeermus und Mildenblütensaft.

Anschließend begab sich Burmann zu Bansein. Er fand seinen Onkel im Garten.

„Ah, Burmann, ich habe dich schon erwartet. Wir haben einiges zu besprechen."

Sie gingen hinein. „Setz dich!", sagte Bansein und deutete auf einen Sessel. Gleichzeitig schwenkte der Obermagier seinen Arm und die Dinge, die auf dem Sessel lagen, hüpften über die Sessellehne und blieben auf dem Boden liegen. Burmann setzte sich schmunzelnd.

„Wir müssen sehen, was weiter zu tun ist. Erzähl noch einmal ganz genau, was du über die Zet erfahren hast."

Das tat Burmann und als er geendet hatte, setzte er hinzu: „Und ich nehme an, du hast vor, mich jetzt wieder loszuschicken."

Bansein sah ihn einen Moment verdutzt an, so als wollte er fragen: Woher weißt du das denn?, aber dann schmunzelte er nur und sagte: „Du hast ganz recht. Und zwar denke ich, dass du dich auf den Weg zu Hork machen solltest. Wenn es so ist, wie ich befürchte, brauchen wir ein paar gute Ratschläge von ihm."

„Was vermutest du denn, wenn ich fragen darf?"

Der alte Magier antwortete: „Du darfst, mein Lieber, du darfst. Ich nehme an, dass dieser Usur hinter dem Drachenschrein her ist und nicht vorhat, sich an die Regeln zu halten oder besser, er würde sie gerne umgehen. Du willst jetzt sicher wissen, warum. Das kann ich dir noch nicht sagen. Aber Pipelt und ich sind nahe daran, es herauszufinden. Auch Pumpur versucht, hinter das Geheimnis zu kommen. Es hat mit Unsterblichkeit zu tun." Burmann sah Bansein erstaunt an: „Unsterblichkeit, das kann nicht sein!" „Doch, leider und deshalb musst du auch unbedingt schnell wieder los", erwiderte Bansein.

„Wie viel Zeit habe ich denn? Ich würde mich gerne noch ein wenig ausruhen."

„Ausruhen?", fragte Bansein empört, „In diesen Zeiten gibt es kein Ausruhen. Aber einige Tage hast du noch. Ich warte allerdings nur auf Nachricht von Pumpur. Dann geht es los."

„Gut, es hat ja sowieso keinen Zweck, mit dir darüber zu diskutieren. Also nutze ich die Zeit, die bleibt, und du schickst mir Nachricht, wenn sich etwas Neues ergibt", meinte Burmann resignierend. Damit begab er sich nach Hause, um ein wenig mit

Bomsel zu spielen, die in der letzten Zeit doch etwas kurz gekommen war.

34. Kapitel, in dem Xinusia mit Usur spricht

In den Zelten der Herben herrschte aufgeregtes Treiben.

Man hatte von der Ankunft des Zet gehört und wollte ihn natürlich auch sehen. Jetzt, da er inmitten der Zelte erschien, hörte das Treiben auf und die Eingangsöffnungen wiesen samt und sonders einen kleinen Spalt auf, hinter dem jeweils mindestens ein Paar Herbenaugen zu sehen war. Hinaus wagte sich keiner. Schließlich wusste niemand genau, was sie erwartete. Im ersten Moment waren die versteckten Zuschauer etwas enttäuscht, dass der große Zet auch nur aussah wie sie, nur um ein Vielfaches größer. Als er aber seine Stimme hören ließ, wandelte sich die Enttäuschung in Schrecken. Sie dröhnte ohrenbetäubend und Xinusia, die noch immer vor Usur stand, musste einen Zauber anwenden, um den Schall ungerührt aushalten zu können.

Was er gesagt hatte, hatten freilich weder sie noch einer der Herben verstanden. Die Sprache der Zet war Xinusia unbekannt. Ihre Standfestigkeit gegenüber der Lautstärke seiner Stimme schien den Zet aber dennoch zu beeindrucken. Sie war als einzige stehengeblieben. Alle anderen lagen am Boden und hielten sich die Ohren zu.

Usur sah sie an. Er musterte sie. Langsam schrumpfte der Zet auf die normale Herbengröße zusammen. Nun wandte er sich mit seiner Donnerstimme an Xinusia: „Zrgettehj kadesrta"

Xinusia sah ihn an und bemühte sich um Beherrschung. Äußerlich machte sie sicher einen sehr selbstbewussten Eindruck. Zur gleichen Zeit fragte sie sich aber, was, in aller Welt, sie hier tat. Diesem donnernden Etwas fühlte sie sich ganz und gar nicht gewachsen. Sollte sie ihm sagen, dass sie seine Sprache nicht verstand? Allerdings war übertriebene Ehrlichkeit noch nie ihre Stärke gewesen und Verschweigen war ja keine Lüge, also verzeihlich, vor allem einem solch ungleichen Gegner gegenüber.

Irgendetwas zwickte sie im Nacken. Gut möglich, dass es ihr kleiner Schalk war, der da saß. Auf jeden Fall sagte sie folgendes: „Poljuztere vopppdere aagster!"

Usur starrte sie verständnislos an. Den Augenblick der Verwunderung nutzte Xinusia, um noch einmal zu sprechen, diesmal benutze sie den Dialekt der Herben: „Guuteen Taag, ich sehe, duu verstehst meine Spraache nicht. Ich die deine auuch nicht. Aaber daa duu die Gestaalt der Herben aangenoommen haast, wirst duu diese Spraache dooch verstehen, ooder?"

Der Zet antwortete: „Ja, ich verstehe, aber könntest du den Dialekt weglassen. Ich mag ihn nicht und du bist doch keine Herbin?!"

„Mit Vergnügen", warf Xinusia ein, „ich bin auch kein Freund dieses Dialektes."

„Gut", donnerte nun wieder der Zet, „aber wer bist du dann?"

„Solltest du dich nicht erst einmal vorstellen? Schließlich steht eine Dame vor dir!"

Dieser Versuch, dem Zet gute Manieren beizubringen, schlug allerdings fehl. Anstelle einer Vorstellung sagte dieser nur: „Du solltest wissen, wen du vor dir hast. Und ob ich mit einer Dame spreche oder mit einem Wurzelzapfen ist mir egal. Was zählt, ist, was du nützt. Also wer oder was bist du?"

Xinusia musste ihren Ärger darüber, dass ihre Schönheitspflege zu nichts nütze gewesen war, herunterschlucken und antwortete jetzt stolz: „Mein Name ist Xinusia. Ich bin freie Magierin."

„Was soll das heißen – freie Magierin?"

„Das heißt ganz einfach, dass ich niemandem verpflichtet bin, auch nicht dem Volk der Winze, deren Sprache wir nutzen."

„Und was ist mit den Herben?", wollte Usur wissen.

„Auch ihnen bin ich nichts schuldig. Ich habe, sagen wir, eine Beraterfunktion."

„Gut, wir wollen uns woanders unterhalten. Mit der Zeit geht mir das laute Sprechen auf die Nerven. Lass uns irgendwohin gehen, wo wir ungestört sind."

Xinusia, die sich schon gefragt hatte, ob der Zet nicht langsam etwas leiser sprechen wollte, wurde klar, dass er so laut gesprochen hatte, damit die Herben nicht zuhörten. Schließlich lagen diese noch immer auf dem Boden und hielten sich die Ohren zu. Auch während Xinusia gesprochen hatte, wagten sie nicht, die Hände von den Ohren zu nehmen.

„Gut", willigte Xinusia ein, „welchen Ort schlägst du vor?"

Der Zet dachte einen Moment nach. „Wie wäre es mit der Luft?"

„Nein", erwiderte Xinusia, „da oben ist es mir zu kühl. Ich würde einen gemütlichen Platz auf der Erde vorziehen."

„Dann werde ich uns beide ein Stück versetzen." Mit diesen Worten berührte Usur die Magierin an der Schulter und kurz darauf befanden sie sich außer Sichtweite des Herbenlagers.

Xinusia fühlte sich in ihrer Haut nicht ganz wohl. Was wollte der Zet von ihr? Am wahrscheinlichsten war es, dass er einfach herausbekommen wollte, was sie wusste und konnte. Es fiel ihr allerdings schwer, zu glauben, dass er eine Bedrohung in ihr sah. Sollte sie ihm also bei irgendetwas helfen? Auf jeden Fall war Xinusia fest entschlossen, sich nicht zu sehr in die Karten sehen zu lassen.

Auf der anderen Seite hätte sie nur zu gern gewusst, was der Zet eigentlich vorhatte.

Sie ließ sich auf ein Stück weiches Gras fallen und fragte gerade heraus: „Was interessiert dich eigentlich an den Herben?"

Usur sah sie an und überlegte, dann sagte er: „Ich glaube nicht, dass du das verstehen könntest und auch nicht, dass es dich etwas anginge. Aber so viel sollst du wissen, sie sollen dabei helfen, etwas zu erlangen, das ich schon sehr lange suche. Doch zu dir. Du sagtest, du seist freie Magierin. Warum hast du dich von deinem Volk getrennt?"

Um sein Vertrauen zu gewinnen, beschloss Xinusia, alles auf eine Karte zu setzen: „Sie haben mich beleidigt und betrogen und nun werde ich mich an ihnen rächen. Sie sollen erfahren, was es heißt, sich Xinusia in den Weg zu stellen! Soviel ich weiß, haben die Herben, das Ziel, den Wald- und Wiesenvölkchen zu schaden. Das kommt mir entgegen, also werde ich ihnen helfen."

„Das kommt auch mir entgegen", erwiderte der Zet, „So kannst du vielleicht auch mir behilflich sein, bei Dingen, die ich selber nicht tun d ... möchte. Es freut mich, mit dir zu arbeiten. Ich werde auf dich zurückkommen, wenn es nötig wird."

Xinusia nickte. Sie hatte eine Schwachstelle bei dem Zet entdeckt. Es gab Dinge, die er nicht tun durfte. Welche es waren, würde sie bald heraus finden. Der Zet war jetzt verschwunden. Xinusia war sich nicht sicher, ob er tatsächlich fort oder nur unsichtbar war. Auch das war etwas, was sie noch wissen musste: Wie konnte sie Usur erkennen, wenn er sich verwandelte?

35. Kapitel, in dem die Winzgesandten endlich zu Pumpur gelangen

Nachdem Purga sich gestärkt hatte, wurde sie von Negrüjsnah durch die Stadt geführt. Überall erhoben sich fensterlose große Gebäude, die ebenfalls fast alle Dachgärten hatten. Auf den Wegen begegneten ihr so manche Dra, die sie neugierig ansahen. Es waren nicht häufig Gäste in Drastadt. Purga hatte aber kaum Zeit sich darüber Gedanken zu machen, denn schon klopfte ihr Begleiter an eines der großen Tore.

Pumpur empfing Purga mit allen Ehren und ließ sogleich den Rest des Grüppchens aus dem Wald holen. Sie wurden als erstes in den Saal geführt, in dem auch Purga schon wartete. Mit den Worten: „Macht euch ruhig ein wenig frisch. Dann gibt es eine kleine Stärkung", ließ er die Winze erst einmal allein. Die Neuankömmlinge atmeten auf. Pisur stieß hervor: „Mein Gott, es riecht hier wie..." Purga unterbrach ihn: „Ich weiß, das sind die Tinkturen, in den Beulen der Dra – heilsam, aber stinkend! Ich werde den Duftzauber erneuern. Allerdings muss ich das immer wieder tun, da er nicht ewig hält und das wird ziemlich lästig. Besser wäre etwas länger Anhaltendes, zumal hier so viele Dra sind." Asta schlug sich an die Stirn. „Die Kräuter für die Erzinientinktur von Pontisia! Dafür sind sie gut! Gebt mir etwas Wasser und die Schale dort drüben!" Sie holte aus ihrem Rucksack die Kräuter und mischte einen Teil mit dem Wasser. Den Rest verstaute sie gewissenhaft in ihrem Rucksack. Die Tinktur, eine bräunliche, wässrige, völlig geruchlose Flüssigkeit, träufelten sich die Freunde in die Nasen. Schlagartig war auch der letzte Hauch des Dra-Gestanks verschwunden, mit ihm aber auch jeglicher andere äußere Geruch. Ein jeder roch nur noch sich selbst. Was für eine Erfahrung! Die Welt erschien plötzlich ganz anders. Etwas Wesentliches fehlte. Ozola sprach als erste: „Also, wir müssen schnell machen, dass wir hier wieder wegkommen, lange halte ich das auch nicht aus!" Dann begaben sie sich in den anliegenden Dra-Saal, wo Pumpur schon mit leckeren Speisen, samt und sonders pflanzlicher Art, auf sie wartete. Einige dampften und man sah förmlich, dass sie dufteten, aber keiner konnte etwas riechen. Auch beim Essen war es sehr eigenartig. Sie schmeckten kaum etwas. Und Purga antwortete auf Pumpurs erwartungsvolle Frage, wie es denn schmecke, geistesgegenwärtig: „Ganz ausgezeichnet! So fruchtig und frisch!" Die fragenden Mienen der anderen beachtete sie nicht und tat so, als äße sie voller Genuss weiter. Als sich alle gestärkt hatten, kam Pumpur zum Thema: „Ich bin gespannt darauf, was ihr herausgefunden habt. Ich für meinen Teil bin mit dem Rat der Dra übereingekommen, noch nichts über den Zet verlauten zu lassen, denn diese Wesen versetzten seit Urzeiten die Dra in große Angst. Der Legende zu Folge sind es die einzigen Lebewesen, vor denen Drachen, welchen Stammes auch immer, sich fürchten. Wir wissen, dass Usurs Auftauchen mit dem Schrein zu tun hat. Aber was ist mit ihm los? Wisst ihr etwas?"

Jetzt ergriff Purga das Wort: „Ja, wir haben einiges über den Schrein herausgefunden. Er hat besondere Kräfte, die irgendwie mit Unsterblichkeit zu tun haben. Der Zet ist anscheinend genau daran interessiert. Wir wissen allerdings nicht, wie er funktioniert."

Die Schuppenhaut des Dra war bei Purgas Worten blass geworden und Pumpur antwortete: „Beim großen Rat der Drachen! Und so etwas haben wir die ganze Zeit in unserer Obhut, ohne es zu wissen! Das müssen die Ältesten erfahren. Ich nehme an, wir werden den Schrein vernichten. Entschuldigt mich jetzt, ich muss in den Rat."

Damit erhob sich Pumpur und bewegte sich in Richtung Tür. „Fühlt euch wie zu Hause", sagte er noch im Gehen und schon war er hinaus.

„Wie zu Hause?", fragte nun Ozola, „Nun, da würde ich jetzt ein Bad nehmen und lange und ausgiebig schlafen."

„Tu es doch", meinte jetzt Pisur.

„Wie denn?", mischte sich Asta ein, „Siehst du hier irgendwo ein Bett oder vielleicht eine Tür in ein anderes Zimmer?"

Pisur sah sich verwundert um. Es gab tatsächlich nur den einen Durchgang, durch den der Dra verschwunden war, und der führte nach draußen.

Purga sagte nun mit einem Lächeln: „Ihr sucht in der falschen Richtung. Drachen haben nur ihre Empfangshallen am Boden. Alle anderen Räume befinden sich unter der Erde oder in der Höhe. Das weiß ich von meinem Aufenthalt bei Negrüjsnah. Und da Pumpur sagte, wir sollen uns wie zu Hause fühlen, Dra meinen immer, was sie sagen, sollten wir es auch tun. Also ..."

„Ach ja, du hast dich ja schon ausgeruht, während wir im Wald saßen. Es hat ja eine ganze Weile gedauert, bis du uns nachgeholt hast!", fiel Pisur ihr ins Wort.

„Ach, halt den Mund, meinst du, sie hat das mit Absicht getan?", fauchte jetzt Ozola.

„Naja, nein, ähm, entschuldige", stammelte Pisur.

Purga nickte: „Ist schon gut. Ihr seid alle erschöpft, deshalb sollten wir auch jetzt für etwas Entspannung sorgen. Kommt, hier muss irgendwo im Boden eine Tür sein. Da! Pisur, sei so gut und öffne sie!"

„Aber natürlich, die Damen, das ist doch ein Leichtes!", prahlte er, ergriff den Ring, der an der Tür befestigt war, und wollte sie heben. Purga, die wusste, wie schwer Drachentüren waren, sah ihm genüsslich zu. Doch Pisur hatte nicht die Absicht aufzugeben. Er spannte all seine Kräfte an und zog noch einmal. Diesmal schaffte er es und hob die Klappe auf. Purga lächelte jetzt nicht mehr, sondern sah ihn anerkennend an. „Nicht schlecht, Pisur, ich hätte nicht gedacht, dass du das schaffst. Dazu gehört wirklich eine Portion Kraft." Pisur wurde rot und strahlte.

„So", meinte jetzt Asta, „was ist nun mit dem Bad?"

„Alles da!", ließ sich Ozola, die schon hinab gestiegen war, von unten hören, „Ein Bad, Betten, Kissen, Decken ... was ihr wollt."

Die anderen folgten ihr nun und fanden sich in einem Gästetrakt wieder, der auf eine ganze Gesellschaft eingerichtet war. Nichts konnte sie jetzt mehr davon abhalten, sich richtig auszuruhen. Während Ozola erst einmal ein Bad nahm, legten die anderen sich gleich in die Betten.

36. Kapitel, in dem Pumpur einen Orgonen zu Bansein schickt

Als Pumpur zurückkam, fand er seine Gäste schlafend vor. Er weckte sie nicht, sondern stieg hinauf in die erste Etage des Hauses, in der sich seine privaten Räume und der Dachgarten befanden. Dort betrat er seinen Schlafraum und ging an eine Schatulle im hinteren Teil des Zimmers. Aus ihr holte er eine kleine Windharfe hervor und ging hinaus in den Dachgarten, wo er auf das Instrument blies und ihm so einige Töne entlockte. Hatte bisher hier oben ein laues Lüftchen geweht, so wurde es jetzt windig. Eine Art Luftstrudel bildete sich und vor dem Dra entstand eine durchsichtige Gestalt, die wie aus Wasser zu sein schien. Sie veränderte ständig ihr Aussehen und flatterte und waberte um Pumpur herum. Mal sah sie aus wie ein Tropfen, dann wie eine lange Schlange, kurz darauf glich sie einer dickflüssigen Wolke. Sie blieb immer in der Nähe des Dra und wartete scheinbar auf etwas. Pumpur holte jetzt ein aus Morgentau und Blütenstaub geschöpftes Blatt hervor, das fast ebenso durchscheinend war wie das Wesen in der Luft. Er rollte es behutsam zusammen und steckte es in das Luftgebilde hinein, das sich sofort um die Rolle schloss. „Bring' das zu Bansein, dem Obermagier der Wooden, und warte auf eine Antwort!", sagte nun Pumpur. Sofort schoss das Gebilde davon. Pumpur kehrte zurück in die Eingangshalle. Hier fand er jetzt Purga und Asta vor.

„Oh, ihr seid wach. Gut. Wo sind die anderen beiden?", fragte er.

Asta antwortete: „Sie schlafen noch, soll ich sie wecken?"

„Nein, lass nur", sagte Pumpur, „lass sie sich ausruhen. Wir können sie später immer noch wecken, wenn es Zeit, wird loszugehen."

„Loszugehen? Wohin? Was habt ihr vor?", fragte Purga neugierig.

„Nun, wir haben beschlossen, den Schrein zu vernichten. Unsterblichkeit ist gegen die Natur. Sie kann nur Unheil bringen. Ich habe Bansein schon eine Nachricht geschickt."

„Warum nur Bansein, was ist mit Pipelt?", wollte Asta wissen.

„Er erfährt es von Bansein. Ich habe erst vor Kurzem eine Nachricht erhalten, in der mir Pipelt seine Absicht mitteilte, Bansein besuchen zu wollen. Er wird inzwischen dort sein."

Asta schien zufrieden. Aber jetzt fragte Purga: „Wird die Nachricht denn auch rechtzeitig ankommen?"

„Keine Sorge, ich habe sie mit dem Wind geschickt, vielleicht ist sie sogar schon da und ..." Weiter kam Pumpur nicht, denn Purga fiel ihm ins Wort und hauchte atemlos: „Du hast einen Orgonen gerufen? Oh, ich hätte ihn so gerne gesehen! Warum hast du mich nicht geweckt?"

Pumpur sah Purga verdutzt an: „Ich wusste das ja nicht. Für uns gehören Orgonen zum Alltag. Aber sei nicht traurig, ich erwarte bald Antwort, dann kannst du ihn dir ansehen."

„Oh, ja, bitte! Ich werde einen Orgonen sehen!" Sie freute sich wie ein kleines Kind.

Gerade in diesem Augenblick kam Ozola dazu. „Ein Or was? Was soll das sein?"

Auch Asta sah Purga gespannt an, denn sie hatte von dem Gespräch nicht allzu viel verstanden.

Purga hielt in ihren Freudensprüngen inne und setzte sich, etwas ruhiger, aber noch immer rot vor Aufregung und erklärte: „Orgonen müssen so ziemlich die schönsten Geschöpfe zwischen Himmel und Erde sein. Ich habe ja noch keinen gesehen. Aber nach dem, was ich gelesen habe, sind sie Windgeschöpfe. Sie bestehen aus Luft, sie wehen um euch herum und ihr wisst gar nichts davon. Wenn sie besonders ausgelassen sind und zusammen spielen, kommt es zu Wirbeln in der Luft, aber auch zu Stürmen, wenn sie böse werden. Man sollte sich nicht mit ihnen anlegen. Die Dra haben eine besondere Verbundenheit mit diesen Wesen und benutzen sie manchmal als Boten. Wie machst du sie sichtbar, Pumpur?"

„Das ist für uns ganz einfach", sagte er, „Ich benutze diese Windharfe hier, um sie zu rufen. Ich muss sie nur anpusten"

„Oh, darf ich es auch einmal versuchen?", fragte Purga.

„Das würde dir nicht viel nützen. Es geht nur bei uns Dra, weil wir zum Teil auch Geschöpfe des Windes sind. Du musst schon anderes aufbringen, um sie zu rufen. Nicht umsonst gibt es so wenige Winze, die Orgonen überhaupt kennen."

„Aber", warf nun Asta ein, „ich, denke Drachen sind Geschöpfe des Feuers?"

„Nein, nicht die Dra, die Chen sind die mit den Feueranteilen und sie gebieten ihrerseits über einige Wesen dieses Elements."

„Ja, ich habe von ihrer Fähigkeit gehört, durch Gedanken Feuer zu entfachen, das hat mir meine Mutter in Geschichten erzählt", sagte Ozola.

Pumpur schmunzelte. „Na ja, nicht direkt durch Gedanken. Für euch mag es natürlich so aussehen. Aber genau wie wir den Orgonen gebieten, haben die Chen die Feuerreiter, die ihnen dienstbar sind. Sie tragen das Feuer dahin, wo es gebraucht wird."

Jetzt ging die Bodenklappe auf und Pisur kam hereingeklettert. Noch ein wenig verschlafen, aber gut gelaunt, rief er: „Ah, ihr seid alle schon hier, dachte schon, ihr habt mich vergessen. Was gibt's Neues?"

Asta gesellte sich zu ihm, strich ihm die langen Zotteln aus dem Gesicht und sagte: „Du hast nichts Wichtiges verpasst. Es geht jetzt erst richtig los. Wir werden den Schrein vernichten, dann ist er keine Bedrohung mehr und wer auch immer ihn haben wollte und wozu, hat keine Möglichkeit ihn zu missbrauchen."

„Ja," stimmte Pisur zu, „so ist es am besten, diese ganzen Zauberdinger sind sowieso zu nichts nütze."

Purga wollte etwas erwidern, aber Ozola stieß sie an und warf ihr einen Blick zu, der soviel sagte wie: Lass ihn reden, er hat doch keine Ahnung! So unterließ die Magierin es, Pisur die Rede über den Nutzen von Magie zu halten, die ihr auf der Zunge lag.

37. Kapitel, in dem Xinusia beschließt, mehr über die Zet zu erfahren

Xinusia saß wieder in ihrem Zelt. Blasius war bei ihr und quasselte allerhand Unsinn in ihr Ohr. Aber Xinusia fand es wohltuend, vertraute Töne zu hören.

Ihre Gedanken wanderten zurück in ihr Dorf. Ihre innere Stimme sagte ihr, dass sie wohl etwas vorschnell gehandelt hatte, als sie einfach das Dorf verließ. Sie dachte an die liebenswerten Wooden, den fröhlichen Burmann, den sie mehr vermisste, als sie es sich eingestehen wollte. Unwillkürlich drängten sich ihr Gedanken an die Zeit mit ihm und den anderen jungen Wooden auf. Sie würde, wenn sie weiter auf Seiten der Herben stand, möglicherweise gegen ihre früheren Freunde kämpfen müssen. Aber wer wusste schon, was die inzwischen über sie dachten. Bestimmt hielten sie alle für eine Betrügerin und lachten über sie! ‚Ha, keine sentimentalen Gefühle!', dachte Xinusia und versuchte die Gedanken an die Wooden zu vertreiben. Es gelang ihr, denn gerade tauchte im Eingang des Zeltes die Schnauze von Stratasal auf. Ein

Freudenschwall durchzog ihren Körper. Der Waldhund sprang auf sie zu und begann ihre Hände zu lecken. Xinusia tätschelte ihm den Kopf. Ja, Tiere waren treu, auf sie konnte man sich verlassen.

Sie hätte einige Fragen an den Waldhund gehabt, wo er gewesen, wie es ihm ergangen war? Doch es war unwahrscheinlich, dass das Tier ihr Auskunft gegeben hätte. Sein Erinnerungsvermögen war anderer Art als das der Winze. Waldhunde lebten in der Gegenwart und griffen auf Erfahrungen zurück, die sie rochen, spürten und erlebten, reagierten dementsprechend, speicherten jedoch keine Ereignisse, um sie wiedergeben zu können.

Stattdessen sagte sie zu dem Waldhund: „Stratasal, ich möchte, dass du bei mir bleibst, ich habe mir schon Sorgen um dich gemacht. Bei mir bist du jetzt sicher."

Stratasal antwortete: „Sorgen nicht machen. Stratasal kann aufpassen. Aber Stratasal bleibt."

Von diesem Moment an ging Xinusia keinen Schritt ohne den Waldhund. Die Herben bestaunten sie noch mehr, denn die Tatsache, dass die Zauberin mit dem Tier reden konnte, zeigte, dass sie sehr stark sein musste. Auch dass Xinusia mit dem Zet gesprochen hatte, hatte ihr eine Menge Respekt eingebracht. Sie genoss es. Trotzdem behielt sie ihr Ziel im Kopf, etwas mehr über den Zet zu erfahren. Eine gute Gelegenheit bot ihr eine Unterredung mit dem Großen Graan. Sie kannte seine Angst vor dem Zet und nutzte sie aus.

„Maagiieriin, spriich, waas woollte Uusuur voon diir?", fragte Graan, gleich als Xinusia sein Zelt betrat.

„Verzeiht, Großer Graan, es war eine magische Unterhaltung und deren Wiedergabe kann sehr gefährlich sein. Ich möchte Euch bitten, Eure Untertanen weit weg zu schicken, sie sollen sich Moos in die Ohren stecken. Ihr, nehme ich an, seid gegen solche Dinge gefeit?"

Graan sah sich unsicher um. Dann schickte er die umstehenden Herben fort, die sichtbar erleichtert gingen. Nun fragte er: „Woogeegen sooll iich geefeiit seiin?"

„Nun gegen die Stimme eines Zet, ihr habt sie doch erlebt. Eine magische Unterhaltung mit einem Zet kann nur mit seiner Stimme wiedergegeben werden." Xinusia musste sich zwischenzeitlich auf die Lippen beißen, um nicht loszulachen. Der Oberherbe schien jedoch solche Angst vor der Macht eines Zet zu haben, dass er ihr den hanebüchenen Unsinn, den sie da gerade von sich gab, glaubte. Und so setzte sie noch hinzu: „Dann werde ich mal beginnen."

„Neiin," unterbrach der Große Graan sie, „Iich deenke, Uusuur haatte Grüünde miit diir eiine maagiische Uunteerhaaltuung zuu füühren uund iich wiill daas aakzeeptieren. Iich veertrauue diir. Aaber iich wääre diir daankbaar, weenn duu meiinen Uuntertaanen geegeenüüber soo tuun köönnteest, aals häättest du miir aallees eerzäählt."

Aber ja, Großer Graan, ich danke für Euer Vertrauen. Aber ich gebe auch zu bedenken, dass wir einiges mehr über den Zet wissen sollten. Was haltet Ihr davon, wenn ich mich für Euch etwas schlau mache. Ich bräuchte dann allerdings die Unterlagen, die Ihr erwähntet."

„Guut", antwortete der Große Graan nach kurzem Zögern, „iich weerde die Auufzeiichnuungen hooleen laasseen. Duu eerzäählst miir daann aallees! Geeh jeetzt!"

Xinusia verließ das Zelt mit dem Gefühl, erreicht zu haben, was im Moment zu erreichen war.

38. Kapitel, in dem versucht wird, den Drachenschrein zu vernichten

Pumpur mahnte die anderen zum Aufbruch: „Kommt! Sonst verpassen wir noch die Vernichtung des Schreins. Der Rat hat beschlossen, dass ihr als Vertreter der anderen Völker daran teilnehmen sollt, auch wenn der Schrein den Dra gehört."

Das hörte sich sehr gönnerhaft und auch recht gebieterisch an und Pisur wollte gerade protestieren. Doch Asta hatte seinen Gesichtsausdruck registriert und flüsterte nun leise: „Lass gut sein, Pisur, das ist nicht böse gemeint, aber Dra legen nun einmal Wert auf die genaue Feststellung von Eigentumsverhältnissen. Das muss uns doch nicht kümmern."

Pisur war sich da nicht so sicher, aber er hörte auf seine Frau. Es war keine Zeit zum Streiten.

Natürlich wollte keiner riskieren, das Ereignis zu verpassen. Einen Schrein, der Unsterblichkeit bringen konnte, zu vernichten, war mit Sicherheit nicht alltäglich. Also ging die kleine Gruppe los. Pumpur führte sie über einen großen Platz zu einem hohen Turm, der die übrigen Gebäude um einiges überragte. Sie hielten vor der großen Tür und Pumpur klopfte: Bumm – BummBumm-Bumm-Bumm – Bumm. Daraufhin öffnete sich die Tür. Ein besonders großer Dra stand davor und schnaufte: „Es wird auch langsam Zeit!" Dann ging er zur Seite und ließ die Fünf ein.

Sie begaben sich einige Stockwerke hinauf und gelangten in einen kleinen runden Saal, in dem um einen großen Tisch vier Dra saßen. Der Tisch hatte ein geschnitztes Bein in der Mitte, das fast aussah, als lägen dort weitere Dra-Tatzen, wäre es nicht holzfarben gewesen. Es spaltete sich am unteren Ende in drei Teile. Jedes der Teile hatte wiederum Krallen, die im Boden verankert schienen. Um die runde, sehr schön gemaserte Tischplatte, deren Holz keiner der vier Winze zuordnen konnte, zog sich ein Band von Schriftzeichen. Es war kein Dra, aber auch keine andere Schrift, die Purga bekannt war. Um den Tisch herum standen neun Hocker. Fünf Plätze waren an dem Tisch noch frei. In der Mitte der Tischplatte stand ein Schrein. Er sah unscheinbar aus, aus dunklem Holz, ohne Zierrat. Nur in die Vorderseite war ein Relief geritzt, das die beiden ineinander fließenden Wasserfälle zeigte. Die Klappe des Schreins stand offen. Das Innere war leer.

Die Fünf nahmen Platz und der älteste der Dra ergriff das Wort: „Dra, Wooden, Flowen! Wir werden nun Zeugen der Zerstörung dieses magischen Dings. Wir haben beschlossen, den Schrein, da er aus Holz ist, zu verbrennen." Ein anderer Dra erhob sich und stellte eine große Metallschüssel auf den Tisch, die mit trockenem Heu und dünnen Ästen gefüllt war. In die Mitte stellte er den Schrein. Alle hatten den Eindruck, dass der Dra seinen ganzen Mut zusammen nehmen musste, um den Schrein anzufassen und er atmete auf, als das Ding platziert war. Ein Dritter hatte eine lodernde Fackel in den Krallen und hielt diese nun in die Schüssel. Die Flammen züngelten an dem Holz empor und die Schüssel wurde rotglühend. Als jedoch alles Kleinholz verbrannt war und sich die Flammen verkleinerten, sahen alle den Schrein unversehrt in der Mitte der Schüssel stehen. Nicht einmal verkohlt war er. Die Versammelten schauten verdutzt auf den Schrein. Schließlich stellte Pumpur fest: „Er brennt nicht. Was jetzt?"

„Ja, was jetzt?", fragte nun der älteste Dra.

Der, der die Schüssel gebracht hatte, meldete sich jetzt: „Wir sollten ihn zerschlagen."

„Ja", rief nun Pisur, „lasst mich das machen. Ich werde Kleinholz aus dem Ding machen."

Niemand hatte etwas dagegen. Eine Axt wurde gebracht.

Pisur stellte sich in Positur und bat, den Schrein vor ihn hinzustellen, denn er selber mochte ihn nicht berühren. Das übernahm jetzt Purga, die sich über die plötzliche Angst fast amüsierte. Schließlich war der Schrein seit Jahrhunderten hier und auch mal von Kralle zu Kralle gewandert. Niemals war etwas passiert. Warum also jetzt, nur weil man Näheres über ihn wusste? Als Purga den Schrein abgestellt hatte, erhob der Schmied die Axt und schlug mit aller Kraft zu. Die Klinge drang tief in das Holz, sie spaltete den Schrein beinahe vollständig. Die Zuschauer nickten anerkennend. Pisur zog die Klinge heraus und setzte zum nächsten Schlag an.

Doch mitten im Schlag hielt er inne. Der Spalt hatte sich wieder geschlossen und das Holz sah unversehrt aus. Alle sahen ratlos auf den Schrein. Der älteste Dra wandte sich nun an Pumpur: „Unter deinen Gästen ist eine Magierin und dies ist ein magischer Gegenstand. Vielleicht kann er nur durch Magie vernichtet werden. Wir würden ja unsere eigene Magie einsetzen, aber sie wäre hier unwirksam. Drachenmagie kann nur auf Drachen angewendet werden."

Purga trat vor und sagte: „Ich will es versuchen, aber ich bin mir nicht sicher, dass ich es schaffe. So etwas habe ich noch nie getan."

Sie hob gerade die Arme, um die beschwörenden Bewegungen auszuführen, da wischte ein Windzug durch die Klappe in der Decke und die Luft kräuselte sich plötzlich. Der Orgone, den Pumpur vor einigen Stunden zu Bansein geschickt hatte, kam zum Vorschein. Purga hatte in ihrer Bewegung inne gehalten und sah nun staunend auf das Luftwesen. Es schillerte und glänzte. Seine Form veränderte sich ständig. Purga war ganz verzückt. Plötzlich hörte es auf, sich zu bewegen und ließ eine Nachricht fallen. Dann verschwand es wieder. Auf dem Tisch lag nun kaum sichtbar ein Blatt aus Morgentau. Pumpur ergriff und öffnete es, wobei er murmelte: „Antwort von Bansein, ging aber schnell." Er überflog die Nachricht.

Als er die neugierigen Blicke der anderen sah, las er vor:

„Lieber Pumpur, es ist schön, dass unser Trupp bei euch ist. Grüße bitte alle herzlich! Doch nun zum Schrein. Es wäre natürlich für alle am besten, wenn er vernichtet würde. Aber ich fürchte, es wird nicht so einfach. Ein Ding, das unsterblich macht, ist sicher nicht leicht zu zerstören. Versucht es und gebt mir Bescheid. Mein Neffe wird bald auf die Suche nach Hork gehen. Er sollte wissen, wie es um den Schrein steht, und kann vielleicht, wenn ihr es nicht schafft, eine Lösung von Hork erfahren. Gruß Bansein und Pipelt

Ach ja, Pipelt sagt, Purga soll es mit einem Gegenweltzauber versuchen."

Pumpur blickte bei den letzten Worten Purga an, die nachdenklich geworden war.

„Ja, das könnte ich probieren. Ich fürchte, Bansein hat recht. Unsterbliches ist nicht zerstörbar. Also, ich brauche ein paar Kräuter und frisches Quellwasser. Asta, kannst du mir die Kräuter besorgen?"

„Wenn es sie hier gibt, auf jeden Fall. Welche benötigst du?"

Purga zählte auf: „Blüten vom Honigmond, Wurzeln und Blätter von der Wortzel und einige Stängel Halsenkraut."

„Ich mache mich gleich auf die Suche. Und woher bekommst du das Quellwasser?", fragte Asta.

Der älteste Dra mischte sich jetzt ein: „Wir haben hier eine Quelle. Ich lasse einen Kübel voll bringen."

„Gut, dann lasst mich allein, ich werde meine Vorbereitungen treffen", sagte nun Purga, „Ozola, du kannst mir helfen."

Die Jägerin blieb, die anderen verließen den Raum. „Was ist eigentlich ein Gegenweltzauber?", fragte Ozola.

„Ja, wie soll ich dir das erklären? Es ist ein ganz besonderer Zauber, der sich nicht auf die Erscheinungsformen unserer Welt bezieht. Wenn ich zum Beispiel Pisur einen halben Tag lang still stehen lasse, ist das ein Zauber von dieser Welt. Ein Gegenweltzauber richtet sich auf Dinge außerhalb dieser Welt. Die Unsterblichkeit gehört nicht in die unsere, deshalb nehmen wir an, dass, wenn überhaupt, ein Gegenweltzauber helfen kann."

Ozola nickte, fragte dann aber weiter: „Warum sagst du: wenn überhaupt?"

Purga rührte gerade eine grünlich schimmernde Salbe an und reagierte zunächst nicht, dann sah sie auf und antwortete: „Weil wir solche Zauber nicht oft anwenden und wenig Erfahrung haben. Ich selbst habe noch nie einen Gegenweltzauber ausgeführt. So, reich mir eine Schale von dem Quellwasser." Sie rührte es behutsam unter. „Und jetzt gib mir bitte noch den Deckel dort. Danke. Das muss jetzt eine Weile stehen und dann brauche ich die Kräuter. Lass uns gehen und ein wenig ausruhen. Ich nehme an, das Ganze wird ziemlich anstrengend."

Sie verließen den Raum.

Purga zweifelte ernsthaft daran, dass ihr der Gegenweltzauber gelingen würde. Erstens gab es eine Menge davon und sie wusste nicht, welchen sie anwenden musste. Also hatte sie den einfachsten ausgewählt, den sie kannte. Und zweitens hatte sie auch von diesem verdammt wenig Ahnung. Sie würde sich mit der Salbe, die sie angerührt hatte, von Kopf bis Fuß einreiben, dann hatte sie sich in Trance zu versetzen und musste ihren Geist in die Gegenwelt befördern, was keineswegs einfach war. Dort musste sie eine Beschwörung sprechen, die Dinge in die Gegenwelt zurückholte, die dorthin gehörten. Und das war die dritte Schwierigkeit. Es war nicht klar, ob der Schrein in die Welt, in der er landete, gehörte. Eigentlich war das Ganze ziemlich aussichtslos. Sie war Bansein fast böse, dass er sie in diese Verlegenheit gebracht hatte, aber dann fiel ihr ein, dass sie ja ursprünglich sowieso zaubern sollte. Und ein Zauber aus dieser Welt hätte schon gar keine Chancen. So blieb wenigstens noch der Schimmer einer Hoffnung, dass es klappte.

Ozola und Purga hatten unterdessen das Haus verlassen und begaben sich in Richtung des Seeufers, das sich nicht weit entfernt befand. Hier ließen sie sich nieder, um auszuruhen.

„Ich nehme an, es wird nachher nicht ganz einfach, oder?", fragte Ozola.

„Nein", seufzte Purga, „es wird wahrscheinlich ein Reinfall. Ihr werdet mich auslachen."

„Auslachen? Was soll denn der Unsinn. Es wissen doch alle, dass du dein Bestes geben wirst."

„Eben, und das wird ziemlich mickerig aussehen."

Ozola legte ihren Arm um Purgas Schultern und sagte: „Purga, überleg' doch mal, hat irgendwer über Pisurs Versuch, den Schrein zu zerschlagen, gelacht? Oder über den Dra, der ihn verbrennen wollte?"

Purga schüttelte den Kopf.

„Na also, du wirst es versuchen und wenn es nicht geht, dann wird sich eine andere Möglichkeit finden."

Purga erwiderte: „Du hast recht. Der Versuch kann eigentlich nicht schaden."

‚Außer mir vielleicht!' – Aber das sagte sie nicht. Dann legte sie den Kopf auf Ozolas Schulter. Die beiden saßen so eine ganze Weile und schauten über das Wasser, bis Asta kam und sagte: „Ich habe die Kräuter, was soll damit werden?"

Purga erhob sich und antwortete: „Dann kann es bald losgehen. Ich muss nur noch die Kräuter hacken und unter die Salbe rühren. Von dem Honigmond brauche ich einen Sud zum Inhalieren."

„Das ist aber nicht gut", sagte Asta, „von Honigmond verlierst du die Besinnung."

Purga lachte: „Allerdings, genau dazu brauche ich ihn."

Asta schaute irritiert Ozola an. Diese zuckte nur mit den Schultern.

Also ging Asta den Sud zubereiten.

Purga hatte Ozola gebeten ihr zu helfen. Sie hatten sich in den Raum mit dem Schrein zurückgezogen und Ozola war dabei, Purgas Körper zu salben, als Asta mit säuerlichem Gesicht den Sud hereinreichte. Dabei murmelte sie: „Das widerspricht allen Regeln der Heilkunst!"

Purga achtete nicht auf ihren Protest. Sie musste sich jetzt konzentrieren. „Ist auch wirklich jede Stelle gesalbt?", fragte sie Ozola. Als diese nickte, sagte sie: „Schau noch einmal genau nach, es darf nichts frei bleiben. Und dann geh zu den anderen. Der Rest ist meine Sache." Alle anderen warteten schon draußen vor dem Raum. Den Zauber musste die Magierin allein ausführen.

Der Rest der Gruppe stand im Vorraum und horchte gespannt. Anfangs war nichts zu hören, dann aber drang ein Rauschen aus dem Zimmer, das immer mehr anschwoll, um dann in ein Poltern und Dröhnen überzugehen. Kurz darauf wurde es wieder ruhig. Etwas Schweres plumpste dumpf zu Boden. Gleichzeitig krachte irgendetwas mit metallischem Klang gegen die Tür und schepperte dann nieder. Plötzlich war es fast unerträglich still. Aus dem Raum drang kein Geräusch mehr und die Anwesenden im Vorraum hielten den Atem an. Endlich unterbrach Pisur die Stille. „Was ist nun?", fragte er. „Oh, nein, ihr ist etwas geschehen, ich weiß es!", brach es aus Ozola heraus, „Wir müssen hinein!" Damit stürzte sie auf die Tür zu. Der Älteste der Dra hielt sie auf. „Bleib ruhig, wir werden noch einen Moment warten. Ein solcher Zauber braucht Zeit", sagte er. „Wir sollten auch nicht alle hineingehen. Du bist doch Heilerin?", wandte er sich jetzt an Asta, „Ich denke, du solltest das tun."

„Ja, ja", meinte sie, „ich hab es ja gesagt, sie soll keinen Sud aus Honigmond benutzen, aber sie wollte ja nicht hören. Jetzt darf ich es ausbaden!"

„Ich komme mit hinein", sagte Ozola, „und ich denke, sie wusste recht gut, was sie tat. Magie ist nun mal nicht mit unseren Maßstäben zu messen."

Asta verdrehte die Augen, aber sie sagte nichts. Auch die anderen warteten still. Doch nichts geschah. Dann sagte Pumpur: „Wir haben lange genug gewartet, sehen wir nach!" Die anderen nickten. Asta und Ozola betraten den Raum. Das Bild, das sich ihnen bot, war erschütternd. Purga lag nackt, nur von der grünlichen Salbe bedeckt, am Boden. Neben ihr befand sich der Schrein. Er war unversehrt. Die Schüssel war in eine Ecke geflogen und die Stühle lagen zerbrochen auf dem Boden verstreut. Asta und Ozola standen wie erstarrt einige Sekunden, dann lief Ozola auf Purga zu und nahm sie in die Arme. Purga bewegte sich nicht. Asta fühlte ihren Puls. „Sie lebt. Aber sie ist völlig benebelt von diesem Kraut."

„Hilf ihr!", bat Ozola, während sie Purga in ihren Umhang wickelte.

„Die Blessuren am Körper sollte ich salben, ansonsten glaube ich nicht, dass sie Hilfe braucht. Sie muss einfach ihren Rausch ausschlafen. Aber das gründlich. Bringen wir sie zu Bett!" Die beiden fassten Purga unter die Arme und trugen sie zur Tür. Kaum waren sie hinaus, da fragten alle anderen schon durcheinander: „Was ist mit dem Schrein? – Lebt sie? – Was war da drin los? ..."

„Lasst sie uns erst einmal hinlegen. Dann könnt ihr immer noch fragen", fauchte Asta.

Damit brachten sie Purga fort.

Die Dra, gefolgt von Pisur, stürzten in den Raum. „Wo ist der Tisch?", brüllte der Älteste der Dra. Verdutzt schauten sich die anderen um. Tatsächlich fehlte er.

„Der schöne Tisch! Er stand in diesem Ratszimmer schon seit Urzeiten. Und alles war umsonst. Der Schrein ist immer noch da."

39. Kapitel, in dem Burmann einige nützliche Dinge von Bansein mit auf den Weg bekommt

Burmann hatte indessen von seinem Onkel erfahren, was es mit dem Schrein auf sich hatte. Gerade war eine Nachricht von Pumpur gekommen, dass auch der Versuch, den Schrein mit Hilfe von Magie zu zerstören, vergeblich gewesen war. „Das habe ich mir gedacht. Unsterbliches kann eben nicht sterben", sagte Pipelt. „Dein Neffe wird wohl noch einmal aufbrechen müssen." Bansein nickte, Burmann stöhnte. Er hatte schon zu hoffen gewagt, ein wenig ausruhen zu können. Damit wurde es nun nichts. Übermorgen sollte er los. Diesmal aber, das nahm er sich in diesem Moment vor, würde er Bomsel mitnehmen. Dann wäre er nicht so allein.

„Du wirst Hork finden müssen. Frage ihn, was wir tun sollen", wandte sich Bansein jetzt an ihn.

„Ja, ich werde tun, was ich kann", erwiderte Burmann und entfernte sich, nicht ohne sich herzlich von Pipelt zu verabschieden, der noch am selben Abend abreisen wollte.

Er hatte jetzt keine Lust auf die Ausführungen seines Onkels. Letztlich würde er doch wieder auf sich selbst gestellt sein. Was Bansein ihm auch erzählte, er konnte nicht alles voraussehen, also würde Burmann sich überraschen lassen. Zu Hause angekommen, begann er sein Bündel zu packen. Bomsel kam unter dem Bett hervorgekrochen. Hier lag sie immer, wenn sie zu Hause war. Sie war inzwischen weiter gewachsen und so groß, dass es ihr Mühe bereitete, dort Platz zu finden. Trotzdem suchte sie sich keinen anderen Ort zum Schlafen. Hier war der Geruch ihres Herren am stärksten.

Nun lag die Waldhündin auf dem Teppich und sah Burmann ergeben beim Packen zu. Ihre Augen wurden trübe. „Bomsel traurig", sagte sie. Burmann sah sie an, beugte sich zu ihr herab und kraulte die Waldhündin hinter den Ohren. Dann fragte er: „Warum ist meine Bomsel denn traurig?"

„Burmann will weg, Bomsel alleine."

„Nein, Bomsel, du wirst nicht alleine sein. Diesmal kommst du mit."

Burmann hatte kaum zu Ende gesprochen, da sprang das Tier auf, ohne zu bemerken, dass es sich das Hinterteil, das unaufhörlich hin und her wackelte, am Bettrand stieß. Bomsel hopste durch den Raum und Burmann hatte Mühe, seine Möbel vor Schaden zu bewahren. „Bomsel kommt mit, Bomsel kommt mit", ließ die Waldhündin sich vernehmen.

Nachdem Burmann mit dem Packen fertig war, machte er mit Bomsel einen langen Spaziergang. Er hatte das Gefühl, dass er seine Heimat eine ganze Weile nicht mehr sehen würde.

Am nächsten Morgen fanden sich die beiden sehr früh bei Bansein ein und Burmann freute sich auf das verschlafene Gesicht seines Onkels. Doch der war schon auf, oder genauer, er war noch immer auf, denn der alte Magier hatte in der Nacht kein Auge zu getan. Seine Gedanken waren bei seinem Neffen gewesen, den er nun zum zweiten Mal in kurzer Zeit auf eine weite Reise schicken würde, die alles andere als ungefährlich war. Burmann würde diesmal weiter fort müssen – in eine Gegend, die nicht einmal in Büchern beschrieben war. Den einzigen Anhaltspunkt lieferten die Angaben des alten Jozikzas und seiner Enkelin und das Puzzle, aus dem aber noch immer keiner so recht schlau wurde. Wie zuverlässig das alles war, würde sich zeigen müssen. Auch war der Erfolg, selbst wenn Burmann Hork fände, lange nicht sicher. Niemand konnte sagen, wie der Zet reagieren würde, wenn plötzlich ein Winz bei ihm erschiene. So hatte Bansein die Nacht damit verbracht, seinem Neffen ein Überlebenspaket zusammenzustellen. Als Burmann bei ihm eintrat, war er gerade mit dem Packen fertig.

„Guten Morgen!", sagte Burmann etwas enttäuscht, dass sein Onkel schon auf war. Aber Bomsel hopste an Bansein vergnügt hoch und der hatte Mühe, sich auf den Beinen zu halten. Das Tier reichte ihm inzwischen bis zur Brust. Bansein war froh, dass er an der Wand gestanden hatte und so einen sicheren Halt fand. Nun wandte er sich an die Waldhündin: „Langsam, langsam, Bomsel, das kannst du mit deinem Herrn machen, aber ich bin zu alt für so was." Dann sagte er zu Burmann: „Hallo, ich bin froh, dass du schon so früh auf bist, da können wir noch ein wenig über deine Reise reden. Ach ja, das hier ist für dich." Er reichte ihm das Päckchen.

„Was ist denn das?", fragte Burmann neugierig.

„Es wird dir hoffentlich auf deiner Reise ab und an behilflich sein. Ich habe dir ein paar nützliche Sachen eingepackt. Eine Salbe, die bei kleineren Verletzungen aller Art Wunder wirkt, einige sehr lange haltbare Nahrungsmittel, einen Schrumpfpelz, ei ..."

„Einen was?", unterbrach Burmann die Aufzählung.

Bansein sah ihn belustigt an. „Du wirst im Norden in sehr kalte Gebiete vordringen müssen. Da brauchst du etwas Warmes. Ein großer Pelz wäre viel zu hinderlich für dich. Also habe ich dir den Schrumpfpelz eingepackt. Du kannst ihn durch einen Größenzauber wachsen oder schrumpfen lassen", erklärte er und dann setzte er hinzu: „Gut, dass ich dir dazu keine Fragen in der Magierprüfung gestellt habe."

Burmann sah etwas beschämt drein, er konnte sich nicht erinnern, je etwas von Schrumpfpelzen gehört oder gelesen zu haben. Aber Bansein fuhr jetzt mit seiner Aufzählung fort: „...eine Flasche Babasarisirup." Bevor Burmann wieder fragen konnte, erklärte er: „Das ist ein Sirup, der aus dem Saft der Babasaribeere gewonnen wurde, einer Pflanze, die es hier nicht gibt. Ein Freund hat mir einmal einige Flaschen von einer Reise in den Süden mitgebracht. Du kannst dich damit über eine sehr lange Zeit wach halten, ohne an Kraft zu verlieren oder sonstigen Schaden zu nehmen. Das einzige Problem ist, du musst hinterher den Schlaf nachholen. Und dann habe ich dir noch einen Tautropfenverdichter eingepackt. Das ist ..." „Halt", unterbrach ihn Burmann jetzt abermals, „sag es nicht! Ist das nicht so ein Ding, mit dem ich Tautropfen verbinden kann, durch die ich dann Orte sehen kann, die weit entfernt sind?" Bansein nickte.

„Ach, und hier ist noch was für Bomsel. Eine Pfeife, mit der du sie jederzeit rufen kannst, und ein Spielzeug."

Ohne lange zu erklären, zog er einen Ball aus der Tasche. Bomsel war plötzlich völlig aus dem Häuschen. Für sie gab es nichts Schöneres als einem Ball hinterherzujagen. Allerdings brauchte sie dazu immer jemanden, der ihn auch warf. Nun öffnete Bansein die Tür und schleuderte den Ball hinaus. Bomsel sprang sofort hinterher. Zu Burmanns Überraschung schlug der Ball immer, kurz bevor die Waldhündin ihn erreichte, einen Haken und war wieder fort. Es dauerte eine ganze Weile, bis das Tier ihn fangen konnte. Doch dann löste der Ball sich aus ihrer Schnauze und huschte wieder weg. „Falls du mal keine Zeit hast, mit ihr zu spielen", grinste Bansein und auch Burmann schmunzelte. Es sah äußerst komisch aus, wie verdutzt Bomsel guckte, um dann gleich quietsch vergnügt wieder hinter dem Ball herzujagen.

Die beiden Magier zogen sich wieder in das Haus zurück, denn die neblige Morgenkälte kroch unter ihre Kleider. Drinnen tranken sie von Banseins leckerem Mildenblütentee und gingen noch einmal alles durch, was für die Reise von Belang war.

Burmann hatte alles Wichtige eingepackt und seine Mutter hatte noch einiges Unwichtige dazu gelegt, von dem sie meinte, dass es unentbehrlich wäre. Er hinterlegte einen großen Teil davon in Banseins Schrank. Nur ein kleines Fläschchen mit einem speziellen Öl, das seine Mutter gegen Erkältungen eingepackt hatte, behielt er – mehr in Gedanken an sie, als dass er meinte, es zu brauchen.

Als die Sonne die Nebelschwaden von den Wiesen vertrieben hatte, verabschiedeten sich Onkel und Neffe. Burmann trat vor die Tür und rief nach Bomsel, die noch immer irgendwo dem Ball hinterherlief. Doch sie hörte nicht. Also probierte er die Pfeife aus. Und sie funktionierte. Bomsel kam – wie von einem Magneten gezogen – angelaufen. Vor ihr her hopste der Ball. Burmann fing ihn und steckte ihn in die Tasche, nicht ohne der Hündin zur Entschädigung ein Fleischbällchen zu geben, das sie gierig verschlang. Dann zog er das Puzzle heraus. Interessiert beobachteten die beiden Magier, wie die Teile sich wie von Geisterhand bewegten und zu einem Pfeil anordneten. Er zeigte geradewegs in nördliche Richtung. Burmann packte das Puzzle sorgfältig zusammen, nachdem er sich den Weg eingeprägt hatte. Dann ging er mit Bomsel los und die beiden verschwanden kurz darauf am Waldrand. Bansein sah ihnen nach und murmelte: „Komm gesund zurück, Junge."

40. Kapitel, in dem Xinusia mehr über die Zet erfährt

Im Lager der Herben geschah in den nächsten Tagen kaum Nennenswertes. Xinusia wurde Freiraum gelassen. Nur wenn sie sich allzu weit aus dem Lager entfernte, tauchte wie aus dem Nichts ein Herbe auf, der ganz zufällig vorbeikam und sie mit zurück ins Lager nahm. Es war deutlich, dass der Große Graan es sich mit der Zauberin nicht verderben wollte. Aber Xinusia wusste auch, dass er ihr nicht vollends vertraute. Doch er hielt Wort und einige Tage nach dem Gespräch zwischen Xinusia und Graan trafen die Boten mit den Pergamenten über die Zet ein. Es war nicht allzu viel, aber Xinusia war trotzdem froh. Erstens würde sie jetzt endlich mehr über die Zet erfahren und zweitens hatte sie nun etwas zu tun. Ihre einzige Abwechslung bestand in der letzten Zeit in Spaziergängen mit Stratasal und dem Gerede von Blasius, der von jedem Ausflug mit Neuigkeiten aus dem Lager zurückkam, die seine Herrin alles andere als interessierten. Obwohl sie den Dialekt der Herben kaum noch ertragen konnte, und Blasius gab wie immer alles originalgetreu wieder, hörte die Jungmagierin sich die Gespräche der Herben an. Vielleicht sagte ja doch irgendwann einmal jemand etwas Nützliches. Doch die redeten ausschließlich über Nichtigkeiten – kleine Geplänkel zwischen den Herben, Streitereien im Suff, Geschichten über Liebschaften, Prahlereien – aber nichts, das Xinusia in irgendeiner Weise hätte weiterhelfen können. Oft wünschte sie, ihr Trompetenschnabel besäße so viel Verstand, um das Gehörte wenigstens in Kurzfassung und ihrer eigenen Sprache zu erzählen.

Jetzt aber konnte Blasius plappern, soviel und was er wollte. Xinusia hörte nichts. Sie las begierig die Aufzeichnungen der Herben über die Zet. Erstaunlicherweise waren sie in einer ordentlichen und wohl durchdachten Weise getätigt worden. Sie fragte sich, wer diese Pergamente wohl geschrieben hatte.

Sie erfuhr aus den Schriftrollen von der Lebenszeit der Zet, erfuhr ihre Namen und einiges über ihre Tätigkeit. Doch was sie letztlich am meisten interessierte, waren die Angaben über ihre Zauberkraft. Zet konnten ihre Gestalt verändern, nicht nur wie die Magier der Winze innerhalb ihrer Gattung, sondern sie waren in der Lage, auch die jeder anderen anzunehmen und – das war ihr neu – sogar die Elemente zu wechseln. Sie würde es also schwer haben, einen Zet zu erkennen, wenn er ihr über den Weg lief oder wehte oder floss. Das einzige Element, das den Zet verwehrt war, war das Feuer. Vor ihm schienen sie denn auch eine höllische Angst zu haben. So sah es jedenfalls auf den Bildern aus, die das Geschriebene eindrucksvoll illustrierten. Der, der dieses Pergament gestaltet hatte, musste ein wahrer Künstler gewesen sein. Xinusia fand es schade, dass er sich nicht hier im Lager aufhielt. Aber vielleicht war er ja auch schon viele Jahre tot. Den Pergamenten sah man kein Alter an. Xinusia war überzeugt, mit dem Verfasser hätte sie vernünftig reden können. Beim Lesen der Schriftrollen wurde der jungen Magierin ihre Einsamkeit schmerzlich bewusst.

Die Zet hatten weiterhin die Fähigkeit, ihre Größe zu verändern und, wie die Jungmagierin schon wusste, ihre Stimme zu einem Donnergrollen ansteigen zu lassen.

Allerdings besaßen sie keine Zauberkräfte, die sie direkt gegen andere einsetzen konnten. Das beruhigte Xinusia. Sie würde vor dem Zet keine Angst haben müssen.

Gegen seine Stimme kam sie an. Dieses Wissen machte sie wieder froh. Viel mehr gab es aus dem Dokument nicht zu entnehmen. Dass es nicht ganz vollständig war, war Xinusia klar, aber es genügte vorerst. Jetzt musste sie überlegen, welche Informationen sie dem Großen Graan geben sollte. Schließlich entschloss sie sich, ihm alles zu erzählen, denn erstens konnte sie nicht sicher sein, was er vielleicht aus anderen Quellen wusste und zum Zweiten würde er mit den Informationen wenig anfangen können. Ihre Position würde es aber stärken.

Allerdings musste Xinusia zugeben, nichts über die Beweggründe des Zet, die Winze anzugreifen, erfahren zu haben.

So erleichtert Graan war, dass Usur ihm aller Wahrscheinlichkeit nach nichts wirklich Schlimmes würde antun können, so wenig informierte er sein Gefolge darüber. Für ihn war es günstiger, es im Glauben zu lassen, er würde ein äußerst gefährliches Wesen zu seinen Verbündeten zählen.

Einige Tage danach wurde Xinusia erneut zum Oberhaupt der Herben gerufen. Er eröffnete ihr, dass er einen Kundschaftertrupp ins Winzgebiet schicken wolle, der, wenn es sich ergab, auch einen Angriff führen konnte, und sie sollte dabei sein.

Xinusia war nicht wohl bei dem Gedanken, direkt gegen die Winze zu ziehen.

Sie wusste inzwischen, dass sie nicht gegen ihr Volk kämpfen wollte. Ihnen zeigen, was sie konnte, ja, aber gegen sie in den

Kampf ziehen, Winze töten – nein! Doch sie war schon zu tief in all diese Dinge verstrickt. Es gab für Xinusia keine Möglichkeit, aus ihrer Situation zu entkommen. Und selbst wenn – wo sollte sie dann hin? Es gab kein Zurück.

Also machte sie sich bereit für den Marsch. Dieses Mal sollten nur zwanzig Herben gegen die Winze ziehen und es war auch nicht sicher, ob es überhaupt zu Kampfhandlungen kommen würde. Schließlich war es nur ein Kundschaftertrupp.

41. Kapitel, in dem Purga lernt, wie man Orgonen ruft, und die Winze heimkehren

In der Dra-Stadt hatte man es aufgegeben, den Schrein vernichten zu wollen. Der älteste Dra war noch immer verärgert wegen des Tisches, aber Purga hatte keine Schuldgefühle. Sie war sogar fast stolz. Schließlich konnte sie nicht wissen, dass der Tisch aus einer Gegenwelt stammte! Immerhin hatte der Zauber ja geklappt, wenn auch nicht so, wie sie alle es gehofft hatten.

Wieder tagte der Rat und Purga durfte daran teilnehmen. Die Dra hatten anscheinend nur ein einziges Ziel. Sie wollten den Schrein so schnell wie möglich loswerden. Entgegen ihres sonst so besonnenen Wesens drängten sie auf eine zügige Lösung und schienen diese nicht bei sich zu suchen. Nach kurzer Beratung beschloss man, den Schrein in die Hände geübter Zauberer zu geben. Damit waren, wie Purga argwöhnte, Pipelt und Bansein gemeint. Und das würde wahrscheinlich heißen, dass die vier Winze wieder nach Hause geschickt werden würden – diesmal allerdings mit wertvoller und vielleicht gefährlicher Fracht. Und genau auf diese Lösung verfiel der Rat der Dra. Der Älteste wollte die Sitzung schon schließen, als Purga gerade noch „Moment!" rufen konnte. Alle Dra-Augen wandten sich ihr erwartungsvoll zu. Purga stand auf, holte tief Luft und sprach: „Erstens: Warum hat mir niemand gesagt, dass der Tisch aus einer Gegenwelt stammte? Zweitens: Wie stellt der hohe Rat der Dra sich den Transport des Schreins zu den Winzen vor? Was, wenn er nur durch die

Drachenmagie bisher unentdeckt geblieben ist? Wie sollen wir ihn verstecken?"

Am liebsten hätte der Älteste, der immer noch nicht über den Verlust seines Tisches hinweggekommen war, jetzt geantwortet: ‚Was geht uns das an, schließlich kommt das Ding ja ursprünglich von den Winzen!' Aber er zügelte sich und sagte: „Verehrte Purga, zu deiner ersten Frage ist ganz einfach zu sagen, dass wir es auch nicht wussten. Der Tisch ist seit Urzeiten im Besitz der Dra, so wie der Schrein ja auch den Winzen gehörte, die ebenfalls damals keine Ahnung hatten, dass dieser magisch ist und möglicherweise aus einer Gegenwelt stammt. So ist es auch nicht wahrscheinlich, dass irgendjemand es dem Schrein anmerkt, dass er magischer Natur ist. Doch wer weiß, was ein Zet alles sieht. Deshalb werden wir einen Drachenzauber über den Schrein legen, so dass er, bis ihr in eurer Heimat angelangt seid, geschützt ist. Einige Tage werdet nur ihr, die ihr mit dem Schrein unterwegs seid, ihn wahrnehmen können. Dann wird die Magie sich verflüchtigen und eure Zauberer sind für alles andere verantwortlich."

Damit musste Purga sich zufriedengeben. Die Dra würden keine weiteren Einwände zulassen. Außerdem hatte Purga das Gefühl, dass diese Lösung richtig war. Es schien an der Zeit, dass der Schrein wieder seine Besitzer wechselte. Warum also nicht dorthin, woher er gekommen war. Vielleicht gelang es Bansein und Pipelt ja, ihn irgendwie zurück in seine Welt zu befördern.

Die Vorbereitungen waren schnell erledigt. Wieder hatte Purga den Eindruck, die Dra wären froh, wenn sie möglichst rasch mit dem Schrein verschwänden. Nur bei Pumpur hatte sie das Gefühl, dass es ihm leid tat, sie gehen zu lassen. „Gebt mir Bescheid, wie es weiter geht. Vielleicht komme ich auch bald zu euch. Möglicherweise können wir Dra doch noch nützlich sein."

Aber auch die Vier waren nicht wirklich traurig, wieder zurück-zukehren. Denn erstens war es zu Hause ja doch am schönsten. Und zweitens hatten sie alle von der Tinktur die Nase voll. Im wahrsten Sinne des Wortes. Nachdem die erste Portion in ihrer

Wirkung nachgelassen hatte, hatte Asta zwar eine weniger starke Mischung gemacht, die es erlaubte, die Gerüche der Umgebung abgeschwächt wahrzunehmen, aber das war auch kein großer Trost, da sie nun ständig nachträufeln mussten, dazu den Geruch der Dra auch wahrnahmen und trotzdem nichts richtig schmeckte. Und so sprach Pisur allen aus dem Herzen, als er sagte: „Welch ein Glück, sobald wir im Wald sind, geht Ozola jagen und dann kochst du uns was Schönes, Asta!"

Purga schien aber noch irgendetwas erledigen zu wollen. Ständig schaute sie in die Vorhalle, ob Pumpur auftauchen würde. Er hatte versprochen, ihr zu zeigen, wie man mit einem Orgonen umging. Das wollte sie nicht verpassen. Nach einer Weile kam der Dra und er sah Purga ihre Ungeduld schon an. „Na komm schon, wir gehen auf das Dach. Die anderen haben gewiss noch das eine oder andere zu packen, da können wir uns mit den Orgonen befassen. Purga machte einen Hüpfer und folgte Pumpur. Oben angelangt, zeigte der Dra ihr die Windharfe. Es war ein Gebilde aus gedehnten Zweigen, an deren Enden kleine zarte, durchscheinende Plättchen hingen, die beim leisesten Windhauch bimmelten und klangen.

Hiermit rufst du sie. Allerdings, wenn du mit ihnen reden oder Botschaften versenden willst, musst du eine Melodie für deinen Orgonen haben."

„Und welche?"

„Das musst du mit dem Orgonen ausmachen, der dich aufnimmt. Er weist dir eine Tonfolge zu, die dann nur du benutzen kannst."

„Gut, aber wie gelangt der Orgone das erste Mal zu mir?"

„Ein Orgonenfreund muss dich vorstellen."

„Kannst du das machen?", fragte Purga begierig.

„Nun, das hat mit Zeit und mit Belohnung zu tun."

„Wie? Die Orgonen verlangen eine Gegenleistung?"

„So kann man das nicht sagen, aber wenn man die Orgonen gut kennt, weiß man, dass sie nichts so lieben, wie ein Lied auf der Windharfe. Wenn du also mal nichts Wichtigeres zu tun hast, rufst du die Orgonen und spielst, du wirst dich wundern, wie viele plötzlich auftauchen."

„Und wie spielt man auf der Windharfe?"

Pumpur sah sie an: „Das ist nicht ganz einfach. Du musst erst einmal drauf blasen und gleichzeitig hältst du die einen Plättchen fest und lässt andere schwingen. So entstehen Melodien. Aber es erfordert eine ganze Menge Übung, bis eine ordentliche Tonfolge entsteht."

„Zeigst du es mir?"

„Natürlich! Pass auf!" Pumpur blies auf die Plättchen und bewegte mit einer Geschicklichkeit seine Krallen zwischen den dünnen Plättchen hin und her, dass schon das allein eine Freude war. Aber die Töne, die entstanden, waren unvergleichlich. Fein, aber voll und von einer einmaligen Folge. Es dauerte nicht lange, da erschienen mehrere Orgonen auf dem Dach. Sie standen ganz still in der Luft und lauschten. Als Pumpur aufgehört hatte, verbeugten sich die Gebilde und verschwanden wieder. Bis auf einen der Orgonen, den Pumpur zurückgehalten hatte. Er stellte ihm Purga vor und bat ihn, ihr eine Melodie zu geben. Der Orgone verbeugte sich und betrachtete Purga. Dann bewegten sich die Plättchen der Windharfe in einem Wechsel von langsamen und schnellen Tönen, der sich Purga entgegen ihren sonstigen Problemen, eine Melodie oder einen Rhythmus zu behalten, sofort fest einprägte. Zu ihrer Überraschung bereitete es ihr nicht die geringsten Schwierigkeiten, ihn singend zu wiederholen. Nach etlichen Versuchen gelang es Purga, ihn auch auf der Windharfe zu spielen. Der Orgone verneigte sich und sagte: „Nun kannst du uns rufen und von uns Botschaften erhalten, wenn uns ein anderer zu dir schickt. Aber merke dir: Rufe uns nur, wenn du auch wirklich etwas Wichtiges versenden musst, sonst nutzt sich die Musik ab und wir kommen nicht mehr. Ach so, und natürlich wäre es vortrefflich, wenn du auf der Windharfe eine schöne Melodie spielst." Purga war es, als lächelte der Orgone, obwohl das in den windigen Gesichtszügen schwer auszumachen war. Noch einmal verbeugte sich der Orgone. Diesmal tat Purga ein Gleiches und sagte: „Ich danke dir, ich werde mich bemühen, die Windharfe zu erlernen." Der Orgone verwehte. Purga kehrte beschwingt zu den Ihren zurück und Pumpur sagte ihr noch: „Eine Windharfe muss nicht unbedingt aus Glas bestehen, du kannst sie aus jedem klingenden Material machen. Aber du musst sie selbst machen, das habe ich vergessen zu sagen, ein jeder Orgonenfreund hat seine eigene persönliche Windharfe."

Die anderen Winze waren inzwischen längst reisefertig und Ozola stand mit Purgas Rucksack in der Hand da. Es wurde Zeit, sich auf den Heimweg zu machen. Pumpur verabschiedete sich und die Gruppe zog los.

Das Verlassen der Stadt machte im Gegensatz zu ihrem Betreten keine Schwierigkeiten. Die Vier konnten einfach hinaus spazieren. Als sie sich jedoch nach ein paar hundert Schritten noch einmal umdrehten, war von der Stadt nichts mehr zu erkennen, obwohl sie genau wussten, dass sie da war. Der Schutzzauber über der Drastadt war wieder wirksam. Nur der typische Drageruch lag noch leise in der Luft. Die Tinktur hatte aufgehört zu wirken.

Ozola bekam schon nach kurzer Zeit eine Wikade vor den Bogen, die Asta mit Kräutern würzte und am Spieß briet. Sie duftete herrlich und mundete noch besser. Dann ging es jedoch zügig weiter.

Ozola meinte: „Kommt, lasst uns so schnell wie möglich zu Pipelt eilen. Mir wird wohler sein, wenn wir das Ding los sind."

„Ja", stimmte ihr Pisur zu und sie beschleunigten ihren Schritt. Bald darauf meinte Asta: „Ich versteh' nicht, warum die Dra den Schrein nicht selber wegbringen. Sie können fliegen, es wäre viel sicherer und vor allem schneller."

„Hast du nicht gemerkt, wie komisch sie mit dem Schrein waren, nachdem sie gehört hatten, was mit ihm los ist? Die Dra wollen mit den Zet nichts zu tun haben", antwortete Purga. Asta nickte.

Jetzt schaltete sich Pisur wieder ein: „Nett, dass sie uns das ausbaden lassen. Erst ist es IHR Schrein, wir dürfen großzügig zuschauen und wenn es brenzlig wird, wollen sie nichts mehr damit zu tun haben. Ich bin auch nicht gerade scharf auf eine Begegnung mit diesen … diesen Zet!"

Jetzt wandte sich Ozola ihm zu: „Es wird schon nichts passieren. So weit ist es ja nun auch nicht und diesmal kennen wir den Weg. In zwei, drei Tagen sind wir bei Pipelt. Der wird dann schon weiter wissen. Und wie ich Pumpur einschätze, hat der schon an Bansein eine Nachricht geschickt. Also werden vielleicht auch beide da sein."

Pisur seufzte. Wie selten auf ihrer Reise schienen er und seine Frau sofort einer Meinung. Denn auch sie machte ein sehr besorgtes Gesicht, sagte aber nichts mehr.

Die weitere Reise ins Dorf der Flowen war überschattet von gespannter Stimmung. Alles, was die Vier wollten, war, an ihr Ziel zu gelangen. Drei Tage später kamen sie an und wurden hier schon von den beiden alten Magiern erwartet.

Pipelt begrüßte die Ankömmlinge überschwänglich: „Ah, da seid ihr ja, kommt herein. Setzt euch! Hier ist Tee und hier sind einige Leckerbissen, die ihr auf eurer Reise bestimmt nicht hattet." Tatsächlich standen auf dem Tisch Honigeckern, Grasmilchpudding, kleine duftende Fleischpastetchen und eine große Schüssel winziger, süßsauer eingelegter Pilze. Die Heimgekehrten ließen sich nicht zweimal einladen. Bald saßen sie schmatzend um den runden Tisch und Bansein und Pipelt sahen ihnen zu. Allerdings schienen die beiden unruhig. Bansein rutschte auf seinem Stuhl herum, als könne er es kaum erwarten, wieder aufzustehen. Nach einer Weile sagte Ozola schließlich: „Was ist mit dir? Du machst mich ganz nervös. Willst du uns irgendetwas mitteilen? Dann sag' es jetzt, damit ich wieder in Ruhe essen kann."

Bevor Bansein überhaupt etwas antworten konnte, ließ sich Pontisia hören, die gerade mit einer weiteren Schüssel voller

Leckereien hereintrat: „Die beiden sind auf den Schrein scharf. Sie reden, seit Bansein hier ist, über nichts anderes mehr. Aber esst ruhig erst auf. Sie können schon noch ein wenig warten."

Bansein und Pipelt sahen etwas verlegen drein. Sie waren sich durchaus bewusst, dass die vier Ankömmlinge ein Recht darauf hatten, sich erst einmal auszuruhen, bevor sie sie mit Fragen bestürmten. Aber auch jetzt noch sah man den Magiern ihre Ungeduld deutlich an. Selbst wenn sie sich Mühe gegeben hätten, es fiel den Essenden schwer, nun noch genüsslich zu speisen. Also nahm Purga das Wort: „Bevor ihr uns Magengeschwüre verursacht, kommt mit, ich gebe euch den Schrein, dann könnt ihr ihn schon mal begutachten, während wir es uns schmecken lassen."

Bansein und Pipelt ließen sich das nicht zweimal sagen. Sie gingen mit Purga in das Arbeitszimmer, wo die Magierin den Schrein aus ihrem Rucksack zog und behutsam auspackte. Fast stolz wies sie auf den Platz, an dem das Kästchen stand. Die beiden alten Magier allerdings sahen immer noch ganz gespannt aus und wurden immer unruhiger, reagierten aber ansonsten nicht. Purga wollte gerade das Zimmer wieder verlassen, als Pipelt enttäuscht fragte: „Wo ist er denn?" Purga stutzte. Kurz darauf war ihr klar, was hier los war. Der Drachenzauber schützte den Schrein noch immer. Doch sie hatte eine Idee. „Kommt her", sagte sie, „fasst mich an und dann seht her!" „Ahh", entfuhr es den beiden, die jetzt tatsächlich den Schrein sahen. „Sag es nicht!", meinte Bansein, „Das ist ein Drachenzauber, nicht wahr? Wie lange dauert er denn noch?" „Ich weiß es nicht genau", erwiderte Purga, „vielleicht so lange, bis die Träger satt sind." Pipelt und Bansein sahen säuerlich drein und ließen Purga los. Der Schrein verschwand wieder vor ihren Augen. Doch einige Augenblicke später zeichneten sich Konturen in der Luft ab, die rasch schärfer wurden und dann den gesamten Schrein zeigten. Der Zauber war vorbei.

Ehrfürchtig schauten die Magier auf das geheimnisvolle Kästchen. Es war für beide das erste Mal, dass sie mit einem Gegenstand in Berührung kamen, der Unsterblichkeit verhieß. Beide waren sich inzwischen sicher, dass es so war. Die Frage war nur, welcher Preis dafür gezahlt und welches Ritual durchgeführt werden musste.

Sie betrachteten den Schrein lange von allen Seiten und versuchten irgendwelche Hinweise zu finden. Und tatsächlich! Auf dem Boden waren seltsame Zeichen eingeritzt, die auf den ersten Blick wie Verzierungen wirkten. Beide Magier sahen sich verwundert an. Sollten diese Zeichen etwas zu besagen haben? Sie konnten mit ihnen nichts anfangen und trotzdem hatten beide das Gefühl, sie hätten etwas zu bedeuten. „Ob Enkmanns Großvater etwas damit anfangen kann? Er war immer sehr bewandert in geheimnisvollen Schriften", meinte Pipelt mehr zu sich selbst als zu Bansein gewandt. „Frag' nicht, schick nach ihm!", erwiderte Bansein ungeduldig.

„Das geht nicht, wir müssen uns schon selbst zu ihm bemühen. Er ist sehr alt und kann sich kaum noch bewegen." „Na, dann los!", Bansein war schon auf halbem Weg aus dem Haus, als Pipelt ihn zurückhielt: „Geduld, er lebt nicht hier. Vor ewig langer Zeit hat er sich in seine Hütte im Brandwald zurückgezogen und er soll etwas merkwürdig geworden sein. Er hat dort alles, was er braucht und ansonsten kümmert Enkmann sich um ihn. Wir werden also erst einmal seinen Enkel befragen, wann es am günstigsten ist. Ich habe keine Lust stundenlang vor der Hütte zu sitzen und zu warten, nur weil wir den falschen Zeitpunkt erwischt haben und er schläft. Wenden wir uns erst einmal den Rückkehrern zu und hören uns an, wie es ihnen ergangen ist." Die beiden Obermagier gingen zurück in den Raum zu den anderen, die langsam fertig waren mit den Leckereien. Asta und Pisur waren sogar schon nach Hause gegangen, um nach dem Rechten zu sehen. Bansein und Pipelt ließen sich von den beiden Woodinnen nun ihr Abenteuer berichten und als Purga zu dem Teil über den Gegenweltzauber kam, waren beide Magier sehr gespannt. Pipelt ermunterte Purga, die nur zögerlich davon erzählte, da er ja fehlgeschlagen war.

„Purga, du hast das sehr gut gemacht. Es gibt keine Garantie bei Gegenweltzaubern. Und nicht jedem gelingt es überhaupt, eine der Welten zu erreichen. Aber es war eben nicht die richtige – jedenfalls nicht für den Schrein. Die für den Tisch scheinst du gefunden zu haben. Und ich finde es sehr beachtlich, dass du auch noch diesen großen Gegenstand dorthin bewegt hast." Er schmunzelte bei dem Gedanken an den Ärger des Dra. Tja, sie gaben nicht gerne etwas her, das ihnen gehörte. So fanden es auch Pipelt und Bansein recht verwunderlich, dass sich die Dra so schnell von dem Schrein getrennt hatten. Sie mussten wirklich große Angst davor haben. Doch nun war er bei ihnen und der Zet würde, wenn er es wirklich auf den Schrein abgesehen hatte, hinter ihnen her sein. Es wäre also gut, Usur nicht wissen zu lassen, wo der Schrein sich befand. Am besten war es, wenn möglichst wenige davon wussten. Dann konnte auch niemand aus Versehen etwas verraten. Der Schrein musste also von hier weg, aber wohin? Das war die Frage, die jetzt zu beantworten war. Aber vorher wollten sie noch zu dem alten Hump in seiner Waldhütte wegen der Zeichen auf dem Schrein. Enkmann wurde gerufen. Als er kam, war er zunächst erstaunt Purga hier zu finden, doch dann freute er sich. Als er allerdings erfahren hatte, warum sie hier war, machte er ein bedenkliches Gesicht. Dabei hatten sie ihm noch nicht einmal erzählt, dass sich der Schrein hier befand. Er erinnerte sich an die Wolke beim Zukunftssehen. Sie hatte ihn beunruhigt, aber was er jetzt erfuhr, machte ihm Angst. Sein Großvater hatte ihm früher von Zet erzählt – wie aus Märchen. Und er hatte auch gesagt, dass keiner etwas Genaues über sie wüsste. Und genau das ängstigte Enkmann. Da war etwas, das nicht zu kontrollieren war. Und es schien nicht unbedingt freundlich. Die Aussicht, dass sein Großvater helfen könnte, beruhigte ihn nicht sonderlich. Alles, was er von ihm je erfahren hatte, waren Mythen und Legenden – Dinge, die selbst ein Magier nicht erklären konnte. Wie sollte Märchen-Hump, so hatten sie ihn als Kinder immer genannt, also helfen? Von seiner Fähigkeit, Schriften zu entziffern, wusste er nichts.

Trotzdem machte er sich auf den Weg, zu erkunden, wann sein Großvater für einen Besuch der beiden Obermagier bereit war.

42. Kapitel, in dem Burmann Bomsel retten muss

Burmann war schon seit einigen Tagen auf dem Weg und näherte sich den Grenzen des Woodenlandes. Die Wälder wurden tiefer und die Bäume höher. Bomsel hüpfte unablässig um ihn herum oder ihrem neuen Spielzeug hinterher. Es war für die junge Waldhündin das erste Mal, dass sie das Dorf der Wooden verließ.

Für Burmann bedeutete sie vor allem Gesellschaft.

Im Moment war er allerdings damit beschäftigt, die nördliche Richtung einzuhalten, die das Puzzle zeigte.

Normalerweise hatten Magier ein natürliches Gefühl für Himmelsrichtungen. Dies ging Burmann aber leider ab. Es kam durchaus vor, dass einem Magier eine Fähigkeit fehlte und bei Burmann war es eben der Orientierungssinn. So musste er sich auf sein Wissen über die Zeichen der Natur verlassen. Die Sonne und die Sterne würden ihm den Weg zeigen. Bei klarem Wetter war es also kein allzu großes Problem. Was dem jungen Magier Sorgen machte, war die Frage, woran er sich orientieren würde, wenn das Wetter sich verschlechterte. Was, wenn es über mehrere Tage hinweg bewölkt wäre?

Solche Gedanken beschäftigten Burmann, als er bemerkte, dass er schon wieder aus der Richtung geraten war. Im Moment lief er östlich. Bomsel allerdings war nicht da. Warum mussten immer alle Probleme auf einmal auftreten? Er beschloss, als erstes Bomsel zu suchen und dann eine Pause einzulegen. Für heute hatte er genug, er war seit Stunden unterwegs.

Burmann rief: „Bomsel, Boommselll, Bommmsel!!! Wo bist du? Bommsel!"

Kein Laut antwortete ihm. Ihm fiel die Pfeife ein. Er zog sie hervor und blies hinein. Der kleine Ball kam heran gehüpft, von Bomsel aber war nichts zu sehen. Wo war das Tier abgeblieben? Burmann machte sich Sorgen. Bomsel hatte im Wald keine

Erfahrung. Es gab durchaus Gefahren für einen Waldhund. Selbst für einen erfahrenen. Da waren vor allem die großen Tiere, die nur selten Rücksicht auf kleinere nahmen. Die meisten verschmähten einen Waldhund auch nicht auf der Speisekarte. Burmanns Sorgen waren also keinesfalls grundlos.

Jetzt machte sich der Magier auf die Suche nach seiner Waldhündin. Immerhin musste er dazu nicht, wie normale Winze, durch den Wald streifen. Er konnte sich seiner Kräfte bedienen. Burmann kniete sich auf den Boden und legte auch seine Hände auf die Erde und versuchte das Tier aufzuspüren. Als er auch jetzt noch nichts von Bomsel fand, legte sich Burmann mit dem ganzen Körper hin. Seine Hände und Füße streckte er von sich, seine Wange lag auf dem Waldboden. Der Magier wollte soviel Fläche wie möglich ausfüllen. Er horchte und spürte. Es dauerte lange, bis er endlich ein schwaches Zeichen von Bomsel bekam. Sie konnte keine feste Verbindung zur Erde haben, dann wäre der Impuls stärker gewesen, aber sie lebte. Die Richtung, aus der das Zeichen kam, lag hinter ihm.

Ganz in der Nähe knackten Zweige. Es war ein lautes Geräusch, woraus Burmann auf die Größe des Wesens schließen konnte, das da ein paar Meter von ihm entfernt durch den Wald lief. Hatte es ihn gewittert? Bald konnte der Magier die Umrisse des Tieres sehen. Es war riesig – mindestens zweimal so hoch wie er. An seinem Kopf konnte Burmann überdimensionale, lange Ohren erkennen, die an der Seite herabhingen. An seinem Hinterteil hatte das Tier einen im Gegensatz zu den Ohren winzigen Stummelschwanz. Noch war Burmann in sicherer Entfernung. Der junge Magier versuchte sich an die Tiere des Waldes zu erinnern, die er in Büchern gesehen hatte. Dies war bei Weitem nicht das größte, das wusste er. Aber das war nicht so sehr von Bedeutung. Viel wichtiger war es, zu erfahren, ob es Fleisch oder Pflanzen fraß. War letzteres der Fall, musste Burmann lediglich darauf achten, nicht unter den gigantischen Hintern des Ungetüms zu geraten. Anderenfalls hätte er für dieses Tier gerade die richtige Futtergröße. Jetzt fiel es ihm wieder ein: Es war ein Hoppelmümmler. Pflanzenfresser. Blätter, Zweige ..., also keine Gefahr. Ein Spitzzahn wäre schlimmer gewesen. So ein Tier war etwa genauso groß wie der Hoppelmümmler, hatte seidiges rotes Fell und einen buschigen Schwanz. Aus Erzählungen wusste Burmann, dass Unvorsichtige durchaus Opfer eines solchen Tieres werden konnten. Einer seiner Großonkel war vor langer Zeit nicht aus dem Wald zurückgekehrt. Man hatte später nur Knochen und Kleiderreste gefunden und nahm an, dass er das Opfer eines Spitzzahns geworden war. Es hätte aber auch genauso gut eines der Ungeheuer der Luft gewesen sein können. Vor denen hatte Burmann noch mehr Angst als vor denen am Boden. Sie würde er nicht in den Gebüschen knacken hören. Er dachte daran, wie gut es war, dass die Magier einen Zauber um die Siedlung gelegt hatten, der die größeren Tiere des Waldes abhielt, in die bewohnten Gebiete einzudringen. Und da fiel ihm auch ein, dass er sich selbst auch durch einen Zauber schützen konnte.

Er brauchte etwas Erde, Wasser und Feuer. Alles kein Problem. Erde war zur Genüge vorhanden, Wasser hatte Burmann in seiner Flasche und was das Feuer betraf – er wäre kein Zauberer gewesen, wenn er sich nicht welches hätte beschaffen können. Das Problem bestand darin, dass er alle drei Elemente vermischen musste und zwar ohne dass eines verloren ging. Dazu benötigte er einen Zauberspruch. Seltsamerweise musste er nicht einmal lange nachdenken. Vielleicht war es das Phänomen, von dem ihm Bansein einmal gesagt hatte, dass es in Notfällen auftrat. Ein vergessener Zauberspruch tauchte eben, wenn er nötig gebraucht wurde, von allein im Gedächtnis wieder auf. So eine Art Zauberer-Selbsterhaltungstrieb hatte Bansein es genannt. Er hatte aber auch darauf hingewiesen, dass es keinesfalls immer funktionierte. Deshalb hatte Burmann jeden der Sprüche wieder und wieder pauken müssen. Und trotzdem verschwanden immer wieder welche in den Tiefen seines Bewusstseins. Dieser Schutzzauber allerdings war wieder da, und einzig das zählte. Er murmelte: „Wasser und

Feuer, Feuer und Erde – vereint, dass drei zu einem werde. Im Wasser bleibt Erde, im Wasser bleibt Feuer, auf das drei sich erneuer!" Während er diesen Spruch mehrmals wiederholte, nahm er eine Handvoll Erde, legte sie in eine Schale und goss etwas Wasser hinzu. Dann ließ er einen Feuerball in seiner Hand entstehen und fügte ihn dem Rest hinzu. In der Schale flimmerte es bunt. Die Farben der drei Elemente kreisten umeinander, vermischten sich, trennten sich wieder und verharrten dann alle drei in flüssiger Form nebeneinander. Dann schossen die drei Flüssigkeiten mit einem kurzen Zischen ineinander, flirrten einen Moment in schillerndem Rosa, um sich dann vollkommen farblos zu beruhigen. Ein Trank war fertig. Burmann füllte die Hälfte in die kleine leere Flasche, die seine Mutter ihm mitgegeben hatte. Den Rest trank er. Er schmeckte widerlich und war heiß, das Feuer schien tatsächlich nicht erloschen.

Langsam wurde es dunkel. Die Suche nach Bomsel würde nicht einfach werden. Aber Burmann war entschlossen, nicht nachzulassen. Er stand auf und ging in die Richtung des Impulses. Immerhin würde ihn jetzt kein Tier belästigen.

Ab und zu legte sich Burmann erneut auf den Boden, um Bomsel zu spüren und die Richtung nicht zu verlieren. Es war stockdunkel, als er endlich ein deutliches Zeichen empfing und fast gleichzeitig vernahm er ein leises Gewimmer. Es kam von oben. Burmann sah hinauf und rief: „Bomsel, bist du das?"

„Bomsel hat Angst, Burmann helfen!", wimmerte es von oben. Aber es klang schon nicht mehr ganz so hoffnungslos. Der Magier schwebte an dem Baum empor. Er hatte eine beträchtliche Höhe zu überwinden und fürchtete schon, den falschen Baum erwischt zu haben. Dann gewahrte er die Waldhündin in einem Nest. Sie sah äußerst mitgenommen und ängstlich aus, obwohl der Hausherr im Moment gar nicht zu Hause war. Burmann tippte auf einen Nacht-Krummschnabel. Anscheinend hatte er noch keinen Hunger gehabt. Denn ansonsten wäre Bomsel nicht mehr am Leben gewesen. Diese Tiere legten sich Vorräte an. „Keine Angst, Bomsel, ich bin da. Dir passiert nichts", raunte Burmann. Gleichzeitig überlegte er, wie er Bomsel von dem Baum herunter bekommen sollte. Bekanntlich hatten Waldhunde Höhenangst. Und Bomsel war keine Ausnahme, was die halbverdauten Stücke von Bomsels Mittagessen, die auf dem Rand des Nestes lagen, bewiesen.

Er robbte den Ast entlang und kletterte in das Nest. Bomsel stürzte auf ihn zu, so dass Burmann beinahe hinuntergefallen wäre, und schmiegte sich an ihn. Burmann kraulte das Tier. Plötzlich zuckte Bomsel zusammen und machte sich ganz klein, zitterte und hechelte. Etwas entfernt hörte Burmann ein panisches Flügelschlagen und dann sah er einen riesigen Vogel, der wie orientierungslos immer um den Baum herum kreiste. Das Tier konnte nicht zu seinem Nest. Der Zauber wirkte. Burmann konnte also in Ruhe handeln. Zuerst aber musste er Bomsel beruhigen. „Dir kann nichts passieren. Das Vieh kann nicht zu uns. Keine Angst. Solange du bei mir bist, kann nichts passieren." Bomsel schien nicht sehr überzeugt, aber sie beruhigte sich ein wenig. „So, wir müssen jetzt nur sehen, wie wir hier herunter kommen", murmelte Burmann. Klettern kam nicht in Frage, dazu war der Baumstamm zu glatt. Es gab nur eine Möglichkeit. Schweben. Es würde Bomsel zweifellos genauso wie eine Kletterpartie ängstigen, aber dagegen würde sie nichts tun können. Er setzte sich auf ihren Rücken – kein guter Zeitpunkt zum Zureiten – krallte sich an ihr fest und ließ sie in die Höhe schweben. Hätte sich Bomsel irgendwo abstoßen können, wäre Burmann ohne Zweifel herunter gefallen, so sehr versuchte sie sich aufzubäumen. Ohne festen Boden unter den Füßen wurden diese Versuche allerdings nur zu einem kläglichen Gewackel. Auch wenn das, was er tat, zum Besten des Waldhundes war, würde Bomsel ihm die Schwebeaktion übel nehmen. Burmann wurde klar, dass er, bevor sie den Boden erreichten, abspringen und sich in Sicherheit bringen musste. Mit einer wütenden Bomsel war nicht zu spaßen. Kurz darauf war der Zeitpunkt zu springen gekommen. Burmann versteckte sich hinter dem Baum und konnte sehen, wie Bomsel tobte. Es würde etwas dauern, bis sie sich beruhigte. Aber plötzlich duckte sie sich. Von oben rauschte der Vogel heran, der inzwischen sein Nest erreicht und den Verlust der Beute festgestellt hatte. Burmann war zu weit von Bomsel entfernt, so dass der Zauber sie nicht schützte. Steil stieß der Vogel herab. Angesichts dieser Gefahr sprang der junge Magier hinter dem Baum hervor und rief: „Hierher, Bomsel!" Mit einem Satz war die Waldhündin bei ihm und der Vogel flog wieder irritiert herum. Er konnte sie weder sehen noch erreichen. Bomsel war gerettet. Die beiden entfernten sich und legten sich in einer Mooskuhle schlafen. Bomsel kuschelte sich eng an ihren Herren. Sie war ihm nicht mehr böse. Alles was sie im Moment wollte, war, dass er sich nicht von ihr entfernte. Friedlich schlief sie ein, während Burmann sie hinter den Ohren kraulte.

Der morgige Weg würde sie in die Randgebiete des Winzlandes führen. Hier gab es dann nur noch vereinzelt Wooden, die in kleineren Siedlungen lebten.

Danach würde das Chen-Land beginnen und sie wären vollends auf sich allein gestellt.

43. Kapitel, in dem Pipelt und Bansein Hump treffen und der Woodenrat zusammentritt

Bansein und Pipelt waren unterdessen nicht untätig. Sie hatten sich am nächsten Vormittag zu Hump aufgemacht, der sich sehr freute, die beiden zu sehen. Weiterhelfen konnte er jedoch nur mäßig. Zwar erkannte er die Zeichen und konnte sie auch entziffern. Soviel sich die drei aber bemühten, sie konnten keinen Sinn darin entdecken. Die Zeichen sprachen von Gefahren und Opfern und Unsterblichkeit. Doch sie offenbarten weder die Umstände noch den Gebrauch des Schreins. Hump meinte, es müsse noch eine weitere Schrift geben, die diese hier ergänze. Bei dieser Art von Zeichen sei das auch nicht unüblich. Das hieß allerdings auch, dass es noch einen zweiten Gegenstand geben musste, der zu dem Schrein gehörte und ohne den er auch nicht funktionierte. Nun hieß es grübeln, was dies für ein Ding sein könnte.

Konnte es sein, dass es sich noch in der Gegenwelt befand, aus der auch der Schrein kam? Das wäre tröstlich. Denn nach allem, was Pipelt und Bansein über die Zet herausgefunden hatten, waren diese nicht in der Lage, in Gegenwelten zu wechseln. Die beiden Obermagier beschlossen, nicht nur auf Zauberkräfte zu vertrauen. Jeder der beiden kehrte nun mit dem neuen Wissen in sein Dorf zurück. Bansein hatte außerdem den Schrein im Gepäck. Er rief sofort nach seiner Ankunft den Rat zusammen. Die Wooden sollten vorbereitet sein. Pipelt saß in diesem Moment im Rat der Flowen und auch die Dra in ihrer Stadt berieten sich.

Diesmal saß Purga zusammen mit Bedun, Bildur, Koman, Gorowan, Ozola, Wegetaun, Iswer, Sent, Hellkar und Bansein im Rat.

Bedun eröffnete ganz gegen seine sonstige Gewohnheit die Sitzung sehr wortkarg: „Liebe Ratsmitglieder, die Lage wird langsam ernst. Deshalb bitte ich euch, erst einmal Bansein anzuhören. Er weiß am meisten über die Sache. Bitte, Bansein!"

„Danke, ich werde es kurz machen. Also, wir wissen folgendes: Es scheint um einen Schrein zu gehen, der Unsterblichkeit verspricht. Hinter dem ist ein Zet her. Das nehmen wir wenigstens an. Gleichzeitig haben wir von Herben in der Nähe des Woodengebietes gehört. Wir glauben, dass der Zet den Herben hilft, um dann von ihnen dabei unterstützt zu werden, an den Schrein zu gelangen. Und die Herben wollen seine Unterstützung bei einem Feldzug gegen uns. Wie genau, das wissen wir nicht. Aber wir kennen auch nicht die tatsächlichen Kräfte eines Zet. Wichtig ist noch, dass es noch einen zweiten Gegenstand gibt, der anscheinend ebenso wichtig ist wie der Schrein und dass möglichst nichts über den Schrein, vor allem nicht, wo er sich befindet, weitergesagt wird. Man weiß nie, wo ein Zet seine Ohren hat."

Bansein machte eine Pause und sah in die Gesichter seiner Zuhörer, die die verschiedensten Nuancen von Schreck bis zu Entsetzen zeigten.

Schnell setzte er hinzu: „Ob sie uns wirklich angreifen wollen, wissen wir natürlich nicht. Aber wir sollten vorbereitet sein, wenn es zum Schlimmsten kommen sollte."

Als erster gewann Gorowan seine Fassung wieder: „Ich stimme dir da völlig zu. Wir müssen eine Armee aufstellen."

„Aber wir haben doch keine Ahnung von Krieg oder Kampf überhaupt. Seit Ewigkeiten hatten wir Frieden. Wo sollen wir da eine Armee hernehmen?", fragte nun Hellkar dazwischen. „Ja, genau, wir haben überhaupt keine Chance!", rief jetzt Koman.

Purga wandte ein: „Soviel ich weiß, haben wir einen entscheidenden Vorteil, wir haben Magier. Die Herben hatten noch nie Zauberer. Außerdem hat Gorowan doch schon mit der Kampfausbildung einiger Wooden begonnen?" Der Kämpfer nickte.

Nun sprach Wegetaun: „Aber sie haben einen Zet."

„Nun", nahm jetzt wieder Bansein das Wort, „das schon, aber er darf sich nicht direkt gegen irgendwelche Lebewesen richten. Deshalb braucht er ja die Herben. Doch wie es auch um unsere Kampfkraft bestellt ist, wir müssen zusehen, dass sie besser wird. Wir müssen das organisieren. Gorowan, nimm dir deine Leute und fange an, alle, die dazu bereit und kräftig genug sind, im Kampf auszubilden. Die anderen werden Aufgaben bekommen, die zur Sicherung unserer Dörfer dienen."

„Gut", sagte Bedun, „ich werde das organisieren. Gorowan, du machst mir eine Liste, was wir zur Verteidigung brauchen. Ozola und Sent nehmen ein paar Jäger und besorgen einen Vorrat an Lebensmitteln. Wegetaun, Bildur – für euch gilt das gleiche. Hellkar und Iswer informieren die anderen und die drei Magier setzen sich hin und überlegen, was sie tun könnten. Übermorgen sehen wir weiter."

Damit war die Versammlung aufgehoben und die Mitglieder des Rates verließen tuschelnd den Raum.

Purga, Koman und Bansein schlugen den Weg zur alten Ache ein.

44. Kapitel, in dem Xinusia gegen die Wooden zieht

Früh am Morgen setzte sich der Tross der Herben in Bewegung. Xinusia war dabei. Stratasal war seit gestern auf einer seiner Touren. Von Zeit zu Zeit brauchte er seine alte Freiheit, die ihm Xinusia auf keinen Fall vorenthalten würde. Auf ihrer Schulter saß Blasius und flötete ihr wieder einmal allerhand Unsinn ins Ohr. Aber sie war froh über das vertraute Geplapper.

Um sich herum hörte die Magierin nur die an Urlaute erinnernden Stammeleien der Truppen. Selbst der Truppführer war nur von mäßiger Intelligenz und so gab es niemanden, mit dem Xinusia reden konnte.

Chen-Land war rings um sie her. Noch war keines der Biester aufgetaucht. Xinusia erinnerte sich noch gut an die Wunden Stratasals und auch an ihre eigene kurze Begegnung mit diesen Wesen. Die Verletzungen des Waldhundes hatten auf kleine, aber spitze Zähne schließen lassen, die durchaus unangenehm werden konnten. Als hätte Xinusia sie mit ihren Gedanken beschworen, tauchten jetzt hinter den Felsen einige Chen auf. Noch hielten sie Abstand. Xinusia hoffte, das würde so bleiben.

Plötzlich spürte sie neben sich etwas Haariges. Sie schnellte herum. „Stratasal!"

Es war tatsächlich der Waldhund. „Jemand muss passen auf auf Xinusia im Chengebiet." Die Magierin beugte sich hinab zu dem Tier und kraulte es. „Ach Stratasal, schön, dass du da bist!" Blasius begann jetzt von Neuem zu plappern, etwas schriller und eindringlicher als sonst. Fast schien es Xinusia, als sei der Vogel eifersüchtig.

Jetzt, da sie ihren vertrauten Freund bei sich hatte, war ihr wieder wohler. Die nächsten Stunden führten den Trupp durch die Chen-Wüste. Es war heiß und die Luft reizte zum Husten. Hinter den Felsen waren immer wieder Chen zu sehen. Xinusia hatte den Eindruck, dass sie darauf warteten, dass sich Stratasal wieder entfernte. Sie war sich sicher, dass die Chen sich auf ihn stürzen würden, sobald er ihnen allein ausgeliefert wäre. Aber glücklicherweise hatte er sich ja in den Kopf gesetzt, auf Xinusia aufzupassen.

Langsam wurde es wieder dunkel und in der Ferne waren Feuer zu erkennen. Das musste eine Siedlung der Wooden sein. Sie waren am Ziel. Niemand redete mehr. Die Herbengruppe hielt an. Sie verkroch sich hinter einigen Felsen. Hier wollten sie die vollständige Dunkelheit abwarten. Der jungen Zauberin wurde schlagartig klar, dass sie nicht nur hier waren, um zu kundschaften, sondern die Herben hatten vor anzugreifen. Xinusia aber beschlich das Heimweh. Dort, nicht weit von ihr entfernt, saßen Wooden gemütlich um ein Feuer herum. Und sie ahnten nichts von der Gefahr, in der sie waren. Es schnürte ihr das Herz ab. Aber ebenso wie das Heimweh gekommen war, kam jetzt auch wieder der alte Groll herauf. Die Wooden waren es gewesen, derentwegen sie ihre Heimat verlassen hatte. Sie würden Bescheid wissen, alle hatten inzwischen sicher schon von ihrer Flucht gehört und ahnten, wohin sie gegangen war. Bitterkeit stieg in ihr auf.

45. Kapitel, in dem Burmann in einen Kampf eingreift

Burmann schlief inzwischen tief und fest. Bomsels Rettungsaktion war anstrengend gewesen. Und so träumten die beiden. Bomsel von einem Rudel Waldhunde, das mit ihr hinter Bällen herjagte, und Burmann fand sich im Traum in den Armen einer Winzin wieder. Sie fühlte sich weich und erregend gut an. Ständig versuchte er ihr Gesicht zu sehen, vermochte es aber nicht. Stattdessen begann die Frau zu schreien. Es wurde lauter und lauter. Dann schreckte Burmann aus dem Schlaf, aber die Schreie gingen weiter. Feuer war in einiger Entfernung zu sehen und darin die Schatten von Kämpfenden. Burmann sprang auf. Auch Bomsel war auf den Beinen. Die beiden stürzten auf den Kampf zu. Dort sahen sie 15 oder 20 Herben, die ein Grüppchen Wooden umzingelt hatten. Ohne lange zu überlegen, griff Burmann ein. Er hob einige Tannenzapfen auf, murmelte einen Zauberspruch und warf. Mitten in der Luft zerplatzten sie und gingen in kleinen spitzen Stücken auf die Herben nieder und nur auf die Herben. Diese stoben auseinander, einige blieben liegen. Die Wooden aber sahen erstaunt auf den Magier, der da wie aus dem Nichts zur rechten Zeit erschienen war. Er hatte ihnen eine kurze Pause beschert. Doch dann griffen die Herben wieder an. Aber bevor Burmann seine nächsten Zapfen werfen konnte, hatte sich von hinten ein Herbe angeschlichen und schlug ihm mit einem großen Ast über den Kopf. Burmann sank zusammen. In diesem Moment erstarrten sämtliche Herben plötzlich und die verschreckten Wooden stoben davon. Nun schritt aus dem Dunkel der Felsen am Waldrand Xinusia heran. Sie achtete auf niemanden, sondern bewegte sich wie in Trance auf den bewusstlosen Burmann zu. Sie nahm seinen Kopf in den Schoß und begann einige Sprüche zu murmeln. Das Blut, das aus der Wunde rann, wurde spärlicher. Mehr konnte sie im Moment nicht ausrichten. Jetzt sah sie sich nach Stratasal um. Der stand unweit von ihr vor der erstaunten Bomsel, die nicht so recht wusste, ob sie zu ihrem Herrn laufen oder hier bei diesem anderen Waldhund bleiben sollte. Dann entschied sie sich für Burmann. Stratasal folgte ihr.

Xinusia sah sich weiter um. Gerade hatte sie alle ihre Vorhaben über den Haufen geworfen. Ebenso ihre Zukunft. Und doch ging es ihr gut, besser als lange schon.

Burmann stöhnte und öffnete die Augen. Gleich darauf schloss er sie wieder und zwinkerte dann, bis ihm klar wurde, dass er nicht mehr schlief. „Xinusia!?", brachte er verwundert heraus. Er wusste jetzt, wer die Frau aus seinem Traum gewesen war.

„Xinusia! Was machst du denn hier?", fragte Burmann, als er sich wieder einigermaßen im Griff hatte.

„Ich rette dich, hast du etwas dagegen?"

„Wenn du immer noch eine von uns bist, warum bist du dann aus dem Dorf weggelaufen?"

Xinusia sah ihn jetzt hochmütig an und erwiderte: „Weggelaufen? Ich habe mich entschieden, wegzugehen. Das ist etwas anderes. Ich habe es nicht nötig wegzulaufen."

„Gut, also warum hast du uns verlassen?", fragte Burmann versöhnlich.

„Das geht dich nichts an!"

„Es geht immer noch um den Magierwettstreit?!", begann der Magier vorsichtig. „Aber niemand außer Bansein und mir weiß von deinem, deinem ..."

„Betrug. Das wolltest du doch sagen", schmollte Xinusia.

„Naja, ich wollte sagen ..."

Xinusia unterbrach ihn: „Lass es gut sein! Du sagst, Bansein hat keinem was gesagt?"

„Nein, kein Wort", versicherte Burmann noch einmal und er sah die Erleichterung in den Augen der jungen Zauberin.

Sie atmete hörbar auf: „Das habe ich nicht gewusst. Ich dachte, ihr würdet euch alle über mich lustig machen. Das hätte ich nicht ertragen. Deshalb bin ich weggelaufen."

Es reizte Burmann sehr, jetzt zu sagen: ‚Ach, also doch weggelaufen?' Aber er hielt sich zurück. Die Jungmagierin war ihm dankbar dafür.

Inzwischen schmerzte Burmanns Kopf weniger, aber er dachte nicht daran, seinen Kopf aus Xinusias Schoß zu nehmen. Doch jetzt nahm sie seinen Kopf sanft in ihre Hände, legte ihn auf den Boden und stand auf.

„Ich muss etwas finden, um deine Wunde zu schließen und dann müssen wir uns überlegen, wie es weitergehen soll. Ich weiß nicht, wie lange die Starre der Herben noch anhält", sagte sie.

„Das war eine geniale Idee, ich meine den Starrzauber. Hätte ich eigentlich auch drauf kommen können", erwiderte Burmann anerkennend. „Aber du hast recht, wir sollten uns was überlegen. Wo sind eigentlich die restlichen Herben? Es waren doch anfangs viel mehr."

„Oh, die haben das Weite gesucht, als sie bemerkten, dass du den Winzen mit deinen spitzen Zapfen etwas Luft verschafft hast. Sie werden irgendwo im Wald sein und das Ende abwarten. Auch deshalb müssen wir schnell handeln."

Burmann hatte sich inzwischen aufgerappelt. Im Stehen spürte er seine Wunde wieder stärker und er fühlte sich etwas benommen. Doch er riss sich zusammen und fragte: „Also, was tun wir?"

Xinusia antwortete: „Fürs erste werde ich die Herben wieder befreien und mit ihnen ins Lager zurückkehren. Du solltest dich verstecken und we ..."

Burmann fiel ihr ins Wort: „Du kannst doch nicht zu den Herben gehen. Die werden dich umbringen und das auch nur, wenn sie nett sind!"

„... und wenn du in unserer Nähe bist, das wirst du etwa morgen Mittag sein, dann treffen wir uns und klären alles Weitere ab, dann haben wir mehr Zeit", redete Xinusia unbeirrt weiter.

Burmann wollte etwas sagen, aber Xinusia sprach, ohne ihn zu beachten: „Um mich brauchst du dir keine Sorgen zu machen. Die Herben werden nicht mehr wissen, was geschehen ist, alles andere überlass mir. Wir treffen uns also morgen, mein Waldhund wird bei dir bleiben, er hat sowieso zurzeit nichts anderes im Kopf als deine Bomsel. Sie ist ganz schön gewachsen." Sie blickten zu den beiden Waldhunden hinüber, die eng aneinander geschmiegt in die sternenklare Nacht sahen. Xinusia sprach lächelnd weiter: „Stratasal wird unsere Verbindung sein. So, und jetzt versteck dich! Und pass auf die Chen auf!"

Burmann widersprach nicht mehr. Sein Kopf dröhnte und Xinusia schien sich ihrer Sache sicher zu sein. Außerdem begannen die Herben sich zu regen. Es wurde höchste Zeit zu verschwinden. Er zog sich in den Schatten der Büsche zurück und verfolgte verwirrt das folgende Geschehen.

Xinusia dagegen begann laut, lauter als nötig, die Befreiungsformel zu sprechen. Auch der letzte Herbe musste so bemerken, dass er seine Errettung der Magierin zu verdanken hatte. „Waas waar loos? Waas iist miit uuns gescheehen? Zaaubeerei!" All das riefen die Befreiten durcheinander. Doch Xinusia ließ ihnen keine Zeit zum Nachdenken: „Fort, fort, es sind noch mehr Magier in der Nähe, sie werden wiederkommen."

Kaum hatten die Herben das gehört, packte sie der Schrecken erneut, der ihnen noch immer in den Knochen steckte. Der Rückzug war alles andere als geordnet. Bald sah Burmann nichts mehr von den Herben. Nur ihre angstvollen Rufe hörte er noch.

Endlich konnte er seinem Lachen freien Lauf lassen, das beim Anblick der fliehenden Herben in ihm aufgestiegen war. ‚Feiglinge!', dachte er, dann kümmerte er sich um seine Wunde, um Xinusia bald folgen zu können. Banseins Salbe leistete dabei gute Dienste.

Während er sie sorgsam auftrug, kehrten seine Gedanken zu Xinusia zurück, die sich so leichtfertig in Gefahr gebracht hatte. Was dachte sie sich? Und wieso hörten die Herben auf sie? Ein Verdacht stieg in ihm auf, der ihm den Atem nahm. Es gab nur eine Erklärung. Die Herben kannten Xinusia und wenn sie vielleicht auch nicht mit ihnen zusammenarbeitete, so war sie nicht ihre Feindin.

Wie versteinert saß er an einen Baum gelehnt. Die Wiedersehensfreude war ihm gründlich vergällt. Er verstand auch nicht, warum ihm diese Ungereimtheiten erst jetzt auffielen. Es musste an dem Schlag auf den Kopf liegen. Oder hatte er sich von seiner Sympathie für die junge Woodin und seinen Wünschen einlullen lassen? Burmann biss sich auf die Lippen. Aber wenn sie für die Herben arbeitete, warum hatte sie ihn und die Wooden dann gerettet? Vielleicht war ja doch alles ganz anders.

Mitten in diese verwirrenden Gedanken hinein, die er schon einige Zeit hin und her wälzte, flog Blasius. Er ließ sich auf seiner Schulter nieder und flötete mit Xinusias Stimme: „Ich bin dir eine Erklärung schuldig. Vorhin war keine Zeit und ich …" Es folgte eine Pause. „Ich … also ich habe mich vor einer Weile zu den Herben begeben und ihnen meine Dienste angeboten. Ich … ich wollte mich rächen. Nein, ich weiß, ich bin ja selber schuld. Aber ich hatte so eine Angst, dass ihr mich hasst … ich habe mich selber gehasst und euch die Schuld gegeben. Aber glaube mir, ich hätte euch nie ernsthaft schaden können. Das habe ich heute Nachmittag gemerkt. Also, was ich sagen will, ich bin nicht auf der Seite der Herben, aber im Moment noch sicher. Und ich kann von hieraus helfen, solange sie keinen Verdacht schöpfen. Bitte, ich kann nur hoffen, dass du mir glaubst! Burmann, ich …" Plötzlich wurde ihre Stimme durch unverständliche Laute, die fast nur aus Vokalen zu bestehen schienen, unterbrochen. Dann brach Blasius seine Rede ab, pickte Burmann ins Ohr und flog wieder davon.

Den Schmerz, der sein Ohr durchzuckte, bemerkte der junge Magier nicht, stattdessen klopfte sein Herz vor Freude und Erleichterung. Xinusia war nicht seine Feindin. Sie war Verbündete.

46. Kapitel, in dem Koman mit Bansein nicht einer Meinung ist und ein Bote von Burmann kommt

Unterdessen saßen im Dorf der Wooden Bansein und seine Magier-Kollegen zusammen. Sie stritten heftig über die Vorgehensweise. Koman war dafür, den Zet aufzusuchen und mit ihm zu verhandeln. Purga und Bansein hielten diese Idee nicht für gut.

„Wir haben keine Chance gegen einen Zet! Was wollt ihr denn tun?", rief Koman aufgebracht. Seine schwarzen Augen flackerten unter den dichten Brauen, die einen eigenartigen Gegensatz zu dem kahlen Schädel bildeten und seine schmalen Lippen waren zusammengekniffen.

„Ich weiß es nicht, aber zu verhandeln käme einer Kapitulation gleich. Oder meinst du, ein Zet, der sich etwas in den Kopf gesetzt hat, lässt sich von ein paar Winzen umstimmen?", erwiderte Bansein.

„Man kann es doch wenigstens versuchen!", beharrte Koman.

Jetzt schaltete sich Purga ein: „Dazu müssten wir doch eine Verhandlungsbasis haben, was sollen wir ihm bieten und was verlangen?"

Koman überhörte sie einfach. Eine so junge Magierin schien ihm keiner Antwort wert.

Er wandte sich wieder an Bansein: „Du bist schon immer so unüberlegt gewesen, aber ich habe gehofft, du würdest langsam etwas gelernt haben."

„Du solltest sachlich bleiben und anstatt dir über meine Reife den Kopf zu zerbrechen, lieber die Frage von Purga beantworten", konterte Bansein.

„Er will den Schrein, also geben wir ihm, was er sucht. Und er soll uns dafür in Ruhe lassen. Dann hilft er auch den Herben nicht mehr."

„Toll ausgedacht! Und was, wenn er den Schrein benutzt? Vielleicht ist es gerade dein Leben, das dafür gefordert wird, oder das deiner Tochter. Oder wessen auch immer, willst du das verantworten? Meinst du, er sucht den Schrein, um ihn nicht zu benutzen? Wer ist hier unreif?", brauste Bansein auf.

Trotzig erwiderte Koman: „Was willst du denn, du selbst hast gesagt, ohne das andere Ding sei der Schrein nichts wert."

Bansein war am Verzweifeln: „Das nehmen wir an, aber wir wissen es nicht. Außerdem könnte Usur es schon haben oder gerade deshalb weiter gegen uns ziehen. Niemand weiß, was er sucht."

Jetzt sagte Koman nichts mehr und auch im Folgenden ließ er nur noch ab und an ein Knurren hören. Und Bansein wandte sich Purga zu. Ihm war deutlich die Abneigung gegen den älteren Magier anzusehen.

„Purga, wir müssen herausbekommen, was genau der Zet vorhat und vor allem, ob wir überhaupt dabei eine Rolle spielen." „Knnnr", kam es von hinten. Purga musste ein Lächeln unterdrücken. „Und wir müssen herausfinden, was die Herben im Schilde führen." Da flog plötzlich die Tür auf. Herein stürzte ein unbekannter Woode.

„Magier Bansein!?", rief er. Bansein erhob sich und forderte den Ankömmling auf, sich zu setzen. Dann fragte er: „Was gibt es, dass du hier so hereinstürmst?"

„Burmann schickt mich. Ich bin Sarl. Herben haben uns angegriffen. Er hat uns geholfen und eine andere Magierin. Wir hätten keine Chance gehabt. Er hat platzende Zapfen geworfen", sprudelte Sarl heraus.

„Langsam, langsam!", sagte Purga ruhig. „Beruhige dich erst einmal und dann erzähle alles der Reihe nach."

„Richtig", bestätigte Bansein und goss ihm eine Tasse heißen Mildenblütentee ein.

Danach erzählte Sarl, was sich zugetragen hatte, und endete mit dem Satz: „Burmann sagte, ich solle, so schnell es geht, nach Waldstadt eilen und Bansein aufsuchen und ihm sagen, dass von Xinusia keine Gefahr ausgeht, sondern sie sogar helfen wird. Sie ist jetzt bei den Herben."

Während der Erzählung hatte sich bei allen drei Magiern Sorge auf dem Gesicht gespiegelt, es wurde also ernst. Beim letzten Satz allerdings leuchteten Banseins Augen, Koman dagegen kniff die seinen zusammen. Beide erinnerten sich wohl der Debatte über Xinusia im Rat, in der Koman ihre Ächtung gefordert hatte. Einmal mehr zeigte sich Banseins Güte als der richtige Weg. Koman erhob sich und ging mit einem kurzen Kopfnicken, das einen Abschiedsgruß darstellen sollte. Bansein lud Sarl ein, sein Gast zu sein und so hatte der Woode noch einmal Gelegenheit, ganz ausführlich von seinem Abenteuer mit den Herben zu berichten. Und dieses Mal erzählte er auch, dass sich Burmann und Xinusia noch einmal treffen wollten. Bald aber begab er sich ins Bett, denn er war sehr erschöpft. Nach seiner Erzählung zu urteilen, war er auf seiner Reitdrossel die gesamte Strecke ununterbrochen geritten und hatte sie in knapp zwei Tagen bewältigt.

Purga war jetzt mit dem alten Magier allein.

„Mit Koman war aber heute nicht viel anzufangen", bemerkte sie.

„Das ist es sonst auch nicht, nur dass es da nicht so auffällt und vor allem nicht wichtig ist", erwiderte Bansein missgelaunt. „Mir wäre ein fähiger Kopf wie Pipelt wesentlich lieber, aber der wird wohl mit seinen eigenen Sorgen zu tun haben. Die Flowen brauchen ihre Magier selber. Doch wir sollten schnellstens wieder Verbindung aufnehmen. Er muss über die Neuigkeiten informiert werden. Hier werden wir in den nächsten Tagen wohl kaum etwas ausrichten. Was hältst du davon, mit mir Pipelt zu besuchen?"

Purga sah Bansein erstaunt an. Dann sagte sie: „Lust schon, aber meinst du, das ist eine gute Idee? Wir haben hier doch zu tun."

„Was denn? Willst du noch mehr mit Koman besprechen? Er wird, nur um mir zu widersprechen, ständig gegen uns argumentieren."

„Wieso hat Koman etwas gegen dich? Was soll sein Benehmen?"

Bansein überlegte kurz: „Naja, wir konnten uns schon, als wir jung waren, nicht leiden. Er ist etwas älter als ich, hat aber erst mit 15 oder 16 etwas von seinen magischen Kräften gemerkt und auch das nur durch Zufall. Seitdem versucht er mich einzuholen. Aber er hat nie meinen Magiergrad erreicht und so wurde nicht er, sondern ich Obermagier. Das war dann zu viel. Ich nehme an, dass es daran liegt, dass er mich nicht mag. Ich mag ihn allerdings genauso wenig."

„Das habe ich gemerkt. Aber was ist, wenn er die anderen gegen dich aufwiegelt? Ich meine Wadensein und Horps."

Bansein lächelte: „Mach dir keine Sorgen, die beiden stehen zu mir. Außerdem habe ich sie gestern, gleich nach der Unterredung, in ihre Heimatsiedlungen geschickt. Sie werden jeder in ihrer bleiben und uns informieren, wenn irgendetwas passiert, das in den magischen Bereich fällt. So wissen wir immer, was um uns herum geschieht. Doch auch sie müssen wir informieren, besonders darüber, dass Xinusia auf unserer Seite ist."

„Nimm doch einen Orgonen."

„Das geht leider nicht, sie können sich nicht mit ihm verständigen. Oder könntest du das?"

„Naja, nicht, wenn Pumpur es mir nicht erklärt hätte", meinte Purga. „Also, wie machen wir es?"

Bansein sagte: „Ja, wie? Ich denke, du wirst wohl doch nicht mit mir zu Pipelt kommen, sondern Wadensein und Horps besuchen."

Purga tat es leid um die Aussicht, Pipelt wiederzusehen, aber ihr war klar, dass es besser war, sich jetzt um die Wooden zu kümmern. Außerdem hatte sie eine Idee, die sie durchaus verlockend fand. Sie würde Ozola bitten, sie zu begleiten. Also nickte sie nur und verabschiedete sich. Purga machte sich sofort auf den Weg zu ihrer Freundin.

Diese war genauso erfreut über die Chance, wieder mit Purga auf Reisen zu gehen. Und am nächsten Morgen zogen die beiden los.

Bansein dagegen machte sich auf den Weg zu Pipelt.

47. Kapitel, in dem Burmann sich von Xinusia und Bomsel trennen muss

Burmann hatte, geführt von Stratasal, den Weg zum Lager der Herben gefunden. Jetzt wartete er in einiger Entfernung im Schutz der Felsen. Der Waldhund war wieder bei Xinusia, die auf eine günstige Gelegenheit wartete, um den Magier treffen zu können.

Diese ergab sich bald. Die Herben liebten es, um die Mittagszeit zu schlafen. Und da sie von der Chenwüste umgeben waren, fühlten sie sich so sicher, dass sie keine Wachen aufstellten. Den einzigen Wachmann, der im Auftrag des großen Graan speziell ein Auge auf sie hatte, versetzte Xinusia in eine Art Tagtraum, in dem er die Magierin die ganze Zeit über Gräser sammeln sah. Sie konnte sich also unbemerkt in die Wüste begeben und Burmann treffen.

Dieser wartete schon ungeduldig. Endlich sah er sie in der Ferne kommen. Der Impuls, Xinusia entgegenzulaufen und sie in die Arme zu schließen, war fast unerträglich und er hätte es wohl auch getan, wäre da nicht in ihrem Gang so etwas Entschlossenes gewesen. Sie konzentrierte sich voll auf die weiteren Ereignisse. Das konnte er in ihren Gedanken erkennen. ‚Seltsam', dachte er, ‚sonst ist das Gedankenlesen so schwierig. Doch bei ihr geht es wie geschmiert. Das muss daran liegen, dass ich mich auf nichts anderes zu konzentrieren vermag als auf sie.' Dabei wusste Burmann nicht so recht, ob er sich mehr darüber ärgern sollte, dass sie nicht an ihn dachte, oder sie dafür bewundern. Xinusia hatte die Kraft, all ihr Können auf die vor ihr liegende Aufgabe zu richten. Sie war inzwischen heran und Burmann hatte sich wieder einigermaßen im Griff. Zur Sicherheit krallte er sich im Fell von Bomsel fest, so konnten seine Hände nichts tun, das sie nicht sollten.

„Burmann!", sagte Xinusia, „Wie geht es dir? Bist du wieder in Ordnung?" Der Magier nickte nur. „Gut", fuhr sie fort, „ich habe mir überlegt, dass wir alles beim Alten lassen sollten. Ich werde hier bleiben und sehen, was die Herben vorhaben, und du machst dich auf den Weg zum Hork, wie geplant."

Burmann sah sie mit weit aufgerissenen Augen an. Dann fasste er sich und entgegnete: „Das kann ich nicht zulassen. Du bringst dich in Gefahr! Du solltest mit mir kommen. Sieh mal, wir können doch auch Stratasal und Bomsel nicht trennen."

„Das werden wir auch nicht. Du solltest wissen, dass sich auch nicht wild lebende Waldhunde nach der Paarung gemeinsam in den Wald zurückziehen, um in Ruhe ihre Jungen zu bekommen. Wenn ich mich nicht irre, dürfte es in ein paar Wochen soweit sein. Also werden wir beide auf ihre Gesellschaft verzichten müssen. Wenigstens für einige Wochen. Willst du so lange warten?"

„Nein, natürlich nicht", gab Burmann zu. Sicher kannte er die Gewohnheiten von Waldhunden. Aber dass er sein Wissen so bald schon auf Bomsel anwenden sollte, hätte er einfach nicht gedacht.

„Aber für dich ist es trotzdem zu gefährlich!", versuchte er noch einmal Xinusia umzustimmen.

Doch sie antwortete: „Gefährlicher als bisher wird es schon nicht. Und zur Not kann ich ja immer noch zurück zu unseren Leuten. Du hast doch Bansein sicherlich eine Botschaft geschickt und ihn über die Kampfhandlungen und, dass du mich hier getroffen hast, unterrichtet, oder? Bansein kann eins und eins zusammenzählen und wüsste sicher zu schätzen, wenn jemand die Herben im Auge behält."

Was sollte Burmann darauf antworten? Er gab sich geschlagen.

Anscheinend hatte es keinen Zweck mit Xinusia zu diskutieren, wenn sie einen Entschluss erst einmal gefasst hatte. Natürlich hätte er einfach in ihrer Nähe bleiben können. Aber das hätte Zeit gekostet, die er und die Winze nicht hatten. Also entschied er sich, die verbleibende Stunde nicht mit einem Streit zu verbringen. Es würde für eine ganze Weile ihre letzte Erinnerung aneinander sein.

Am Abend zog Burmann schweren Herzens weiter, ohne Xinusia, ohne Bomsel.

Sein Weg führte ihn durch die Chenwüste und Burmann wünschte inbrünstig, keinem der Chen zu begegnen. Der Wunsch wurde ihm nicht erfüllt. Ja, es dauerte keinen halben Tag, da sah er sich zweien dieser Wesen gegenüber. Die Zähne gebleckt und die Zacken am Rücken aufgestellt, standen sie plötzlich vor ihm. Zwischen ihnen klaffte in der trockenen roten Erde ein Loch, aus dem sie gekommen sein mussten. Weit und breit war ansonsten nur ebene Fläche, hier und da von der Trockenheit zerrissen.

Burmann überlegte kurz, wie er den beiden Wesen begegnen sollte. Als erstes schlug er einen Bannkreis um sich. Aber so konnte es nicht bleiben. Schon jetzt sah Burmann aus den anderen Erdspalten Chen kriechen. Bald würden sie ihn eingekreist haben und er hatte weder Zeit noch genug Vorräte, um sich von Chen belagern zu lassen. Außerdem musste er irgendwann schlafen und spätestens dann würde der Bann so schwach, dass er für Elementarwesen wie Dra oder Chen kein Hindernis mehr darstellen würde. Er überlegte. Waren es nicht Feuerwesen? Würde Wasser etwas ausrichten? Vielleicht. Aber woher sollte er so viel nehmen, um alle Chen zu verjagen? Wie wäre es mit Luft? Davon war genug da. Und da wusste er plötzlich, was zu tun war. Und dafür war es gut, dass er kaum Gepäck hatte. Schweben. Das war etwas, das er sehr gut beherrschte. Hätte er am Magierwettstreit teilgenommen, hätte er in dieser Disziplin sicher gewonnen. Die Stärke, die er allen voraus hatte, war Ausdauer. Dies kam ihm nun zustatten. Langsam erhob er sich in die Luft. Er schwebte nicht hoch, gerade so hoch, um den Sprüngen der enttäuschten Chen zu entgehen. Sie folgten ihm, gaben aber nach einiger Zeit auf und kehrten in ihre Erdspalten zurück. Trotzdem blieb Burmann bis zum Ende der roten Wüste in der Luft, aus Angst, irgendwo könnten weitere Chen lauern. Obwohl das Schweben sonst für den jungen Magier eher ein Spaß war, war diese Strecke selbst für Burmann ein Kraftakt gewesen. Und so lagerte er erschöpft bei Anbruch der Dunkelheit in einer kleinen Baumhöhle am Rande eines tiefen Waldes, der nun vor ihm lag und den es die nächsten Tage zu durchwandern galt.

Es wurde langsam kälter und bald war Burmann seinem Onkel für den Schrumpfpelz sehr dankbar. Die ganze Zeit Wärmezauber zu nutzen, wäre zu anstrengend gewesen.

48. Kapitel, in dem wir Hork kennenlernen

Hork saß in seiner Höhle im hohen Norden. Es war warm hier, obwohl in der Umgebung die Bäume von der Kälte gedrückt waren und Tiere nur widerwillig zur Nahrungsaufnahme ihre Höhlen verließen. Und doch war erst der Herbst erreicht. Im Winter verschwanden die Bäume vollständig, wie es die restlichen Pflanzen schon jetzt getan hatten. Sie würden in ihre Wurzeln zurückschrumpfen und erst im Frühjahr wieder zum Vorschein kommen.

Der einzige Ort, an dem es in diesen Zeiten erträglich war, befand sich unter der Erde. So auch die Behausung Horks, der vorausschauend schon vor Urzeiten, als hier noch das ganze Jahr über die Sonne brannte und das Gras wucherte, sein Heim an diesem Ort angelegt hatte. Damals war es angenehm kühl. Aber der Grund war auch der, dass Hork in die Zeiten sehen konnte und so wusste, dass einst ein kaltes, hartes Wetter über das Land kommen würde. Und so hatte er sein Quartier hier tief unter der Erde gewählt, wo es weder kalt noch warm war, denn er konnte es von nun an nicht mehr verlassen. Sein Schicksal hatte ihn zu dem Zet bestimmt, der die Geschicke der Welt sehen konnte. Doch dieses Schicksal hatte auch bedeutet, dass er für ewig hier gefangen war. Seine einzige Gesellschaft waren Kodän – Wesen, die in Kälte wie in Hitze leben konnten. Sie verfügten über eine Anzahl von Augen, die an einer Stelle des Körpers plötzlich erschienen um kurz darauf wieder zu verschwinden und an einer anderen Stelle aufzutauchen. Niemand konnte sagen, wie viele Augen es genau waren. Aber es gab auch nur wenige Kreaturen, die überhaupt je einen Kodän gesehen hatten. Die Aufgabe dieser Wesen war es, den Hork zu schützen. Er konnte Gefahren zwar voraussehen, sich aber nicht wehren. Ihre Waffen waren ihre Körper. Sie besaßen lange, scharfe Krallen, die sie über große Entfernungen auf ihre Gegner schleudern konnten und die unfehlbar ihr Ziel trafen. Außerdem verfügten die Kodän über die Fähigkeit, ihr Opfer durch ihren Atem zu lähmen. Er war gelb und stank unsäglich.

Hork saß in seiner Höhle und grübelte. Ein Zet tat Ungebührliches. Usur war sein Name. Hork wusste auch, dass ein Winz auf dem Wege zu ihm war. Er wollte seine Hilfe, seinen Rat. Es war die Aufgabe Horks, ihm beides zu geben. Er schickte dem Winzmagier einen seiner Kodän entgegen.

Und so kam es, dass Burmann, als er eines Morgens erwachte, eine Kreatur vor sich sah, von der er noch nie gehört, geschweige denn eine solche gesehen hatte.

Zuerst rieb er sich die Augen, dann schloss er sie wieder, um sie eine Sekunde später wieder zu öffnen und wie zu Eis zu erstarren. Denn an seiner Kehle befanden sich messerscharfe Krallen und die Kreatur winselte unartikulierte Laute in sein Ohr.

Erst nachdem er sich etwas entspannte, lösten sich die Krallen, die ihn allerdings in keinster Weise verletzt hatten.

Aber nun befanden sich die Krallen an seinem linken Handgelenk und sie zogen, zogen, zogen ...

Burmann hatte gerade Zeit auf die Beine zu kommen, da ging es auch schon mit einer Schnelligkeit davon, die er sich selbst nicht zugetraut hätte.

Völlig verschwitzt und zum Erbarmen keuchend gelangte Burmann endlich an der Höhle des Hork an. Der Kodän zog ihn ins Innere, wo der junge Magier bewusstlos zusammenbrach. Seine letzte Erinnerung – oder war es ein erster Traum? – war das Bild eines ehrwürdigen, uralten Geschöpfes, dessen Körper unter einem langen Bart versteckt war.

„Macht einen Bischtee!" wies das Wesen die zwei Kodän an, die mit hereingekommen waren. „Das wird ihm gut tun", murmelte Hork, denn nur er konnte es sein, in seinen Bart. Er wartete einige Zeit, dann blies er in die Richtung, in der Burmann lag. Der leise Wind, der entstand, war eisig und biss den Wooden in die Haut. Er erwachte. Sofort sprangen die zwei Kodän herbei, in den Krallen die Schale mit dem Tee. Es war ein Wunder, dass sie das Getränk nicht verschütteten. Burmann riss vor Schreck die Augen weit auf. Die gerade beendete Reise saß noch zu tief.

49. Kapitel, in dem Xinusia Pläne schmiedet

Xinusia saß indessen bei den Herben und versuchte sich mit ihnen weiterhin zu arrangieren.

Trotz ihres Täuschungsmanövers wurde sie jedoch seit dem verlorenen Kampf am Waldrand mit Misstrauen betrachtet. Der Große Graan war verärgert über die Niederlage und lastete sie hauptsächlich der Magierin an. Sie war wohl doch nicht so gut, wie sie vorgab.

Für Xinusia gab es zwei Möglichkeiten. Sie konnte versuchen, das Wohlwollen des Großen Graan wieder zu erlangen oder aber bei Nacht und Nebel verschwinden.

Doch die Jungmagierin hatte sich schon entschieden. Für sie kam es gar nicht in Frage, jetzt ihren Platz zu verlassen. Das hatte sie schon Burmann gesagt. Das Misstrauen der Herben würde sie schon zu entkräften wissen.

Von Stratasal und Bomsel sah sie in der nächsten Zeit nichts, die hatten wohl Besseres zu tun.

Xinusia musste versuchen, mit Usur in Kontakt zu treten. Irgendetwas Spektakuläres im Zusammenhang mit dem Zet würde ihr die Achtung der Herben zurückbringen und wenn es keine Achtung war, dann wenigstens den Respekt. Sie holte die Pergamente hervor, die man ihr gelassen hatte. Niemand hier hätte etwas damit anzufangen gewusst. Sie stöberte ziellos darin herum. Genau wusste sie selbst nicht, was sie suchte, aber sie war sicher, irgendetwas hatte sie beim ersten Mal übersehen. Das war immer so, sogar in den alten Geschichten, die ihre Mutter ihr früher erzählt hatte. Immer war da etwas, das der Held erst dann fand, wenn er es dringend brauchte. Und es war auch diesmal so. Da stand es doch. Wie hatte sie diesen großen Vorteil übersehen können? Das Feuer! Es war ihr Element und gleichzeitig das einzige, das einem Zet Angst machen konnte. Sie musste es sich gut merken für später. Aber auch für die Gegenwart fand sich hier das Richtige. Einen Zet konnte man bei seinem Namen rufen. Nur ein kleines Ritual musste dabei ausgeführt werden und auch das fand sich sozusagen im Kleingedruckten. Ein unscheinbares abgerissenes Stück Pergament haftete auf der Rückseite des letzten Blattes. Und hier stand alles, was zu tun nötig war. Aber das Ganze musste gut vorbereitet werden. Xinusia musste sich genau überlegen, was sie dem Zet sagen wollte.

50. Kapitel, in dem Burmann von Hork Wichtiges erfährt

Burmann brauchte einige Zeit, ehe er begriffen hatte, dass er an seinem Ziel angelangt war – und zwar lebendig. Der Hork saß vor ihm. Unendlich alt war er. In seinem Gesicht spiegelten sich Weisheit und Güte. Und doch wirkte er ein wenig trostlos, vielleicht weil in seinen Augen nicht der leiseste Funke von Neugier zu sehen war. Für dieses Wesen gab es nichts Neues, es wusste alles, was geschehen war, geschah und geschehen würde. Sein ganzes Dasein war vorherbestimmt bis ins Letzte. Das Grausame daran war, dass er wusste, dass er nur eine Figur in einem großen Spiel war. Daher wohl kam die Trauer in den Augen des Hork. Burmann hatte

Mitleid und sogleich spürte er, dass der Hork auch das wusste und vorhergesehen hatte. Der alte Zet sparte sich jegliches Wort dazu. Burmann war unbehaglich zumute. Da begann der Hork: „Du brauchst dich nicht zu fürchten. Du bist zu mir gekommen, um Hilfe von mir zu erhalten. Du sollst sie bekommen."

„Ich danke Euch, Hork. Wir können Hilfe wirklich gut gebrauchen. Wir haben keine Ahnung, wie wir mit dem Schrein umgehen sollen und auch nicht, ob uns von Usur Gefahr droht."

„Gut, fangen wir von hinten an. Wenn Usur erreicht, was er will, so wird die Gefahr groß sein. Er wird nicht nur den Herben helfen, euer Land zu erobern, sondern für euer Leben eine Gefahr sein. Denn wenn er es schafft, zu finden, was er sucht, dann werden viele von euch sterben müssen."

„Ihr sprecht so vage, weiß er denn noch nicht, wo der Schrein ist?"

„Wo der Schrein ist, ja, wo das Puzzle ist, nein, noch nicht. Aber er weiß, dass es existiert."

Burmann war erstaunt: „Das Puzzle? Was für ein Puzzle?"

Der Hork sah ihn eindringlich an: „Du weißt es. Es ist ein besonderes."

Dem jungen Magier ging ein Licht auf. Wie hatte er nicht sofort darauf kommen können? Er trug es die ganze Zeit bei sich. Das also meinte der Hork.

Burmann hatte kein Wort gesagt. Trotzdem nickte nun der alte Zet. „Ja, genau, das ist es."

„Aber", entgegnete Burmann, „es beschäftigte sich mit dem Weg zu Euch."

Hork nickte wieder: „Aber nur, weil es dafür an der Zeit war und ihr diese Information brauchtet. Es zeigt immer nur das, was unmittelbar genutzt werden kann."

„Deshalb hat Jozikza auch solange nichts gefunden!", warf Burmann ein.

„Richtig, er hätte eine Menge erfahren können, wenn er nach den richtigen Dingen gesucht hätte. Aber die Zet waren für ihn nur

Zeitvertreib. Vielleicht ist dir aufgefallen, dass es die Antwort auf eure Frage von ganz allein gegeben hat."

„Das ist ja ein tolles Ding!"

Der Hork lächelte müde: „Es kann aber auch ein Fluch sein. Denn es unterscheidet nicht zwischen gut und böse. Es steht immer im Dienst des Naheliegenden."

„Und was, wenn mehrere Dinge naheliegen?"

„Dann entscheidet das Puzzle zufällig. Es gibt nur ein Ding, auf das es immer reagiert, denn dafür wurde es geschaffen."

„Lasst mich raten! Der Schrein!", sagte Burmann resignierend. Der Hork nickte.

51. Kapitel, in dem Ozola und Purga Schreckliches erleben

Purga und Ozola hatten auf ihren Reitdrosseln schon einen weiten Weg hinter sich gebracht und befanden sich nun in einem Gebiet, das auch die Jägerin noch nie betreten hatte. Die Wege waren weniger ausgetreten und manchmal musste man sie eher erahnen. Doch die Drosseln waren sicher im Setzen ihrer Füße und fanden gangbare Stellen am besten, wenn man sie ihren Weg alleine suchen ließ. Die Umgebung hatte sich verändert, war zeitweise sumpfig und die Zweige der Bäume hingen niedriger herab als in den vertrauten Gebieten. Trotzdem war all das hier Land der Wooden.

„Es ist immer wieder erstaunlich, wie wenig wir unsere Gebiete kennen. Wenn es nicht unbedingt notwendig ist, rühren wir uns kaum aus unseren Orten weg. Wann sehen wir uns schon, wenn nicht gerade große Feste anstehen?", sinnierte Ozola.

Purga antwortete nicht, also sprach Ozola weiter: „Aber kaum gibt es ein wenig Gefahr, schon wuseln wir alle los. Burmann nach Weiß-ich-nicht-wo, wir zu den Dra und jetzt in die Randgebiete, Horps und Wadensein kehren nach langer Zeit in ihre Dörfer zurück ... So gesehen ist ein bisschen Gefahr doch gar nicht schlecht. Man kommt mal raus!"

Anstatt, wie von Ozola bezweckt, zu schmunzeln, blieb Purga ernst und sagte: „Mir wäre eine Gefahr, die ich einschätzen kann, aber allemal lieber als dieser mysteriöse Zet, von dem sogar die Weisen nur Legenden kennen. Ich habe Angst und dieses Gefühl gefällt mir gar nicht."

„He, Angst! Ich bin doch bei dir!", rief Ozola jetzt ein wenig zu laut und fröhlich. Sie wechselte das Thema. „Langsam bekomme ich Hunger und auf unsere Wegzehrung habe ich keine Lust. Was hältst du davon, wenn ich ein wenig jage, und du besorgst uns was Frisches?"

Purga tat die Freundin fast leid. So verstört hatte sie sie selten erlebt. Anscheinend war es für Ozola nicht ganz leicht, zu akzeptieren, dass eine Magierin Angst hatte. Jedenfalls, wenn es sich um magische Dinge handelte. Allem anderen hätte sie sich jederzeit entgegengestellt, mit Pfeil und Bogen, dem Messer, oder, wenn es sein musste, auch mit bloßer Hand. Doch Magie – das war Sache der Magier – das mussten die im Griff haben. Und was nun, wenn auch sie nicht weiter wussten? Doch Purga wollte die Freundin nicht schonen. Dass ihr Sand in die Augen gestreut wurde, verdiente sie nicht. Die Jägerin hatte ein Recht auf Wahrheit, auch wenn diese nicht angenehm war. Im Grunde ihres Herzens war Ozola, so erschreckt sie war, doch froh über Purgas Ehrlichkeit. Auch ihr war es letztlich lieber, zu wissen, woran sie war. Und so machten die beiden sich daran, etwas Essbares zu suchen. Doch sie entfernten sich nicht weit voneinander. Es war, als gäbe es eine Kraft, die sie beieinander hielt und ihnen Sicherheit gab. Zusammen waren sie in der Lage, so manchem zu trotzen.

Nebel zog auf. Die Rufe der beiden Reitdrosseln, die Nebel wie kaum etwas anderes fürchteten, drangen zu ihren Herrinnen. In freier Wildbahn wären die Tiere in ihre Höhlen zurückgekehrt. Hier jedoch gab es so etwas nicht. So suchten sie ihre Sicherheit bei den Reiterinnen. Purga und Ozola kehrten um. Ihre Beute war mager, einige Beeren, ein paar Handvoll Mildenrinde, einige Pilze; Wild war Ozola noch nicht vor den Bogen gelaufen.

Plötzlich waren gurgelnde Laute zu hören und die Rufe der Reitdrosseln verstummten. Stattdessen hörten die beiden Frauen eine raue Stimme: „...aangeebuundeen, hiir siind Wiinze." „Herben!", zischte Purga. Eine andere Stimme war zu hören: „Dii kööneen niicht zuu deem Staam geehööreen, deen wiir voorhiin üübeerfaaleen haabeen. Dii waareen aalee toot."

„Viilleeicht waareen weelchee auuf Reiisen?"

„Viilleiicht siind aabeer auuch weelche heelfeen geekoomen."

„Wiee deen? Ees iist dooch keiineer entkoomen."

„Deer Maagiir ...?"

„Deer iist auuch toot."

„Aabeer viileiicht haat eer voorheer nooch Hiilfe geeruufen." Die Stimme hörte sich plötzlich ehrfürchtig und verängstigt an. Doch Purga und Ozola nahmen das nicht wahr. Sie waren starr vor Entsetzen. Kamen sie zu spät? Hatten die Herben tatsächlich ein ganzes Winzdorf ausgelöscht? Wie viele waren es schon? War der tote Magier Horps? Sein Dorf konnte nicht mehr so weit entfernt sein.

Plötzlich fiel ihnen ein, dass die beiden Reitdrosseln aufgehört hatten zu rufen. Sie spähten durch das Dickicht zu ihrem Lagerplatz. Dort lagen die Tiere am Boden … Um sie herum Blut, die Kehlen waren mit großen Schnitten aufgetrennt worden. Purga wollte gerade ein Schrei entweichen. Doch Ozola presste ihr die Hand auf den Mund. Tränen der Empörung und Wut rannen darüber. Gleichzeitig zog Ozola ihre Freundin langsam rückwärts. Diese hatte inzwischen so viel Geistesgegenwart wiedererlangt, dass sie sich bemühte, ganz leise zu sein.

Die beiden Herben hatten sich wieder gefangen und waren ziemlich laut, was Purga und Ozola zustatten kam. Sie waren inzwischen tief in den Wald zurückgewichen und hörten das Gespräch der beiden Herben nur noch bruchstückweise. Purga schluchzte nicht mehr vor sich hin, sondern begann fieberhaft am Boden etwas zu suchen. Ozola indessen grübelte wild und völlig ohne Ergebnis. Als sie endlich zur Kenntnis nahm, was Purga tat, hatte diese schon eine ganze Handvoll Grünzeug in der Hand und rieb es zwischen den Fingern. „Was machst du da?", fragte Ozola.

„Ich muss herausbekommen, was da los war. Dazu muss ich noch mal zu den Herben."

„Aber das geht nicht! Du kannst doch nicht ..." Purga sah auf und ihr Blick sagte Ozola, dass sie konnte. Sie erklärte: „Mit dem Zeug hier werden sie mich nicht sehen und außerdem werde ich von oben kommen. Komm, hilf mir! Reib mich ein!" Purga zog sich aus und begann sich selbst mit einer dünnen Schicht aus den Kräutern zu bestreichen, die sie inzwischen mit Wasser gemischt hatte. Ozola rieb ihren Rücken ein. Trotz ihrer gespannten Nerven kam sie nicht umhin, ein weiteres Mal die feinen Linien von Purgas Schultern und ihre weiche Haut zu bemerken. Vor ihren Augen verschwand Purga vor dem Hintergrund. Nur wenn sie genau hinsah, konnte Ozola den Körper ihrer Freundin vor dem Grün der Umgebung sehen. Es war faszinierend. Nun streckte sich Purga und schwebte in die Höhe. Die nächste Zeit würde für Ozola in gespanntem Warten vergehen.

52. Kapitel, in dem sich Bansein und Pipelt ein Bild von der Lage machen

Bansein war inzwischen bei Pipelt. Beide saßen über einem Tautropfenverdichter. Sie hatten nach Burmann geschaut, der gerade beim Hork angekommen war, erblickten Xinusia in einer heftigen Debatte mit irgendeinem Herben, sahen Purga und Ozola durch den Wald reiten und zu ihrer Bestürzung entdeckten sie mehrere Winzsiedlungen, die merkwürdig verwüstet und leer wirkten. Dummerweise konnte man durch Tautropfenverdichter keine Geräusche hören, sondern nur sehen, was irgendwo vorging. Aber auch das genügte den beiden, um mitzubekommen, dass Schreckliches geschehen war. „Wir müssen den Wald weiter absuchen. Irgendwo muss doch etwas zu sehen sein, woraus wir uns zusammenreimen können, was passiert ist!", sagte Pipelt. „Das waren alles Siedlungen am Rand der Winzgebiete. Wooden, Flowen – alles wie leergefegt."

Bansein nickte: „Ja, wir müssen der Sache auf den Grund gehen. Sieh nach Wadensein!"

Pipelt berührte leicht die wabernde Kugel. Das Dorf Wadenseins schien unversehrt. Die Winze liefen geschäftig hin und her, als wäre alles in Ordnung. Auch Wadensein erschien in der Kugel. Allerdings sah er besorgt aus. „So, jetzt zu Horps!", kommentierte Pipelt die Veränderung im Tau. Das Bild, das jetzt zu sehen war, war entsetzlich. Horps lag mit blutigem Kopf in einer Ecke seiner Hütte. Er war augenscheinlich tot. Außerhalb der Hütte war niemand zu sehen. Was war hier geschehen?

„Ich werde einen Orgonen zu Purga schicken. Sie kann dann Wadensein warnen. Ich hoffe nur, dass es noch nicht zu spät ist. Wie kommen wir an die Flowendörfer heran?", ließ sich Bansein als erster wieder hören.

„Wie es aussieht, beschränkt sich die Katastrophe auf den äußeren Kreis und die Gebiete, die an Chenland grenzen. Da sind kaum Dörfer von uns, außer denen, die wir schon gesehen haben. Aber ich werde Pamilia bitten, in die anderen Regionen Kuriere zu schicken, damit sie Bescheid wissen und sich wappnen können. Auch Pumpur sollten wir einen Orgonen schicken", antwortete Pipelt.

Die beiden machten sich an die Orgonenbeschwörung. Die Luft begann zu wirbeln und zwei der Windwesen tauchten wie aus dem Nichts auf. Sie nahmen die Botschaften entgegen und verschwanden, wie sie gekommen waren. Nur ein leiser Luftzug blieb im Raum.

„Ich kehre zurück nach Waldstadt. Wir werden in nächster Zeit nur über Boten in Kontakt sein. Ich möchte in der Nähe des Schreins bleiben. Irgendwie habe ich ein schlechtes Gefühl bei dem Gedanken daran, dass Koman im Moment sein Hüter ist. Auch er wird die Schäden in den Randgebieten mitbekommen haben, und wer weiß, was er einem Baum zu sagen hat, wenn es überhaupt

einer ist", erklärte Bansein nun und begann seine Sachen zusammenzupacken. Pipelt stimmte ihm zu. Er hatte von der Debatte
mit Koman gehört und er hielt Koman für ziemlich schwach. Beide
hatten am Abend zuvor ein wenig in die Zukunft gesehen und den
Woodenmagier im Gespräch mit einem Baum erblickt. Das konnte
harmlos sein und zu jedem anderen Zeitpunkt hätte es die beiden
nicht weiter beunruhigt. Aber der Baum konnte auch ein Zet sein,
der seine Gestalt getarnt hatte, das wussten sie jetzt. Und wenn es
so war, dann musste Bansein sich beeilen, denn die Dinge, die man
auf diese Weise einigermaßen klar sehen konnte, waren nie mehr
als einen oder höchstens zwei Tage entfernt.

53. Kapitel, in dem Xinusia nichts gegen die Herben tun kann

Xinusia hatte es inzwischen wirklich nicht leicht, das Vertrauen
der Herben wieder aufzubauen. Kurz nachdem sie von ihrem
Abenteuer am Waldrand zurückgekehrt war, hatten die Herben
mehrere Gruppen losgeschickt, die anderen Dörfer zu überfallen.
Der Große Graan hatte sie angewiesen, aus dem Hinterhalt zu
kämpfen, immer als erstes das Haus des Dorfmagiers, wenn einer
vorhanden war, anzugreifen und diesen so schnell wie möglich zu
töten. Dann erst sollten sie alle anderen niedermachen. Er wollte
nicht noch einmal eine solche Niederlage wie beim ersten Mal
hinnehmen, nur weil ein Magier ihm in die Quere kam. Xinusia
erfuhr davon erst spät und nur durch Blasius, der wieder einmal
irgendwo etwas aufgeschnappt hatte. Sie war wütend, aber sie
konnte schlecht zu Graan gehen und ihn zur Rede stellen. Sie war
im Moment machtlos.

Mehr denn je war es jetzt nötig, mit Usur zu sprechen. Sie
konnte ihn vielleicht dazu bewegen, dem Treiben Einhalt zu gebieten. Auf ihn würde der Große Graan hören. Aber welches
Interesse sollte der Zet an der Schonung der Winzdörfer haben und
wie sollte sie ihm ihren Sinneswandel erklären, da sie doch gesagt
hatte, sie wolle sich an ihrem Volk rächen? Sie beschloss, ihm ein
Märchen aufzutischen. Zuerst wollte Xinusia den Zet mit ihrem

Wissen von dem Schrein beeindrucken. Schließlich hatte der ja ihr gegenüber nichts von dem Drachenschrein erwähnt und meinte, sie wisse nichts davon. Dann würde sie ihm anbieten, zurück in ihre Heimat zu gehen, um für ihn herauszufinden, wo der Schrein wäre und zu versuchen, ihn vielleicht sogar an sich zu bringen. Dazu müsste sie Usur weismachen, dass sie das Vertrauen der Winze zurückgewinnen müsse. Und wie ginge das besser, als dadurch, dass sie ihnen die Herben vom Hals schaffte? Dann würde man ihr wieder vertrauen und das Ziel wäre erreicht.

Eigentlich hörte sich der Plan ganz machbar an. Warum sollte der Zet ihr nicht glauben? Und da er anscheinend nichts so sehr wollte wie den Schrein, würde er doch wohl den Herben Einhalt gebieten, ja, er würde sie gar nicht mehr brauchen und sie im Stich lassen. Bis Usur gemerkt hatte, dass sie ihn verriet, wären die Herben vielleicht längst abgezogen und würden nicht noch einmal auf den Zet hören. So dachte Xinusia, und ihr Plan kam ihr immer besser vor. Begeistert, wie sie war, sah sie seine Schwächen nicht.

Xinusia kramte das Pergament über die Zet hervor und las noch einmal die Stelle, in der das Ritual beschrieben wurde, mit dem ein Zet gerufen werden konnte. Vor allem waren die Mondphasen wichtig. Nur bei Neumond war das Ritual durchzuführen, denn es bedurfte fast ausschließlicher Dunkelheit. Noch fünf Tage! So lange noch! Alles andere war gar nicht so schwer für einen einigermaßen guten Magier.

54. Kapitel, in dem Burmann den Hork wieder verlässt

„Das Puzzle darf also auf keinen Fall in die Nähe des Schreins kommen?", fragte Burmann den Hork. „Ja und nein", antwortete der, „wenn es nur darum geht, den Schrein nicht zum Einsatz zu bringen, würde das reichen. Aber wer garantiert, dass das Puzzle immer sicher ist?" „Dann müssen wir das Puzzle vernichten!", rief Burmann. Hork erwiderte: „Das ist das Problem. Weder das eine noch das andere kann ohne das Gegenstück vernichtet werden."

Burmann wirkte niedergeschmettert. Solange Usur nicht wusste, wo das Puzzle war, gab es ein wenig Sicherheit, doch sie war trügerisch. Jederzeit konnte Usur auf die Wahrheit kommen. Und dann war nicht nur das Puzzle, sondern auch er in Gefahr. Er war blass. „Was sollen wir tun?", fragte der Magier. „Ich kann euch nicht sagen, was ihr tun sollt, nur was geschehen kann. Auf jeden Fall werden die beiden Gegenstände zusammenkommen, früher oder später. Und was dann geschieht, hängt davon ab, unter welchen Umständen sie vereint werden, und wer es tut." Der Hork wirkte plötzlich müde. Murmelnd fügte er hinzu: „Ich wusste immer, dass eines Tages mein Wissen am Ende sein wird. Aber ich habe gedacht, das wäre dann auch das Ende alles anderen. Doch ich sehe dieses Ende nicht. Was wird dann weiter mit mir geschehen?" Burmann sah überrascht auf. Die Frage war anders als die vorigen, die der Hork im Grunde immer selbst beantwortet hatte. Sie war an ihn gerichtet. Die tiefschwarzen Augen schauten auf ihn und der Hork blickte fast menschlich. Burmann wurde unheimlich. Was war los, dass der Allwissende nicht weiter wusste? Er fragte: „Was denkt denn Ihr?" „Würde ich fragen, wenn ich eine Ahnung hätte? Ich wünschte, alles wäre vorbei und ich hätte Ruhe, müsste nichts mehr wissen, es gäbe etwas, was mich aus dieser Höhle befreit! Und vielleicht würde ich sterben, endlich sterben." Burmann sah betreten auf den Zet. Aber er konnte ihn verstehen. Wie musste er seine Aufgabe hassen!

„Nein", erwiderte der Hork auf diesen Gedanken, „nein, nicht hassen, ich habe es nur satt. Und ich hoffe, es wird sich etwas ändern. Vielleicht wird es eine Ablösung geben. Vielleicht bedarf man aber auch des Hork nicht mehr. Nun schlaf, morgen früh musst du fort. Ich habe dir alles mitgeteilt, was ich dir sagen kann."

Das kam recht plötzlich. Burmann hatte gedacht, er würde noch eine ganze Weile hier verbringen, aber nun wurde ihm bewusst, dass er schon viel zu lange verweilte.

Xinusia fiel ihm ein. Wie mochte es ihr gehen? Er wollte den Hork nach ihr fragen, doch dieser winkte nur ab. Und in Burmanns

Kopf formten sich die Worte: ‚Das will ich gar nicht wissen.' Er war sich nicht sicher, ob das stimmte, aber er wusste, dass er nichts aus dem Hork herausbekommen würde, weder über Xinusia, noch über die anderen. Der Hork hatte die Augen geschlossen und atmete nicht. Aber seine Finger zuckten fast unmerklich. Auch Burmann beschloss zu ruhen. Er legte sich hin und augenblicklich fiel er in tiefen, traumlosen Schlaf, der ihn erquickte und am Morgen fast ungeduldig aufbrechen ließ.

Burmann war nun wieder unterwegs. Er überlegte, wie er Bansein von den Geschehnissen unterrichten konnte.

Schade, dass der Onkel es versäumt hatte, ihn den Umgang mit Orgonen zu lehren. Vieles wäre dann einfacher. Nun blieb ihm nur eines, er musste es per Tautropfenverdichter versuchen. Das Problem war nur, dass man ja nur in eine Richtung sehen konnte. Sie mussten also gleichzeitig in den Verdichter sehen, um kommunizieren zu können. Wie sollten sie das ohne Vereinbarung machen? Burmann kramte in seinem Rucksack, vielleicht würde sich ja etwas ergeben. Der Schrumpfpelz, die Salbe, Babasarisirup, das Bomselspielzeug, Pergament, etwas zum Essen, Unterwäsche, ein Stieltintenstift, das Puzzle… Halt! Pergament und Stift! Was war einfacher? Es würde vielleicht einige Zeit dauern, aber da Burmann sicher war, dass Bansein ihn auf irgendeine Weise im Auge behielt, musste er eine Nachricht auf diese Weise erhalten. Er schrieb groß auf das Papier: *Kontakt über Tautropfenverdichter jede volle Stunde.* Nun musste er nur noch zu jeder vollen Stunde nachsehen, ob er Banseins Aufmerksamkeit hatte.

Er nahm ein zweites Pergament und schrieb die wichtigsten Informationen darauf. Das erste hängte er sich um den Hals. Dann machte er sich wieder auf den Weg, um nun jede volle Stunde eine kurze TTV-Pause, wie er sie still für sich nannte, einzulegen.

55. Kapitel, in dem Bansein zu spät kommt und das Wasser spricht

Bansein war, so schnell ihn seine Reitdrossel trug, zurückgekehrt. In Waldstadt war scheinbar alles unverändert, nur auf den Straßen waren wenig Winze zu sehen. Kaum ein Lachen war zu hören. Irgendwie schien eine Last auf der Stadt zu liegen. Bansein war schnell klar, dass es eine undichte Stelle gegeben haben musste. Das Unheil hatte einen Weg gefunden, sich in den Straßen auszubreiten, indem es Angst schürte.

Früher oder später hätten natürlich alle erfahren, dass Gefahr drohte, aber Bansein hätte es lieber selber und mit entsprechender Vorbereitung verkündet.

Nun war nicht sicher, was sich ereignen würde. Schon sah er aus einigen Häusern Winze mit Gepäck treten. Sie sahen sich um und schlichen davon. Bansein wollte sie zurückhalten, aber er fand nicht die richtigen Worte. Was sollte er ihnen sagen? Vielleicht: ‚Bleibt hier, ich beschütze euch!' …? Das konnte er nicht, solange die Lage noch so unklar war. Der Obermagier lenkte seine Schritte zu Komans Haus.

Es war jetzt am wichtigsten, nach dem Schrein zu sehen. Koman war nicht zu Hause. Alle Fenster waren dunkel. Bansein fühlte einen kalten Schauer. Irgendetwas stimmte nicht.

Er begab sich in den Garten hinter dem Haus. Von hier aus führte eine kleine Pforte an den nahegelegenen Bach, der sich hinüber nach Waldstadt schlängelte. Von Weitem sah Bansein Koman am Bach stehen. Direkt neben ihm stand der Baum, den die Magier in ihrer Zukunftssicht gesehen hatten und Koman schien zu reden. Aber jetzt sah es nicht mehr so aus, als redete er mit dem Baum, nein, er war zum Bach gewandt. Dort hatte sich eine Welle aufgerichtet und aus ihr schien eine Stimme zu kommen, glucksend und gurgelnd. Bansein konnte nicht verstehen, was sie sagte. Er war noch zu weit weg.

Die Welle war direkt an Koman gewandt: „Du hast recht gehandelt, ich werde dich belohnen und die deinen verschonen. Du wirst von mir hören." Das Wassergebilde versank im Bach und

Koman stand noch eine Weile da und sah einem Holzstück nach, das schnell auf den Wellen davon trieb.

Endlich war Bansein angelangt. „Was tust du hier?", herrschte er Koman an.

Dieser drehte sich erschrocken um, doch dann wurde sein Gesicht überheblich und er antwortete: „Bansein, du magst Obermagier sein, aber ich bin dir keine Rechenschaft über meine Wege schuldig. Spionierst du mir etwa nach?"

Bansein schluckte, ergriff Koman bei den Oberarmen und versuchte seiner Stimme einen ruhigen Klang zu geben, als er fragte: „Wo ist der Schrein?"

Wieder erschien auf dem Gesicht des anderen Magiers dieser überhebliche Ausdruck und er schob den Obermagier weg. „Ich habe getan, was ich für richtig hielt. Er ist bei dem Zet, mit dem ich gerade gesprochen habe."

Bansein ließ die Arme sinken, die noch immer in derselben Stellung verharrt hatten. Seine schlimmsten Ahnungen waren übertroffen. Koman hatte nicht nur verraten, dass sie den Schrein hatten, er hatte ihn auch noch an den Feind gegeben. Es war zu spät. Was mochte nun geschehen?

Am liebsten wäre er jetzt Koman an den Kragen gegangen, hätte ihm eine lange Rede gehalten, wie unvernünftig der alte Magier gehandelt hatte.

Aber er musste Burmann warnen und Xinusia. Bansein ließ Koman stehen und eilte nach Hause.

56. Kapitel, in dem Xinusia versucht, Usur zu täuschen und von den Herben gefangengesetzt wird

Xinusia war bereit. Es war Neumond. Ihr Plan war gemacht. Auch die wachhabenden Herben waren außer Gefecht. Xinusia hatte ihnen Tee von getrockneten Blüten der falschen Milde in ihre sowieso schon berauschenden Getränke gemischt. Die Herben hatten kaum etwas bemerkt. Die Übelkeit schien ihnen wenig auszumachen, nur der Schluckauf war verwunderlich und da er so plötzlich und bei allen ziemlich gleichzeitig einsetzte, lachten sie sich fast kaputt darüber, bis sie in den Tiefschlaf versanken. Zusammen mit den Rauschmitteln würden die Herben, wenn sie aufwachten, herbe Kopfschmerzen haben.

Trotzdem umgab sich Xinusia mit einem Tarnzauber. Wer konnte wissen, wem sie begegnete?

Sie begab sich hinaus in die stockdunkle Nacht. Nur ein paar Sterne funkelten in der Höhe und erste Schneeflocken fielen durch die eiskalte Luft.

Draußen auf dem Feld zog sie ein gleichseitiges Dreieck in die vereiste Erde und setzte sich in die Mitte. Dann ließ sie um sich herum sechs kleine Feuerbälle entstehen, die um sie umkreisten. Das würde ihr den Zet vom Leibe halten.

Anschließend sprach sie die Beschwörung: „Elemente, gebt frei, was ihr beherbergt, zeigt mir Usur, den Zet, sei er Luft, Wasser, Erde, Pflanze oder Getier!"

Es rauschte in der Luft und ein riesiger Waldkrummschnabel ließ sich vor ihr nieder. Er schüttelte sich und vor ihr stand Usur, in der Gestalt, in der sie ihn das letzte Mal gesehen hatte. Wütend donnerte er: „Was wagst du es, mich zu rufen, unwürdiges Geschöpf?"

Xinusia war froh, vorsorglich den Geräuschdämmzauber angewendet zu haben. Die Handlungen des Zet waren ein wenig vorhersehbar, vielleicht war sein Repertoire auch einfach eingeschränkt. Trotzdem war Xinusia nicht ganz wohl. Irgendetwas war nicht richtig. Der Zet betrug sich ihr gegenüber ganz anders als beim letzten Mal. Ihr Plan kam ihr nicht mehr so gut vor. Trotzdem machte sie sich nun an seine Umsetzung. Was hätte sie auch sonst tun sollen?

„Usur!", sprach sie ihn an, „Ich weiß, was du willst. Es verlangt dich nach dem Schrein der Drachen. Ich kann helfen, ihn dir zu besorgen. Dazu muss ich aber zurück nach Waldstadt und es muss Friede werden, dann werden meine Leute denken, ich hätte ihn gebracht und mir vertrauen. Dann kann…"

Ein unerhörtes, höhnisches Lachen erklang und fegte jede Zuversicht Xinusias hinweg. „So, so", ließ der Zet sich mit ganz normaler Stimme hören, als er sich beruhigt hatte. „Meinst du den hier?" Er zog unter seinem Mantel den Schrein hervor.

Xinusia wusste natürlich nicht, ob es der richtige war, aber Usur wirkte nicht, als ob er bluffe. Mit einem Schlag hatte sich ihr Plan verflüchtigt. Was weiter geschah, ging so schnell und verblüffte sie so, dass sie keiner Gegenwehr fähig war. Hinter den Hügeln, die das Feld umrandeten, stürzten Herben hervor. Sie drangen mit lautem Triumphgeheul in den Kreis aus Feuerbällen ein und ergriffen die vor Schreck erstarrte Xinusia. Sie drehten ihr die Arme auf den Rücken und führten sie ab.

Der Zet verschwand wieder. Noch einmal erklang das Lachen, aber nicht so laut wie vorhin. Die Herben sollten nicht erschrecken und Xinusia aus Versehen loslassen.

Die Magierin wurde dieses Mal nicht in ihr Zelt geführt, sondern in ein Erdloch gebracht, in das kaum Licht fiel. Nichts desto trotz hatte sie es dort bequem, aber keine ihrer Sachen wurde Xinusia gegeben. Kurz tauchte Blasius auf, aber fühlte sich in der Dunkelheit nicht wohl.

Der Große Graan kam am Nachmittag zu ihr, sprach aber nur durch ein Fenster mit der Zauberin. Sein Respekt schien nicht weniger geworden zu sein, aber er war wütend. „Duu wooltest uuns veerraaten", knurrte er. „Duu wooltest diich geegeen uuns steelen. Seiit waan geeht daas soo? Siind nooch aandeeree hiier?"

Xinusia überlegte kurz, ob sie sich herausreden sollte, aber sie entschied, einfach nichts mehr zu sagen. Sie mochte nicht mehr. Alles war schiefgegangen. Und dazu kam auch noch, dass der Zet den Schrein hatte, der doch sicher in Waldstadt verborgen sein sollte. Alles war aus. Wenn nur Burmann sich nicht auch noch in Gefahr brachte. Wo mochte er sein?

Der Graan befahl auf ihr Schweigen hin: „Geebt iihr niichts zuu Eesseen! Ween siie miit uuns niicht reeden wiill, beekoomt siie voon uuns auuch niichts. Sool siie seehen, wiie siie klaar koomt!"

Xinusia konnte kaum einen klaren Gedanken fassen. Und wenn sie auf die Idee gekommen wäre, sich zu befreien, so hätte sie es nicht zustande gebracht. Eine eigenartige Lähmung hatte sie befallen, die es ihr unmöglich machte, sich zu konzentrieren oder aktiv zu werden.

57. Kapitel, in dem Koman die Winze ein zweites Mal verrät

Bansein begab sich nach seinem Erlebnis mit Koman direkt nach Hause, wo Summa ihn schon ungeduldig erwartete.

„Weißt du etwas von Burmann? Wo ist er?" Auch sie hatte die Angst gepackt. Am liebsten wäre sie ebenfalls, wie so viele andere, fortgelaufen.

Bansein dachte: ‚Der zweite Teil des Spruches bewahrheitet sich: Wenn das Wasser spricht, flieht!' Dabei kannte doch keiner außerhalb des Rates die Prophezeiung und niemand außer ihm und Koman hatte das Wasser sprechen hören, oder doch?

Mit all diesen Gedanken im Kopf fragte er: „Was macht euch allen so viel Angst und wo sind Bedun und die anderen?"

Summa antwortete: „Koman hat uns gewarnt, vor dem Zet und der Prophezeiung. Er sagte, er hätte Wasser sprechen hören. Waldstadt sei nicht mehr sicher. Und du warst nicht da. Mich hielt nur das Warten auf dich und Burmann."

Bedun war mit den meisten anderen Bewohnern von Waldstadt in die Wälder geflüchtet. Als die Nachrichten von Purga und Ozola bekannt wurden, hatte der alte Magier die Gunst der Stunde genutzt und Panik verbreitet. Die Ereignisse an den Grenzen hatten die Furcht vor den Herben aufs Neue entfacht. Die Neuigkeiten um den Schrein schürten die Angst vor dem Zet weiter. Beides waren schwer einschätzbare Dinge und auch wenn viele in den letzten Wochen im Umgang mit Waffen ausgebildet worden waren, war keiner auf einen Kampf erpicht.

Und so hatte Koman leichtes Spiel, Bedun und die Waldstädter zur Flucht zu bewegen.

Als jemand nach Bansein fragte, hatte der Magier behauptet, im Auftrag des Obermagiers zu handeln. Das zerstreute alle Bedenken. So hatten die Waldstädter weder eine Ahnung von Komans Verrat noch kannten sie das Ausmaß der Gefahr. Nun war einiges klar. Natürlich musste Koman schon vorher mit dem Zet gesprochen haben. Wer weiß, wie oft sie sich getroffen hatten! Für Koman war es besser, wenn nicht so viele in der Nähe waren. So war er ungestörter. Also verbreitete er Angst. Da war ihm der alte Spruch sehr zupass gekommen.

Bansein war verärgert, vor allem über sich selber. Anscheinend hatte er die Lage unterschätzt. Er hätte Koman stoppen müssen. Aber das war jetzt nicht mehr zu ändern. Bansein nahm sich vor, schnellstens etwas gegen den alten Magier zu unternehmen, damit er nicht weiteres Unheil anrichten konnte. Aber jetzt waren die Dinge, die vor ihnen lagen, wichtiger. Burmann, Purga und Xinusia mussten benachrichtigt werden. Gleich danach würde er sich um Koman kümmern.

„Komm", sagte er zu seiner Schwester, „Ich wollte sowieso gerade nach Burmann sehen, da kannst du gleich zusehen."

Das ließ sich Summa nicht zweimal sagen und gesellte sich zu Bansein, der den Tautropfenverdichter auf den Tisch stellte und aus einer Flasche Tau auf die Oberfläche tröpfelte. Es entstand eine schillernde, glatte Fläche, auf der sich, nachdem Bansein die Beschwörung gesprochen hatte, langsam die Figur Burmanns zeigte, der etwas erschöpft wirkte, aber trotzdem recht zügig voranschritt. Um seinen Hals baumelte ein Blatt Pergament.

„Kluger Junge!", lobte Bansein, „Er scheint Informationen zu haben, sonst würde er nicht um Kontakt bitten. Gute Idee. Etwas umständlich, aber was soll's! Wie spät ist es?"

Er sah auf seinen Zeitspiegel und stellte fest, dass die volle Stunde gerade vorbei war. Sie mussten also warten. Währenddessen konnte Summa einen Tee bereiten und er einen Orgonen zu Purga schicken. Gut, dass sie diese Kunst beherrschte!

Der Orgone huschte hin und her. Was Bansein von Purga erfuhr, überraschte ihn nicht, aber es war auch nicht beruhigend. Die beiden waren dabei, sich möglichst nicht von den Herben erwischen zu lassen. Mehrere Dörfer hatten sie verwüstet vorgefunden, meist lagen die toten Winze noch in den Häusern, zum Teil auch junge Magier. Aber, und das gab Hoffnung, es waren in einigen Dörfern auch keine Leichen, was darauf schließen ließ, dass Warnungen, die Purga an die Magier geschickt hatte, rechtzeitig gekommen waren, so dass die Bewohner der Dörfer fliehen konnten. Auch Zeichen von Kämpfen gab es hier und da. Die Herben hatten ihre Toten einfach zwischen den anderen liegen gelassen. Aber es waren nicht viele.

Anschließend standen Bansein und Summa wieder vor dem Tautropfenverdichter. Bansein hatte ebenfalls ein Pergament vorbereitet, auf dem stand: *Auf Empfang, was gibt's?*

Burmann hielt sein vorbereitetes Pergament vor sich, so dass Bansein es lesen konnte.

„Summa, setz dich, nimm Pergament und Stift und schreibe mit!", sagte Bansein, der keine der Informationen verlieren wollte. Draußen vor dem Fenster klirrte es. Bansein schaute hin, konnte aber nichts entdecken. Der Wind hatte wohl einmal wieder einen der vor dem Fenster lose gestapelten Topftürme umgeworfen.

Und so begann er zu diktieren:

„Hork gefunden – Puzzle zeigt immer neuen Weg – sucht wohl immer nach dem Naheliegenden, vor allem aber nach dem Schrein – Puzzle gehört zu Schrein – beides ohne einander nutzlos – aber auch nicht zerstörbar – beides zusammen sehr gefährlich – Puzzle zieht es zu Schrein – das Ende konnte Hork auch nicht sehen. – Begebe mich zu Xinusia, interessanterweise weist auch das Puzzle diesen Weg – Bis später!"

Bansein sah, wie Burmann das Pergament zusammenrollte und es sorgfältig im Rucksack verstaute. Dann erlosch das Bild.

‚Halt, schau noch einmal in den Tautropfenverdichter!', wollte Bansein rufen, als ihm einfiel, dass sein Neffe ihn ja nicht hören konnte. Er hätte ihm gerne noch ein paar Hinweise gegeben und vor allem vom Verrat Komans erzählt.

Die Information, dass der Schrein nicht länger in sicheren Händen war, musste Burmann unbedingt erreichen. Jetzt musste Bansein jedoch auf die nächste Gelegenheit warten. Sie durfte nicht verpasst werden.

Nun blieb dem Obermagier nur noch, nach Xinusia zu sehen und so wendete er sich wieder dem Tautropfenverdichter zu und forderte das Bild der Jungmagierin. Er konnte nicht viel sehen. Nur schemenhaft zeichnete sich der Umriss ihres Körpers in einem fahlen Lichtschein ab. Xinusia schien in einer Höhle oder etwas Ähnlichem zu sein. Bansein konnte nur hoffen, dass das nichts Schlechtes bedeutete.

Er ließ sich in seinen Sessel fallen und nippte an seinem Tee, der inzwischen kalt geworden war. Summa stand hinter ihm und massierte seinen Nacken. Sie sagte: „Es schien Burmann nicht schlecht zu gehen. Nur schade, dass er nicht zurückkommt!" Beide schwiegen kurz. Dann erhob sich Bansein mühsam aus seinem Sessel, wobei er vor sich hin sprach: „Und jetzt sollte ich mich um Koman kümmern!"

Hätte der Sessel in Richtung Fenster gestanden, hätten die beiden gesehen, wie sich Koman eilig davonschlich. Er hatte genug gehört.

Sein Weg führte ihn geradewegs zum Bach hinter seinem Haus, um dem Zet zu erzählen, wo er das Puzzle finden würde. Er musste nur warten, bis der Zet es für angebracht hielt, ihn aufzusuchen. Sicher würde er eine Belohnung bekommen. Und die Winze würden ihm einmal dafür dankbar sein, dass er wusste, wann man nachgeben musste. Koman hatte nicht lange zu warten. Schon am nächsten Tag erschien der Zet wieder und die Information, wo sich das Puzzle befand, schien Usur sehr zu befriedigen.

Unterdessen bat der Obermagier Summa, alle, die noch in Waldstadt waren, für den nächsten Morgen zu ihm zu rufen und sie auch vor Koman zu warnen. Dann begab sich Bansein zum Haus des alten Zauberers, dessen Tür er offen vorfand. Er betrat Komas Haus und ging durch alle Räume. Der Magier war nicht zu Hause. Mit ungutem Gefühl, lief der Obermagier zum Bach hinunter. Aber auch dort fand er Koman nicht. Niedergetretenes Gras deutete darauf hin, dass hier vor Kurzem jemand gestanden haben musste. Es war aber niemand zu sehen.

Bansein kehrte unverrichteter Dinge nach Hause zurück, Hier versuchte er vergeblich, Koman mit Hilfe des Tautropfenverdichters aufzuspüren. Auch das Zukunftssehen brachte nichts. Koman war sich anscheinend bewusst, dass Bansein ihm auf den Fersen sein würde und schirmte sich ab.

Müde und wie erschlagen schrieb der Obermagier eine Botschaft an Burmann auf die Tafel, damit sein Neffe sie so schnell wie möglich erhielt. Dann sank Bansein, sich unendlich alt fühlend, auf sein Bett, das neben der Tafel stand, und schlief sofort ein.

58. Kapitel, in dem Burmann Xinusia gefangen vorfindet

Burmann war auf seinem Weg teils dem Puzzle gefolgt, teils einfach seinem Herzen.

Natürlich wusste er, dass es klüger wäre, zunächst nach Waldstadt zurückzukehren und mit den anderen zu beraten, was weiter zu tun wäre. Aber er dachte vor allem an Xinusia, und da ihn eine dumpfe Ahnung beschlich, dass er sich beeilen sollte, nahm er sich auch nicht mehr die Zeit, um in seinen Tautropfenverdichter zu schauen. Es wäre besser gewesen …

Denn nun begab sich Burmann in die Hände der Herben, die inzwischen nicht nur auf sein Kommen vorbereitet waren, sondern auch wussten, dass er im Besitz des Puzzles war.

Usur hatte klare Anweisungen gegeben. Sie sollten sich des Puzzles bemächtigen und den Träger zu der Zauberin sperren. Darauf waren sie vorbereitet.

Aber auch Burmann war letztlich nicht ganz unvorbereitet. Er war vielleicht noch eine Tagereise vom Herbenlager entfernt.

Dass das Puzzle ihn so zielstrebig zu den Herben schickte, machte den jungen Magier dann doch stutzig. Was lag hier so nahe? War es sein Wunsch, Xinusia wiederzusehen oder wurde das Puzzle von etwas anderem angezogen? Er wartete den Abend ab, ehe er sich auf Sichtweite dem Herbenlager näherte. Am Waldrand stieß Burmann auf die beiden Waldhunde. Bomsel bewegte sich etwas schwerfällig. Ihr Schwanz wedelte und sie lief zielstrebig auf ihren Herrn zu, aber ihr angeschwollener Leib ließ die gewohnte Schnelligkeit nicht zu. Trotzdem wirkte die Waldhündin nicht unbeholfen, sondern auf eine ungewöhnliche Art stolz. Sie erwartete Junge, und zwar bald. Stratasal blieb in einiger Entfernung.

Bomsel erreichte Burmann, schmiegte sich an ihn und Burmann streichelte sie. Dann ließ Bomsel sich hören: „Haben gewartet. Xinusia nicht da. Bomsel wittert Gefahr. Burmann kommt mit."

Burmann entschloss sich, diesem Rat zu folgen. Die Waldhunde führten ihn in den Wald hinein, wo sie hinter einem dichten Gestrüpp eine Felshöhle bezogen hatten. An den Wänden lagen Schichten von Moos und trockenen Blättern. Es sah fast einladend aus. Dort lagerten die Tiere. Auch Wasser gab es in der Nähe. Der Ort war gut gewählt. Burmann setzte sich zu Bomsel und kraulte sie. Er musste nachdenken. Wenn irgendetwas schiefgegangen war, dann war es nicht ausgeschlossen, dass auch ihm Gefahr drohte. Er musste unbedingt Kontakt zu Xinusia aufnehmen und er durfte das Puzzle nicht zu nah an die Herbensiedlung heranbringen. Nun bemühte Burmann den Tautropfenverdichter doch. Aber wie Bansein in Waldstadt sah auch er nur verschwommene Umrisse. Es war zu dunkel. Auch bei Bansein konnte Burmann nicht viel in Erfahrung bringen, denn der alte Magier schlief. Ein Schild stand neben seinem Bett, auf dem irgendetwas geschrieben stand. Aber es war gekippt und in der Schräge konnte Burmann nur die Worte *Vorsicht, Schrein* lesen, der Rest lag im Dunkeln. Burmann war sich sicher, dass das eine Nachricht für ihn war. Und sie musste wichtig sein. Aber was konnte sie bedeuten? War der Schrein noch gefährlicher, als sie schon annahmen? War er weg? Was nur wollte Bansein ihm sagen? Auf jeden Fall musste Burmann vorsichtig sein und mit Bedacht vorgehen.

Der junge Magier zwang sich, ein wenig zu schlafen. Unausgeruht würde er keinen klaren Gedanken fassen können.

Im Morgengrauen war er aber schon wieder wach und er hatte eine Idee. Wozu konnte er seine Gestalt ändern? Er begann seine Kräfte zu sammeln und innerhalb kurzer Zeit war er in Länge und Breite gewachsen und sah nun fast aus wie ein Herbe. Nur der tumbe Gesichtsausdruck gelang ihm noch nicht. Stratasal war erwacht und knurrte, auch Bomsel öffnete nun die Augen und sah Burmann verwirrt an. Der Mann neben ihr roch vertraut, sah aber ganz anders aus. Aber sie entschloss sich ihren Herren auch so zu akzeptieren und legte ihren Kopf auf Burmanns Bein. Das beruhigte auch Stratasal. „So", sagte Burmann, „ich gehe jetzt Xinusia suchen. Ich lasse euch das hier. Passt gut darauf auf!" Damit legte er das Puzzle in eine der Nischen und machte sich auf den Weg.

Es war kein angenehmer Weg. Trotz der Verwandlung fühlte er sich die ganze Zeit beobachtet und er fragte sich außerdem, was wohl mit Xinusia geschehen war.

Gut, sie war schon immer ein wenig unberechenbar gewesen, aber sie wusste doch auch, was auf dem Spiel stand!

Noch einmal holte er seinen Tautropfenverdichter heraus und versuchte, Xinusia zu sehen. Aber auch dieses Mal war das Licht in dem Raum, in dem sich die Jungmagierin befand, sehr schlecht. Er konnte die Umrisse besser erkennen, aber das Gesicht war nur schemenhaft sichtbar. Warum hielt sie sich in einem solchen Raum auf? Immer mehr war Burmann sicher, dass er herausfinden musste, wie es Xinusia ging. Er wandte sich um, weil er wieder das Gefühl hatte, beobachtet zu werden. Aber um ihn herum waren noch immer nur Bäume und Büsche. Sie waren inzwischen licht genug, um Spione nicht mehr zu verstecken. ‚Jetzt fühle ich mich schon von Bäumen beobachtet!', dachte sich Burmann und versuchte zu lächeln, aber es misslang ihm. Er ging weiter, bis er im Herbenlager anlangte, wo ihn niemand besonders beachtete. Die Verwandlung musste doch recht gut gelungen sein. Trotzdem beschloss er, sich zu beeilen. Er war sich nicht sicher, wie lange er diese Gestalt erhalten konnte. Immerhin musste er sich noch auf etliche andere Dinge konzentrieren. Zum Beispiel, wie er seine Freundin finden konnte. Zu fragen traute er sich nicht. Den Dialekt würde er nie und nimmer hinbekommen. Also musste er sich umschauen und zuhören. Hoffentlich sprach ihn niemand an! Er sah sich um. Nicht weit von ihm sah er an einem Felsen zwei Herben Wache stehen. Ein geschlossenes Tor war hinter ihnen zu sehen. Vielleicht war Xinusia dort. Sein Gefühl zog Burmann jedenfalls in diese Richtung. Jemand tippte ihn gerade in dem Moment auf die Schulter, als er sich entschloss, sich erst einmal zurückzuziehen. „Haast duuu nooch waas zuuu triiinkeeen?", fragte der Herbe hinter ihm. Geistesgegenwärtig lallte Burmann ein paar langgezogene Vokale: „UUUaaaaiiaaa!"

„OOOh," sagte der andere, „iiist woohl schoon aaale." Und dann zog er sich zurück. Erleichtert wankte Burmann zur Seite. Aber nun kamen plötzlich zwei andere Herben auf ihn zu. Jeweils unter einem Arm fühlte sich Burmann gepackt und hochgehoben. „Deeer Graaan haaat geesaagt, duu biiist eiiin Spiooon. Daaas hat eeer vooon deeem Zeet. Deer muuuss eees jaaa wiiissen. Eeer wiiill iirgendeiiin Puuusseeel haaabeen.", sagte einer der beiden. Sein Kumpan brummte nur zustimmend. Aber Burmann wurde jetzt klar, warum er sich beobachtet gefühlt hatte. Der Zet! Wie war das noch? Ja, er konnte jede beliebige Gestalt annehmen. Auch die von Bäumen. Burmann begann sich zu wehren. Er versuchte, seine Arme frei zu bekommen. Plötzlich fühlte Burmann einen Schlag auf den Hinterkopf. Als er wieder erwachte, lag er im Dunkeln und Xinusia strich über seinen Kopf.

59. Kapitel, in dem Bansein alle mobilisiert und in den Kampf zieht

Als Bansein am Morgen seine Tafel umgefallen fand, verfluchte er seine Unachtsamkeit. Warum hatte er die Tafel nicht in etwas größerem Abstand oder wenigstens fester aufgestellt? In seinen bewegten Träumen musste er das Schild umgestoßen haben. Aber jetzt war es zu spät. Gespannt schaute er in den Tautropfenverdichter. Was er sah, gefiel ihm nicht. Jetzt war auch noch Burmann bei Xinusia und es war genau so wenig zu erkennen wie am Vortag. Eine Chance, seinen Neffen zu benachrichtigen, war zunichte. Umso wichtiger war es, zu helfen.

Es war Zeit, dem Geschehen die eigene Note aufzudrücken. Er wollte nicht warten, bis die Herben ins Innere des Winzgebietes vordrangen. Mit den Flowen stand er über Pipelt mittels Orgonen in Verbindung. Auch sie würden sich aufmachen.

Die Dra waren ebenfalls bereit, sich in den Kampf zu begeben. Sollte sich ihr Schicksal erfüllen und sie gingen bei einer Begegnung mit den Chen unter, dann würde es eben so sein. Die Dra hatten auch kein gutes Gefühl dabei, dass sie sich des Schreins entledigt hatten, und der nun in den Händen des Zet war. Vielleicht wäre er bei ihnen doch sicherer gewesen.

Die meisten Schwierigkeiten hatte Bansein dabei, seine eigenen Leute zum Kampf zu bewegen. Er musste sie erst einmal finden.

Das war jetzt seine Aufgabe. Summa bekam den Auftrag, den Daheimgebliebenen alle Informationen zu geben und alles in Bereitschaft zu halten. Wenn es Neuigkeiten geben, vor allem wenn Koman auftauchen sollte, war sie die Verbindung. Sie würde es wie Burmann machen, die Nachricht auf eine Tafel schreiben und sich umhängen. Bansein versprach, alle paar Stunden nach ihr zu sehen, so wie er es auch mit Xinusia und Burmann machte, von denen er allerdings nichts Neues erspähen konnte.

Mit Hilfe des Tautropfenverdichters spürte Bansein die Ansammlung von Wooden im Wald recht schnell auf und folgte ihnen. Nun galt es, sie zu überzeugen.

Der erste Weg führte ihn zu Bedun. Der war hocherfreut, Bansein zu sehen. Er schätzte ihn über alle Maßen und fühlte sich, wenn sein Obermagier anwesend war, um einiges sicherer. Als dieser aber mit seinem Vorhaben heraus kam, veränderte sich die Miene des Woodenältesten. „Nein", sagte er, „wir haben nicht unser zu Hause verlassen, um uns dann doch in Gefahr zu begeben. Du hast uns doch losgeschickt. Wir sollten uns in Sicherheit bringen. Koman hat gesagt ..."

„Ich weiß!", sagte Bansein ungehalten. „Er hat gelogen. Ich hätte euch nicht weggeschickt und unser Volk getrennt. Koman hat uns an den Zet verraten. Die Gefahr ist näher als vorher."

Bedun sah bestürzt drein. Dennoch antwortete er: „Aber hier sind wir doch in Sicherheit. Es ist alles still."

Bansein hatte dies schon vorausgesehen und er antwortete ruhig: „Bedun, das trügt! Sieh hier in den Tautropfenverdichter! Wähle irgendeine Grenzregion und schau dir an, was los ist!" Damit ließ er die Tautropfenfläche entstehen, die in blaugrünen Tönen schimmerte. „Hier, fangen wir mit Wadenseins Dorf an!" Es zeigte sich eine Einöde, die Häuser waren niedergebrannt. Nicht ein einziger Woode war zu sehen. „Zeig mir Wiesenfeld!", sagte nun Bedun. Auch hier sah es nicht anders aus. Nur lagen Leichen herum. „Graubach!" Dasselbe. „Hügelherz!" Dasselbe. Mit leiser, fast zitternder Stimme forderte Bedun, sein eigenes Heimatdorf zu sehen. Es lag ein wenig waldeinwärts. Hier, in Stammesdick, war etwas Neues zu sehen. Herben standen auf dem Dorfplatz herum. Einige kamen aus den Hütten und trugen Dinge mit sich. Töpfe, Stoffe, Obst ... kurz, sie plünderten. Anscheinend waren die Bewohner fort. Doch plötzlich sahen die beiden auf der Fläche Wooden auftauchen. Sie waren bewaffnet. Mit Hacken, Knüppeln und Bögen gingen sie auf die erschrockenen Herben los. Diese waren völlig überrumpelt und auch ohne die Töne hören zu können, erkannten Bansein und Bedun, dass es wohl das erste Mal war, dass diese Herben auf Widerstand stießen. Als plötzlich auch noch brennende Bälle auf sie niederregneten, machten die Herben kehrt und rannten davon. Bansein war sehr erfreut, als er in dem einen der Feuerwerfer Purga erkannte und da war auch Ozola mitten zwischen den Bogenschützen. Ein zweiter Magier, den Bansein nur einmal vor geraumer Zeit auf einem Magierfest gesehen hatte, stand neben Purga. Beide sahen erschöpft, aber sehr zufrieden aus.

Einen besseren Ort hätte Bedun gar nicht auswählen können. Nicht nur, dass er gerade sein Heimatdorf in Gefahr gesehen hatte, er hatte auch noch gesehen, dass Widerstand durchaus erfolgreich sein konnte.

Bansein konnte es an Beduns Gesichtsausdruck sehen, er war nicht mehr so sicher, dass Weglaufen das Beste war. „Meinst du wirklich, wir sind im Wald auf der Flucht sicher?", fragte Bansein nun. „Nein, du hast wohl recht. Wenn wir nichts tun, verjagen sie uns ganz und gar. Wer weiß, was sie mit denen tun, die sie in die Hände bekommen! Und meine Leute zu Hause haben es den Herben ja auch tüchtig gegeben", erwiderte der Älteste stolz.

Das war es, worauf Bansein gehofft hatte. Bedun konnte, wenn er wollte, sehr überzeugend sein. Er war nicht umsonst Oberhaupt der Wooden. Und jetzt wollte er überzeugend sein. Das gelang ihm umso besser, als er den Obermagier neben sich hatte und Koman, der die Angst ja geschürt hatte, nicht anwesend war. Bedun beschrieb den Wooden wortreich, was er mit Hilfe von Bansein in seinem Heimatdorf und den anderen Grenzdörfern gesehen hatte und durch welche Heldentaten die Herben verjagt worden waren. Das bewies, dass Flucht nicht die beste Option war. Nun hielt er eine flammende Rede, die zum Kampf aufrief und Sieg prophezeite. Er begann sogar Hass gegen die Herben, aber auch Koman zu schüren. Es war vielleicht nicht gut gewesen, Bedun über die Umstände aufzuklären, unter denen der Schrein in Usurs Hände geraten war. Koman hatte den Verlust des Schreins ganz anders dargestellt. Er hatte von Drohungen erzählt und dass er den Schrein übergeben musste, weil der Zet sonst alle vernichtet hätte.

Von seinen Hoffnungen auf eine spätere Begünstigung durch den Zet hatte er natürlich nichts erwähnt.

Trotz allem war es Bansein nicht recht, dass hier die Gemüter so aufgewühlt wurden und er nahm sich vor, die Wooden vor einer Begegnung mit dem Feind noch einmal zur Besonnenheit aufzurufen.

Wie viel das helfen würde, konnte er nicht einschätzen. Jetzt jedenfalls war auf vielen Gesichtern Entschlossenheit bis zum Fanatismus zu sehen. Die Wooden würden ihrem Oberhaupt folgen. Es entstanden Gewimmel und Geschäftigkeit.

Man packte die Sachen zusammen, prüfte Waffen und legte Proviant zurecht.

Alle, die nicht kämpfen konnten, machten sich auf den Weg zurück nach Waldstadt. Von hier aus war die Kampfregion noch weit genug fort. Bansein gab einen Brief für Summa mit, in dem klare Anweisungen standen, falls sich irgendetwas verändern sollte, auch, wie sie ihn im Notfall erreichen konnte. Pumpur, der Dra, hatte sich auf seine Bitte nach Waldstadt begeben und würde binnen Kurzem dort eintreffen. Es war vorgesehen, dass er Bansein mittels der Orgonen von Zeit zu Zeit über die Geschehnisse unterrichtete. Summa hatte auch den Auftrag, ein Auge auf Koman zu behalten und Pumpur darüber zu berichten.

Alle anderen zogen Richtung Grenze, wo sich Bansein über die Orgonenbotschafter mit Purga, Ozola und allen, die mit ihnen kämpfen wollten, verabredet hatte. Von den anderen Seiten zogen derweil die Flowen und die Dra heran.

60. Kapitel, in dem Burmann und Xinusia Pläne schmieden

Burmann war also in Xinusias Armen erwacht, der Kopf schmerzte und er konnte keinen klaren Gedanken fassen. Um ihn herum lag alles im Halbdunkel und er wusste nun, warum er Xinusia nur schemenhaft im Tautropfenverdichter hatte sehen können.

Er rappelte sich auf und fragte: „Was ist passiert? Ist man dir auf die Schliche gekommen?"

Xinusia versuchte heiter zu klingen: „Was ist, bekomme ich keinen Kuss?"

Burmann sah sie verständnislos an. Wie konnte sie jetzt so ruhig sein? Dann wurde ihm klar, dass sie das keineswegs war. Sie musste sich selber einreden, es sei alles nicht weiter schlimm, um denken zu können.

Dass man Burmann zu ihr gesperrt hatte, hatte sie mehr erschreckt, als dass sie sich gefreut hätte. Ihre Hoffnung auf Rettung wurde immer kleiner.

Sie schluckte. „Naja, ist wohl nicht die richtige Zeit. Es sieht nicht gut aus. Wir haben nichts in der Hand, was uns weiterbringen kann. Und, ich weiß nicht wie, Usur hat den Schrein!"

„Verdammt, das war es, was auf Banseins Tafel stand!", murmelte Burmann

„Was?", fragte Xinusia.

„Nicht so wichtig. Bansein wollte es mir mitteilen, aber es hat nicht geklappt. Schade. Was machen wir jetzt?"

„Ich habe keine Ahnung, gehen wir doch erst einmal durch, was wir wissen. Du erzählst, was du erfahren hast und ich dir, was hier passiert ist. Dann sehen wir weiter."

Beide hatten sich eine Menge zu erzählen. Im Anschluss war klar: Ihre Lage war schlecht, aber es war noch nicht alles verloren. Das Puzzle war nicht in Usurs Händen und ohne es konnte auch der Schrein nicht benutzt werden. Sie hatten allerdings auch keine Möglichkeit Bansein oder irgendwen anders zu benachrichtigen. Der Tautropfenverdichter lag ebenfalls in der Höhle der Waldhunde. Sie mussten hier irgendwie weg. Das stand fest. Nun musste ein Weg gefunden werden. Es gab ein Wort das andere und plötzlich war alles gar nicht mehr so aussichtslos. Gemeinsam würden sie es schaffen.

Die erste Idee kam von Xinusia, die sich von Burmanns Verwandlung sehr beeindruckt gezeigt hatte. „Unsere Flucht sollten wir ebenfalls verwandelt wagen. Wenn wir erst an den Wachen vorbei sind, wird keiner mehr Verdacht schöpfen."

„Gut, und wie kommen wir an den Wachen vorbei? Man müsste sie betäuben. Aber wie? Und eine Ablenkung wäre auch nicht von Nachteil."

Dazu hatte Xinusia ebenfalls eine Idee. Sie würde Blasius rufen und ihm einen Text mitgeben, den er den Waldhunden wiedergeben sollte, die dann für die Ablenkung sorgen würden. Die einzige Schwäche bestand darin, dass Xinusia nicht sicher sein konnte, wann die Nachricht bei den Waldhunden anlangen würde. Immerhin wusste der Vogel den Weg. Er hatte Xinusia, als sie sich noch frei bewegen konnte, mehrmals zu den Waldhunden begleitet und war auch, seit die beiden sich gefunden hatten, nicht mehr eifersüchtig. Im Gegenteil, er schien Freundschaft mit ihnen schließen zu wollen. Anscheinend war er auch ohne seine Herrin einige Male bei den Waldhunden gewesen. Das hatte sie einigen „Waldhundflüstereien" entnommen, die Blasius in seinen Nachplappereien wiedergegeben hatte. Daher wusste Xinusia auch, dass Bomsel sehr bald ihre Jungen bekommen würde. Zu jedem anderen Zeitpunkt wäre Burmann sicher sehr berührt gewesen. Jetzt nahm er diese Nachricht eher nebenbei und ohne Kommentar auf. Sie mussten sich jetzt auf wichtigere Dinge konzentrieren. Es war auch nicht sicher, dass die Tiere die richtige Nachricht aus Blasius' Geplapper heraushören und auch verstehen würden. Die Sache mit der Ablenkung stand also auf nicht sehr festen Füßen. Sie wollten es aber dennoch versuchen. Also überlegten sie sich einen kurzen, prägnanten Text für das Vorhaben. Xinusia stieß einen Pfiff aus und einige Zeit später flatterte der Vogel durch das kleine Fenster

herein. Er brachte in seinem Trompetenschnabel einige Wasser-
beeren mit, die Xinusia mit Burmann teilte. Sie sättigten nicht
besonders, stillten aber etwas den Durst.

Während die beiden noch auf den weitgehend geschmacklosen
Beeren kauten, plapperte Blasius im Dialekt der Herben vor sich
hin. Die Magier horchten auf, als sie folgenden Satz hörten:
„schooon iiin deer Nääähee deeer Greenzee. Wiinzee weehhren
siich. Grruuuppeenhaaauptmaann Ooodert haatte eiine Niiieder-
laage. Keiiine Beuute!"

Das war eine gute Nachricht! Leider schien der Vogel nur kurz
verweilt zu haben, denn danach kamen wieder andere Stimmen, die
von den üblichen Vergnügungen und der Hoffnung auf Beute
sprachen.

Nun wiederholten die beiden Magier mehrmals, auch abwechselnd, damit beide Waldhunde die Stimmen ihrer Herren
erkennen konnten, den Text, den Blasius überbringen sollte, und
alsbald flog der Vogel wieder fort.

61. Kapitel, in dem die Wooden auf dem Weg ins Herbengebiet sind

Die Wooden waren inzwischen schon weit vorgedrungen und
um viele Mitstreiter angewachsen. Denn immer wieder trafen sie
auf ihrem Weg auf Flüchtlinge aus den Grenzregionen, die sich
ihnen nun anschlossen.

An den Rastplätzen blieben sie meist zwei Nächte und einen
Tag, den sie vor allem für Kampfübungen, aber auch zur Strategie-
planung nutzten. Glücklicherweise waren ja rechtzeitig Boten in
alle Regionen geschickt worden, die für eine Vorbereitung gesorgt
hatten. Überall hatten sich Kämpfer gefunden, die die erwachsenen
Wooden im Kampf unterrichteten. So wurde aus dem anfangs recht
ungeordneten Haufen unter Führung Beduns und der Kämpfer eine
passable Truppe, die sich durchaus zu wehren verstand.

Einen Krieg allerdings würden sie nicht gewinnen. Das wussten
alle.

Trotzdem war ein jeder bereit, für die anderen und die Gemeinschaft der Winze einzustehen. Auch die Gewissheit, dass Flowen und Dra ihnen beistehen würden, gab Mut.

So wanderten die Wooden aus dem Inneren des Waldes in Richtung Grenze. Als die ersten Anzeichen von Herben auftauchten, begannen sie vorsichtiger zu werden. Bedun teilte die Menge in kleinere Gruppen auf, die sich unauffällig durch den Wald schlagen konnten. Es wäre nicht gut gewesen, wenn die Herben vorgewarnt würden.

An vorher bezeichneten Treffpunkten wollten die Anführer der Gruppen zusammentreffen und sich über Neuigkeiten austauschen, um dann wieder ihrer eigenen Wege Richtung Grenze zu ziehen.

Banseins Gruppe fand am nächsten Tag als erster mit seinem Trupp eine der verwaisten Woodensiedlungen. Es schien hier aber kein Kampf stattgefunden zu haben. Jedenfalls waren weder Leichen noch Blut zu finden. Allerdings waren die Hütten fast vollständig zerstört. In keiner fanden sich mehr irgendwelche Wertsachen, Möbel waren zerhackt und zertreten, Decken zerfetzt und Geschirr zerschlagen. Eine umgestoßene Wiege lag in einem der Häuser. Jemand hatte die Seite eingetreten. Hier hatte wohl ein enttäuschter Herbentrupp gehaust, der weder Beute machen noch ihr Mütchen in Gewalttaten kühlen konnte. So musste dran glauben, was noch übrig war.

Bansein fand seine Annahme bestätigt, dass es nur die äußersten Siedlungen unvorbereitet getroffen hatte. Die Wooden, die etwas tiefer im Wald lebten, waren von den anderen gewarnt worden und hatten Leben und Wertgegenstände gerettet. Irgendwo in der Umgebung mussten sie noch sein. Bestimmt würden auch sie sich ihnen anschließen.

Beduns Trupp war tatsächlich auf weitere Flüchtlinge gestoßen und es war ihm eine besondere Freude, als er erkannte, dass es Leute aus seinem Heimatdorf waren, die auf der Jagd waren. Allerdings hatte sich die Gruppe um Purga und Ozola samt den Einwohnern der Grenzsiedlung wieder in den Wald zurückgezogen.

War der Standort am Waldrand in Friedenszeiten für den Handel mit den Herben auch sehr vorteilhaft, so lag die Siedlung doch jetzt viel zu ungeschützt und hätte einem neuen Angriff wohl nicht noch einmal trotzen können. Der Überraschungseffekt war allerdings vorüber. Die Herben mussten jetzt auf Gegenwehr eingestellt sein.

62. Kapitel, in dem Xinusia ihr Schweigen bricht

Ein weiterer Teil des Fluchtplans der beiden Jungmagier bestand im Brauen eines Tees aus Falscher Milde. Das war insofern schwer, als den beiden ja die Zutaten fehlten. Aber Xinusia hatte schon einmal über eine große Entfernung Kräuter zu sich geholt. Warum sollte das nicht auch jetzt wieder gehen? Falsche Mildenblüten hatte so ziemlich jeder Magier oder Heiler in seinem Bestand. Allerdings kochten diese aus den bekannten Gründen selten Tee daraus. Der Sud beziehungsweise ein Pulver aus getrockneten Blüten half, zu Salbe verarbeitet, beim Heilen von Knochenbrüchen.

Das Beschaffen musste aber nachts geschehen. Denn Xinusia konnte Aufsehen durch herum schwebende Kräuter nicht gebrauchen. Also mussten sie sich gedulden.

Außerdem musste noch ein sehr profanes Problem gelöst werden. Sie mussten Wasser und auch etwas zu Essen bekommen. Xinusia allein hatten die Beeren und ein paar Stücke Brot, die Blasius gebracht hatte, gereicht. Aber für sie beide war es dann doch zu wenig. Und die Herben dachten nicht daran, ihnen zu essen zu bringen. Langsam war es ihnen allerdings unheimlich, dass die Magierin keinen Hunger zu haben schien. Das musste eine ihrer magischen Fähigkeiten sein. So mancher schaute mit Respekt auf das Gefängnis. Wer weiß, wessen diese kleine Frau noch mächtig war. Und jetzt auch noch dieser Mann, der seine Gestalt verändern konnte!

Burmann war noch gar nicht verhört worden. Das lag allerdings nicht daran, dass der Große Graan das nicht wollte, sondern daran, dass Usur es untersagt hatte.

An Xinusia hatte der Zet kein Interesse mehr. Burmann aber stand mit dem Puzzle in Verbindung. Vielleicht brauchte er ihn noch.

So entschloss sich Xinusia ihren Stolz aufzugeben und mit dem Großen Graan zu reden. Sie besprachen, was sie sagen sollte. Hoffentlich gab es dann etwas zu essen! Damit würden sie allerdings etwas an Respekt einbüßen.

Xinusia rief den Wachhabenden heran, der sich eher scheu näherte. „Sage dem Großen Graan, dass ich bereit bin, mit ihm zu reden!"

Der Herbe nickte und entfernte sich. Kurz darauf wurde sie vor den Anführer gebracht. Er schien sehr neugierig zu sein.

Xinusia betrat das Zelt. Graan saß wie immer auf seinem erhöhten Stuhl. Vor ihm stand auf einem kleinen Tisch eine Schale mit Obst und Honigkuchen.

Jetzt spürte die Jungmagierin doch, dass sie seit Tagen so gut wie nichts gegessen hatte. Ihr Magen knurrte laut und das Wasser lief ihr im Mund zusammen, aber sie sagte nichts.

Der Große Graan machte den Anfang. Grinsend sagte er: „Wieeee iich höööre haast duu dooch Huungeer! Maaagieeer müüüsseen aaalsoo auuch eesseeen uund triinkeen." Mit unfreiwilliger Anerkennung in der Stimme fügte er hinzu: „Ees haat aaabeer auuuch laangee geenuug geedauueert!"

Xinusia war versucht, zu antworten, sie könne das auch länger, schluckte diese Bemerkung aber zum Glück herunter und schwieg weiter.

„Koomm heer! Seeetz diich! Niimm diir eiin Stüück!" Graan wies auf die Schale.

Xinusia griff nach einer Traube Beeren und begann betont langsam zu kauen. Ihre Beherrschung beeindruckte den Graan und er ließ sie erst einmal essen.

Dann fragte er: „Nuun waaas iiist miit diir loos? Waaruuum woollteest duu fooort zuu deen Wiiinzeeen?"

Xinusia war auf Fragen zum Schrein gefasst gewesen. Aber anscheinend hatte der Zet den Großen Graan nur über ihre Absicht, zu den Winzen zu gehen, unterrichtet. Von allem anderen wusste er nichts. Dies alles erfasste sie schnell und antwortete: „Großer Graan, es ist schade, dass du mich nicht machen lassen hast. Mein Plan war, zu den Winzen zu gehen und von innen heraus die Magier unschädlich zu machen. Jetzt ist es leider zu spät. Sie wissen nun von mir und dass ich bei euch bin." Vielleicht war der Graan ja tatsächlich dumm genug und ließ sie jetzt frei. Aber nein, so einfach war es dann doch nicht. Graan schwankte wirklich kurz, ob er ihr glauben sollte. Aber dann siegte sein Misstrauen. „Weeshaalb soollte iiich diir glauuubeen? Uund üüübeerhauupt, waaruuum haast duu niicht miit miir geereeedeet, aals wiir diich fiingeen?"

Xinusia setzte sich aufrecht hin: „Ich war wütend, dass Ihr mir meinen Plan vereitelt habt. Und dann auch noch auf diese unwürdige Weise!"

Graan grinste wieder: „Daas maag aallees seiin. Aabeer iich trauue diiir niicht. Duu ggeehst zuurüück iin daas Geefäängniis. Spääteer seeheen wiir weiiter! Saag miir, waas duu üüber deen aandeereen weiißt!"

Darauf war Xinusia vorbereitet. Sie tischte dem Graan auf, den Winz, der anscheinend auch über magische Fähigkeiten verfügte, das ließ sich nun einmal nicht leugnen, vorher nicht gekannt zu haben. Über seine Vorhaben wisse sie nichts. Er scheine sich nach dem Schlag auf den Kopf auch an wenig zu erinnern.

Xinusia wurde in das Erdloch zurückgebracht. Allerdings mit einem Korb voll guter Speisen und Wasser!

63. Kapitel, in dem Bomsel und Stratasal Blasius' Botschaft erhalten

Während Xinusia und Burmann an ihrem Fluchtplan feilten, achteten die beiden Waldhunde auf das Puzzle. Es war ihnen nicht klar, was sie da hüteten, aber ihre Winze hatten es ihnen aufgetragen, also taten sie es. Und sie taten es gewissenhaft. Kurz nachdem die beiden Magier die Höhle verlassen hatten, tauchte in der Gegend ein Scharfschnabel auf. Normalerweise hatten Waldhunde vor diesen Tieren keine Angst, aber Bomsel erwartete Junge und Scharfschnäbel nahmen gerne Jungtiere als Mahlzeit. Abgesehen davon hatte Bomsel ihr Abenteuer im Nest eines solchen Exemplars nicht in guter Erinnerung, auch wenn sie jetzt viel größer und stärker war und kein Scharfschnabel sie mehr entführen könnte. Deshalb waren die beiden Waldhunde besonders wachsam und achteten auf jeden Flügelschlag. Sie hofften, dass der Vogel die Gegend wieder verlassen würde. Er tauchte aber immer wieder und sehr nahe der Höhle auf.

Eines Tages war Stratasal auf Jagd, während Bomsel sich ausruhte. Sie lag in ihrer Behausung und schnarchte. Ein paar Meter weiter lag das Puzzle.

Da ließ sich der Scharfschnabel in der Nähe der Höhle nieder und bewegte sich schnurstracks auf den Eingang zu, als hätte er ein bestimmtes Ziel. Er hüpfte hinein und stutzte, als er den Waldhund sah, dann aber begab er sich auf die Ecke zu, in der das Puzzle lag. Ganz untypisch für ein solches Tier schlich es geradezu.

Aber Bomsels Nase war auch im Schlaf für fremde Gerüche empfänglich. Die Waldhündin erwachte und gewahrte das fremde Wesen in ihrer Nähe. Sofort sprang sie auf, heulte laut und fletschte die Zähne. Sie war etwas schwerfälliger mit ihrem dicken Leib, aber der Vogel ließ von seiner Richtung ab und wendete sich Bomsel zu. Er schien zu überlegen, ob er gegen die Waldhündin kämpfen sollte, doch dann ertönte das Heulen Stratasals, der heranstürmte. Er hatte Bomsel gehört, war sofort zur Höhle zurückgelaufen und kam gerade an, als der Scharfschnabel dann doch lieber das Weite suchte.

Kurz darauf kam anderer gefiederter Besuch, ein wesentlich lieber gesehener. Es war Blasius. Er ließ sich nieder und begann sofort, vor sich hinzuplappern. Normalerweise achteten die Waldhunde darauf gar nicht, aber dieses Mal ertönten plötzlich zwischendurch Xinusias und Burmanns Stimmen im Waldhunddialekt. Immer wieder sagten sie das Gleiche: „Bomsel, Stratasal, wenn ihr das hört, kommt zur Herbensiedlung. Tut, als ob ihr angreift, dann lauft wieder weg. Lasst vorher euer Heulen hören. Wir müssen wissen, ob ihr da seid."

Sofort begaben sich die beiden Waldhunde zur Siedlung. Sie erhoben ein Geheul wie ein ganzes Rudel. Allerdings hielt sich Bomsel beim Angriff zurück, eine schnelle Flucht hätte ihr nicht gut getan. Als die beiden in die Höhle zurückkamen, war das Puzzle nicht mehr da. Eine Scharfschnabelfeder hing im Gebüsch vor der Höhle.

64. Kapitel, in dem die Magier fliehen

Als Xinusia und Burmann das Geheul der Waldhunde hörten, waren sie bereit.

Da sie nicht wussten, ob ihre Nachricht die Tiere erreichen würde, hatten sie einen zweiten Plan, der parallel ausgeführt wurde. Die Blüten der Falschen Milde waren herbeigeschafft und ein Tee daraus gekocht, dieses Mal etwas stärker als beim letzten Mal. Es würde nicht nur Übelkeit, sondern ordentliche Magenschmerzen geben. Für die beiden Magier war es nicht schwer, das Wasser zum Kochen zu bringen. Beschwörungen dieser Art gehörten zur Grundausbildung. Das entstandene Getränk duftete sehr verführerisch. Wie vorausgesehen, konnten die Wächter nicht widerstehen und ließen sich etwas davon in ihre Becher füllen. Der Tee schmeckte so gut, wie er roch, aber alsbald wurde ihnen schlecht, sie wanden sich unter Magenbeschwerden. Fast taten die zwei Herben Xinusia und Burmann leid. Wie erhofft, ahnten die beiden, woher ihre Magenschmerzen kamen. Entschlossen sich zu rächen, öffneten sie die Gefängnistür. Aber sie konnten sich nicht auf die Magier stürzen, denn plötzlich wurden sie von heftigem Schluckauf überrascht. Gleich darauf fielen sie um und schliefen ein. Xinusia und Burmann traten hinaus. In dem Moment ertönte das Geheul der Waldhunde und alle Aufmerksamkeit der Herben richtete sich darauf. Die beiden Magier brauchten nicht einmal ihren Verwandlungszauber anzuwenden. Sie konnten einfach aus dem Lager schleichen. Fast ausgelassen machten sie sich zu Bomsel und Stratasal auf.

Bei der Höhle der Waldhunde angekommen, erwartete die beiden die bestürzende Tatsache, dass das Puzzle verschwunden war. Burmann musste nicht lange überlegen. Mit dem Wissen über die Zet war ihm schnell klar, dass der Scharfschnabel nur Usur gewesen sein konnte, der jetzt im Besitz der beiden magischen Dinge war. Was nun geschehen würde, daran mochten die jungen Magier nicht denken. Und doch mussten sie es herausbekommen! Bansein musste informiert werden.

Es blieb nur eine Möglichkeit. Einer der beiden musste zurück ins Herbenlager, denn wenn überhaupt, konnten sie nur hier auf Usur treffen und beobachten, was passierte.

Burmann wollte zurückkehren, aber Xinusia hielt dem entgegen, dass sie den Zet besser kenne. Immerhin hatte sie ihn mehrmals gesehen und auch mit ihm gesprochen. Außerdem konnte sie über Blasius am ehesten Nachrichten senden. Und das war das eigentliche Ziel der Aktion. Dass sie gefährlich war, konnte nicht geleugnet werden. Auch Erfolg war nicht sicher. Es konnte auch sein, dass Usur gar nicht mehr zu den Herben zurückkehren würde, denn er hatte ja jetzt, was er wollte. Für diesen Fall musste jemand mit Bansein und Pipelt in Kontakt treten.

Nach längerer Streiterei entschieden sie sich letztlich dafür, dass Xinusia zurückkehren sollte.

Burmann war damit nicht zufrieden, aber es gab keine bessere Lösung, das musste er einsehen.

Und so machte sich Xinusia schweren Herzens auf den Rückweg in das Herbenlager. Sie hatte eigentlich vorgehabt, sich zu verstecken und aus einer sicheren Distanz ihre Beobachtungen anzustellen. Aber sie wurde schon weit vor dem Lager erwartet und sofort wieder in das Erdloch gesperrt. Es war offenkundig, dass der Zet den Herben Hinweise gegeben hatte. Die Wachen vor dem Gefängnis machten ihrem Titel keine Ehre. Der Tiefschlaf durch den verabreichten Tee wirkte noch. Sie lagen noch immer am Eingang zu dem Verlies. Das Aufwachen würde für sie wenig angenehm sein, ebenso wie das, was sie von Seiten des Großen Graan erwartete.

Burmann bereitete unterdessen eine Nachricht für Bansein vor. Sollte er von Xinusia erfahren, dass der Zet nicht in der Nähe war, würde er sich auf den Weg zu seinem Onkel machen. Bis dahin aber war es wichtig, dass die anderen Winze erfuhren, wie die Dinge standen. Der altbewährte Tautropfenverdichter und ein großes Pergament mussten erneut herhalten.

65. Kapitel, in dem die Dra auf die Chen treffen

Bansein wurde blass, als er Burmann mit dem Schreiben zu den aktuellen Geschehnissen im Tautropfenverdichter zu Gesicht bekam.

Es wurde Zeit zu handeln. Xinusia musste unterstützt werden. Der Zet musste aufgehalten werden, was immer er auch vorhatte.

Das hieß, die Winzgruppe konnte nicht weiter auf Umwegen ziehen, sondern musste den direkten Weg durch die Chenwüste nehmen. Dafür bauchten sie die Unterstützung der Dra.

Also schickte Bansein einen Orgonen zu ihnen. Burmann bekam Anweisung abzuwarten und gegebenenfalls Xinusia zu helfen.

Kurze Zeit später kündigte sich das Herannahen der Dra durch den Wind an. Er trug die typische Duftnote mit sich.

Das Dra-Lager wurde wohlweislich an den Rand des Woodenlagers gelegt. Die Dra waren damit sehr einverstanden, da sie gerne unter sich blieben und freies Land um sich hatten. Allerdings verzichteten sie darauf, einen Unsichtbarkeitszauber über das Lager zu legen, da dies die Zusammenarbeit sehr erschwert hätte.

Botschafterin der Wooden war Purga, die ja den Dra schon gut bekannt war, und wenn ein Dra in das Woodenlager kam, dann war es Negrüjsnah. Pumpur war in Waldstadt geblieben, wo er nach dem Rechten sah.

Hier war alles unverändert. Dass Koman nicht nach Waldstadt zurückgekehrt war, kümmerte kaum jemanden. Niemand wollte sich mit dem Verräter abgeben. Pumpur schickte allerdings sofort Orgonen zu Bansein, Pipelt und Purga.

Da Koman aber weder bei den einen noch den anderen auftauchte, nahmen alle an, dass er als Einzelgänger unterwegs war.

Versuche, ihn im Tautropfenverdichter zu erspähen, schlugen, wie früher schon, fehl. Schließlich war auch er ein Magier. Und die Kunst, sich vor Kundschaftern zu schützen, beherrschte er gut.

Im Dra-Wooden-Lager gab es nur eine kurze Lagebesprechung. Es war klar, dass der Weg durch die Chenwüste führte und die Dra wahrscheinlich ihrem Schicksal gegenübertreten würden. Nur sie konnten dafür sorgen, dass die Wooden einigermaßen unbeschadet durch das Gebiet kamen. Das hieß aber auch, dass es zu einer Begegnung der Dra und der Chen kommen konnte.

Aber vielleicht hielt die Chen auch die Angst vor der Prophezeiung von einem Angriff ab. Sie galt ja nur bei einer direkten Begegnung der beiden Stämme. Dies ließ sich vielleicht auch vermeiden.

Diese schwache Hoffnung hegten die Wooden wie die Dra.

Am Morgen nach der Besprechung machten sich die beiden Völker auf. Die Dra sollten sich um die Wooden herum gruppieren. Dass eine solche Masse unbemerkt durch das Gebiet der Chen käme, war sowieso nicht möglich. Also trat man die Flucht nach vorn an und machte so viel Lärm wie möglich. Die Chen sollten die Möglichkeit haben, sich zu verstecken.

Unter den Wooden hatte Purga einige Schlucke der Erzinien-tinktur verteilt, deren Herstellung sie von Asta gelernt hatte. So konnten die Wooden den Geruch ihrer Beschützer ertragen.

Die Sonne hatte sich gerade voll über den Horizont erhoben, als die Chen-Wüste in Sicht kam. In den roten Strahlen erschien die Wüste mit ihren schroffen Felsen noch blutiger und gefährlicher und so mancher Winz hätte jetzt gerne den Rückzug angetreten.

Aber immerhin war kein Chen zu sehen. Sie schienen das Gebrüll, das sich erhoben hatte, gehört zu haben. Vielleicht stieg ihnen auch der Geruch ihrer Feinde in die Nasen. Die Rechnung schien aufzugehen. Die Angst vor der Prophezeiung hielt die Chen vom Angriff ab.

Dies ging eine Weile gut. Die Menge hatte sich schon weit in die Wüste begeben, als ein Wind aufkam, der, als er die Winze und die Dra erreicht hatte, zu wirbeln begann und sich plötzlich von dort aus in alle Richtungen verteilte. Bansein und die anderen Magier konnten sich nicht erinnern, schon einmal von einem solchen Phänomen gehört zu haben. Aber vielleicht war es etwas, das es nur hier in der Chen-Wüste gab. Der Wind trug den Geruch der Dra in alle Winkel der Wüste. Und plötzlich, wie von Schnüren gezogen, erschienen hinter den Felsen, aus Erdlöchern und weit hinten in der Ebene Chen, die sich näherten. Die Dra hörten auf zu brüllen. Alle standen still. Es war klar, ein Kampf war unaus-weichlich. Der Kreis der Chen zog sich zusammen. Es war merkwürdig, diese Wesen anzusehen, die klein, aber wunderschön, wenn auch gefährlich wirkend, fast widerstrebend auf sie zukamen.

Sie stemmten die Vordertatzen in den Boden und wurden von den Hintertatzen weitergeschoben. Ja, genau so sah es aus.

Die Wooden drängten sich in der Mitte zusammen und hofften, die Dra mit ihrer Größe und Stärke würden der Beweglichkeit und Schläue der Chen standhalten.

Doch der schützende Kreis um sie lockerte sich plötzlich. Auch die Dra schienen jetzt unter einer Art Trance zu stehen. Langsam, wie auf Rollen, bewegten sie sich auf die Angreifer zu. Dann wurden sie schneller. Auch die Chen beschleunigten. Der Drang zu fliehen schien immer weniger Wirkung zu haben. Stattdessen zog es die Drachenstämme zueinander. War es Blutdurst oder die Prophezeiung, die sich endlich erfüllen wollte? War es alter Hass? Die Wooden machten sich auf ein Gemetzel gefasst. Beide Drachenvölker hatten inzwischen begonnen, Kriegsgeheul auszustoßen. Je näher sie kamen, desto mehr ähnelten die Laute einem Gesang, der zu einer Art Kanon wurde. Die Stimmen fügten sich ineinander und als die Drachen aufeinander trafen, floss kein Blut. Ein jeder hatte einen Gegner für sich. Die Zahl ging auf. Nur ein Chen blieb sitzen, als vor den erstaunten Augen der Wooden die Dra und die Chen paarweise in die Weite der Wüste entschwanden. Dieser eine schlich traurig hinter einen Felsen und blieb dort sitzen, auch als sich die Winze wieder in Bewegung setzten und den Weg durch die Wüste fortsetzten. Sie sprachen alle durcheinander. Keiner wusste, was hier geschehen war. Wenn sich diese Prophezeiung nicht erfüllte, warum sollten dann andere von Bedeutung sein? Warum wollten sie sich in Gefahr begeben nur wegen einer alten Geschichte? Die Herben in den Grenzgebieten konnte man doch auch anders fernhalten. Gegen einen Zet antreten? Warum? Gab es den überhaupt? Wer hatte ihn denn je gesehen? Nur die Magier sprachen davon. Diese Wolke damals hatte alles ausgelöst. Vielleicht war es ja doch nur eine einfache Wolke gewesen. Die Gruppe spaltete sich. Bedun war dafür, in die Grenzregionen zurückzukehren und dort einen Schutz der Grenzdörfer zu organisieren. Ihm schlossen sich fast die Hälfte der Winze an. Die andere Hälfte zog es zurück in ihre Heimatdörfer. Sie wollten ihre Angehörigen aus Waldstadt holen und wieder ein normales Leben führen.

Nur wenige, unter ihnen Purga und Ozola, blieben bei Bansein, der seinen Weg fortsetzen und Xinusia und Burmann beistehen wollte.

66. Kapitel, in dem wir Neues von den Flowen erfahren

Pipelt war während der letzten Wochen durch Orgonen auf dem Laufenden gehalten worden und hatte auch seinerseits Bansein informiert.

Die Herben hatten sich vor allem auf die Woodengebiete beschränkt, die näher an ihrem Gebiet lagen. So waren nur wenige Flowendörfer überhaupt in Berührung mit ihnen geraten und die Magier, die in diesen Regionen zusammengerufen worden waren, hatten die Herben schnell in ihre Schranken verwiesen. Nichtsdestotrotz hielten die Magier sich bereit, den Wooden, wenn nötig, zu Hilfe zu kommen. Pipelt hatte hier die Verantwortung. Pamilia hatte sie ihm übertragen und war recht schnell wieder nach Blütenia zurückgekehrt, wo es um einiges bequemer war als in den Wanderunterkünften auf dem Weg.

So war Pipelt auf sich allein gestellt, als er von den Geschehnissen um das Puzzle und anschließend von der Begegnung der Dra und der Chen erfuhr.

Es war für ihn keine Frage langer Überlegung, seinem Freund zu Hilfe zu eilen. Aber er musste auch für die Sicherheit seiner Dörfer sorgen. So ließ er sie in der Obhut einer größeren Schar Krieger unter der Führung Enkmanns, der schon in den letzten Wochen einige Qualitäten gezeigt hatte, die über die eines einfachen Magiers hinausgingen. Er würde zweifellos einmal ein guter Nachfolger für Pipelt werden.

Bradujat, Sinda, Asta und Pisur gehörten zu der Schar, die sich mit Pipelt auf den Weg zu Bansein machte.

Bald kamen sie in die Woodengebiete. Je weiter sie sich vom Flowenland entfernten, umso stärker konnten sie das Wüten der Herben, das hier stattgefunden hatte, sehen. Verlassene und verwüstete Dörfer, tote Tiere und vereinzelt herumirrende Wooden waren Zeugen dafür. Von letzteren schlossen sich einige seinem Trupp an, die meisten aber zog es zurück in ihre Dörfer oder nach Waldstadt. Die guten Nachrichten schienen die Laune der vertriebenen Wooden zwar zu bessern, den Kampfeswillen aber eher gegenteilig zu beeinflussen.

Herben waren kaum zu sehen, bis auf einmal, als Pipelts Gruppe doch auf eine Horde Herben traf, die gerade von einer Plünderungstour zurückkehrte. Sie war wohl nicht sehr glücklich verlaufen. Der Wagen, den die Herben mit sich führten, war nicht einmal halbvoll. Da kamen ihnen die Winze gerade recht.

Die Gruppe schien sich, als sie die Flowen erspäht hatte, im Gebüsch versteckt zu haben, um sich dann mit Geheul auf einer Lichtung auf die Winze zu stürzen, die vollkommen überrascht wurden. Als erstes trafen sie auf Sinda und Pisur, die die Schar anführten. Sinda kam nicht einmal dazu, einen Zauber auszuführen, als sie auch schon niedergeschlagen wurde. Pisur stieß einen wütenden Schrei aus und stürzte sich auf den Herben, der den Schlag ausgeführt hatte. Auch die anderen hatten inzwischen ihre Waffen gegriffen und wehrten sich. Pipelt und Bradujat jagten den Herben einen Heidenschrecken ein, in dem sie Starrzauber über die einen und Feuerbälle auf die anderen schickten. Die Herben hatten nicht damit gerechnet, dass die Winze mehrere Magier hatten. Ihrer Kampfstrategie folgend, hatten sie angenommen, mit Sinda, die ja ebenfalls das Zeichen der Magiergilde trug, den Zauberer der Schar ausgeschaltet zu haben. Nun standen sie zwei weiteren gegenüber, die nicht überrascht und durchaus wehrhaft waren. Nach langem Kampf war die Übermacht der Herben besiegt und die Hälfte der grobschlächtigen Riesen lag tot auf der Lichtung. Die andere Hälfte, meist verwundet, auf jeden Fall aber in Panik, floh. Der Wagen mit der Beute blieb auf der Lichtung zurück.

Aber auch die Winze hatten Verluste. Sinda und vier andere Flowen waren tot, Pisur schwer verletzt und fünf weitere hatten leichte Verwundungen davongetragen. Alle waren erschöpft. Trotzdem machte sich Asta sofort an die Behandlung der Wunden. Vor allem die Verwundung Pisurs musste versorgt werden. Dass er gar nicht jammerte, sondern still vor sich hin starrte, machte ihr besonders Sorgen. Es musste ernster sein, als es aussah. Pisur hatte einen Stich in der Bauchgegend abbekommen. Der Blutverlust hatte ihn vor allem geschwächt, so dass er immer blasser wurde und für kurze Zeit immer wieder das Bewusstsein verlor.

Asta lehnte ihn an einen Baum und flößte ihm eine Tinktur aus Flokpilzen ein, die ihn stärken und zur Blutbildung beitragen sollte. Er konnte auf keinen Fall transportiert werden und so beschloss Asta, nachdem sie die weniger schwer Verwundeten versorgt hatte, mit Pisur hierzubleiben.

So verlor die Schar der Winze, die sich weiter zu den Herben begab, nicht nur einen weiteren guten Kämpfer, sondern auch die Heilerin.

67. Kapitel, in dem Burmann Xinusia zu Hilfe eilen will und die Erde sich erhebt

Burmann wusste nun Bescheid. Bansein würde zu Hilfe kommen, aber dies konnte noch ein wenig dauern. Außerdem war nicht mehr mit einer sehr großen Schar Helfer zu rechnen. Die Dra fielen aus und auch über die Hälfte der Winze war nicht mehr kampfbereit. Das Zusammentreffen der Dra und Chen hatte sich als sehr ungünstig für ihre Sache erwiesen. Einziger Vorteil war, dass nun auch die Chen nicht gegen die Winze kämpfen würden und die Wüste ohne Probleme zu durchqueren war. Soweit Burmann verstanden hatte, gab es nur noch einen einzigen Chen in der Wüste, jener, der keinen Partner gefunden hatte. Was war nur mit der Prophezeiung? Hatten sie etwas falsch verstanden? Normalerweise gingen solche alten Vorhersagen immer auf irgendeine Weise in Erfüllung. Vielleicht gab es ja noch eine Überraschung.

Das alles half Burmann jetzt aber wenig weiter. Er machte sich Sorgen um Xinusia. Schon kurz nach ihrem Aufbruch kam ihm ihr Plan völlig sinnlos vor. Was sollte sie ausrichten? Auch die Nachrichten, die er über Blasius erhielt, konnten ihn nicht vom Gegenteil überzeugen. Der Vogel plapperte zwischen den Nachrichten Xinusias immer wieder auch das, was die Herben von sich gaben.

Und das war ausnahmsweise sehr viel aufschlussreicher. Xinusia saß anscheinend wieder in ihrem Gefängnis fest und hatte kaum Kontakt zu irgendwem. Die Wachen hatten strikten Befehl, nicht mit ihr zu reden, geschweige etwas von ihr anzunehmen. So dumm dieses Volk auch war, man hatte doch Eins und Eins zusammengezählt und den Zusammenhang zwischen dem duftenden Tee, den die Magierin den Wachen angeboten hatte, und deren anschließendem Unwohlsein hergestellt.

Das einzig Interessante war, dass Xinusia sehr gut verpflegt und nicht weiter belästigt wurde. Dies ließ darauf schließen, dass die Herben oder aber Usur noch etwas mit ihr vorhatten. Und das, was Burmann aus dem Herbengerede entnahm, war nicht geeignet, Burmann in dieser Hinsicht zuversichtlich zu stimmen. Blasius redete von Usur, der seine Macht zeigen wollte. Und davon, dass man Xinusia bereit halten sollte. Es geschehe ihr recht... Was, war aus dem Gerede nicht zu entnehmen.

Und so beschloss Burmann, sich ebenfalls noch einmal ins Herbenlager zu begeben. Bansein informierte er dieses Mal sehr genau. Und auch sein Onkel hielt es für gut, Xinusia etwas Verstärkung zu schicken. Sie würden ebenfalls bald da sein. Bis dahin konnte das eine oder andere vielleicht durch Burmann verhindert oder wenigstens verzögert werden.

Stratasal und Bomsel hatten mit sich zu tun. Es würde nicht mehr lange dauern, bis die Jungen da wären. Stratasal war sehr gut in der Lage, für sie beide zu sorgen.

Burmann nahm seinen Rucksack, untersuchte seinen Inhalt und stieß auf die Flasche Babasarisirup, die Bansein ihm mitgegeben hatte. Die kam ihm gerade recht. Müdigkeit konnte er jetzt nicht brauchen. Er entkorkte die Flasche und nahm einen großen Schluck. Die Flüssigkeit schmeckte sehr süß, hatte aber auch einen kleinen Ansatz von Schärfe. Sofort machte sich die Wirkung bemerkbar. Frische durchströmte Burmanns Körper und sein Kopf fühlte sich plötzlich leicht an. Die Gedanken beschleunigten sich und Burmann hatte das Gefühl, zu schweben, ohne irgendeinen

Zauber angewendet zu haben. Davon hatte Bansein nichts gesagt. Aber es war kein unangenehmes Gefühl und so machte sich Burmann jetzt fast beschwingt auf den Weg.

Gegen Abend war er an Ort und Stelle und nun wurde Burmann klar, was das Gerede meinte. Der junge Magier kam keinen Augenblick zu früh an. Xinusia sollte geopfert werden. Sie saß inmitten eines Kreises von Herben. Vor ihr stand ein riesiger Kerl, ganz klar kein Winz, aber auch kein Herbe. Es musste der Zet sein. Er hielt in der einen Hand das Puzzle, in der anderen den Schrein. Beide leuchteten in einem unheimlichen bläulichen Licht, das die Umgebung erhellte und Xinusias Züge sehen ließ. Sie bewegte sich nicht. Nur etwas schwankte ihr Körper hin und her. Burmann schien es, als sei sie nicht Herr ihrer selbst. In der Hand hielt Xinusia ein Trinkgefäß.

Usur begann mit einer Stimme, die nicht laut, aber zischend und knirschend klang, eine Beschwörung zu sprechen, die er von dem Puzzle abzulesen schien.

Aus dem Schrein ergoss sich ein Bach von Wasser, der von einem unerklärlichen Luftzug wie in einen Ring gepresst wurde, durch den sich plötzlich ein Feuerstrahl wand, der aus dem Puzzle hervorschoss.

‚Jetzt fehlt nur noch Erde', dachte Burmann gerade, als er gewahrte, wie sich um Xinusia herum die Erde anhäufelte und auf sie zu bewegte. Die alte Warnung kam ihm in den Sinn: ‚Wenn die Erde sich erhebt, ist es zu spät.'

Zu spät! Wofür? Was war passiert? Noch nichts. Es würde jetzt passieren und Burmann würde nichts tun können. Er sah in Gedanken, wie Xinusia das Gefäß zum Mund führte. Es würde sie töten. Natürlich. Es ging um Unsterblichkeit. Ein Leben konnte nur gegen ein anderes ausgetauscht werden. Und viele nur gegen viele. Xinusia machte den Anfang. Das alles sah er, kurz bevor es geschah. Auch das musste eine Folge des Babasarisirups sein. Jetzt hob Xinusia tatsächlich das Gefäß. Burmann sprang auf und schrie so laut, er konnte: „Xinusiaaa, trink nicht!" Und gleichzeitig jagte er auf das Zentrum des Herbenkreises zu. Xinusia stutzte. Die geliebte Stimme fand den Weg in ihre benebelten Gedanken. Sie sah auf. Die Zeit genügte, um Burmann zwischen den verdutzten Herben hindurch stürmen und ihr den Trank aus der Hand schlagen zu lassen.

Usur brüllte auf. Die Elemente, die nach einem Opfer lechzten, brodelten. Da holte Usur aus und schlug auf Burmann ein. Dieser Gewalt konnte nichts standhalten. Burmann konnte nicht einmal aufschreien. Er fiel einfach nur um und hauchte sein Leben aus. Xinusia fiel in Ohnmacht.

Der Zet stand aufrecht und ließ die brodelnden Elemente, die sich zu einem Strom vereinten, in seinen Mund fließen. Er hatte jetzt nicht mehr menschliche Gestalt. Er war Berg und Wolke, Welle und Flamme.

68. Kapitel, in dem sich die Dinge überschlagen und ein neuer Hork entsteht

Bansein kam zu spät. Von Weitem sahen er und die seinen die Elemente brodeln. So sehr sie sich beeilten, sie kamen nur noch, um Burmann tot und den Zet in der Verwandlung zu finden. Bansein wurden die Knie schwach. Er hatte immer gewusst, dass er seinen Neffen liebte wie einen Sohn. Aber nun warf ihn dieses Gefühl nieder. Was sollte nun werden? Was hatte noch Sinn? Burmann hatte sich für Xinusia geopfert. Wer würde das für ihn tun? Plötzlich war es klar. Er, Bansein, musste es tun, das war der Sinn, dass er nun hier war. Er würde Usur aufhalten, indem er die Beschwörung unterbrach und zu seiner eigenen machte.

Der Magier schwebte über die Herben hinweg der Mitte zu.

Während all das geschah, saßen die Herben, einschließlich des Großen Graan, wie versteinert da. Sie bewegten sich weder, als die Beschwörung durch Burmann unterbrochen worden, war noch bei der Ankunft der Wooden. Sie starrten nur verängstigt und fassungslos auf das Geschehen. Tief in sich mussten sie das Ungeheuerliche spüren.

Der Magier erhob sich. Noch immer spülten die Elemente durch Usur hindurch, aber sie wurden langsamer. Der Schrein und das Puzzle lagen auf dem Boden. Bansein näherte sich den Gegenständen. Er hob sie auf und kaum waren sie durch seinen Körper verbunden, begannen sie wieder zu leuchten. Das Puzzle zeigte einen Schriftzug und Bansein wollte gerade zu lesen beginnen, als er seinen Denkfehler bemerkte. Wie sollte er sich opfern und gleichzeitig die Beschwörung am Wirken halten? Jetzt wachte Xinusia auf. Noch immer benommen, gewahrte sie Bansein und ein schwaches Lächeln zeigte sich auf ihrem Gesicht, dann fiel ihr Blick auf Burmann und sie schluchzte auf.

Bansein nahm ihre Hände und legte Schrein und Puzzle hinein. Er wusste, Xinusia durchschaute die Dinge im Moment noch nicht. Sie stand noch immer unter Betäubung. Er sagte zu ihr sehr deutlich: „Du musst Burmann retten! Nimm dies und lies laut, was auf dem Puzzle steht!"

Xinusia, die nur verstanden hatte, dass sie Burmann retten konnte, tat wie ihr geheißen. Die Elemente zogen sich plötzlich von Usur zurück. Er zitterte, als sie immer schneller den entgegengesetzten Weg einschlugen und aus seiner Mundöffnung wieder herausströmten. Das Schauspiel begann von Neuem und nun ergriff Bansein einen Dolch und führte ihn auf sein Herz zu.

Purga, die bis eben stocksteif am Rande gestanden hatte, begriff erst jetzt, was er vorhatte. Ihr „NEIN" war über das ganze Feld zu hören. Aber es hielt Bansein nicht auf. Was ihn aufhielt, war etwas ganz anderes. Eine Gestalt drängte sich zu ihm, entriss ihm den Dolch und stach ihn sich selber ins Herz. Bansein stand verblüfft da und schaute auf den vor seinen Augen Sterbenden. Es war Koman. Im Moment blieb aber keine Zeit, sich zu wundern, denn die Elemente wirbelten jetzt in Burmann hinein und ließen den leblosen Körper erbeben. Er leuchtete von innen und die Anwesenden außer Bansein, Purga und Xinusia wandten sich ab. Als das Spektakel zu Ende war, lagen auf dem Boden die Leiche Komans, Burmanns atmender Körper in tiefem Schlaf und daneben ein fassungslos blickender Usur, der versuchte, an die magischen Gegenstände zu gelangen.

Da stand plötzlich eine uralte Gestalt neben ihm, zu der Usur mit Schrecken aufsah. Um ihn herum erschienen unklare Gestalten, halb Tier, halb Naturwesen.

Es waren Zet – die anderen. Die Gestalt in der Mitte war der Hork. Er tat seine letzte Handlung, bevor er endlich sterben konnte. „Usur, du hast Gewalt getan! Damit hast du das Recht verwirkt, zu sein. Wir entziehen dir deine Lebenszeit und geben sie einem neuen Wesen, das meinen Platz einnehmen wird. Ein neuer Hork wird entstehen und ich darf streben." Damit berührten alle Zet gemeinsam Usur und er löste sich auf. Gleichzeitig erhob sich der Körper Komans in die Luft und wurde in die Höhle im Norden getragen. Die Zet hatten einen neuen Hork. Er würde, bis seine Zeit gekommen wäre, alles wissen, alles sehen und nichts ausrichten können, bis auf seine letzte Tat, was immer das sein würde.

Endlich war es ruhig. Bansein war sich bewusst, welchem Schicksal er gerade entronnen war. Sein Neffe war gerettet. Xinusia ebenfalls. Die Gefahr durch den Zet war gebannt. Vor ihnen lagen der Schrein und das Puzzle. Es gab noch etwas zu tun. Die magischen Dinge mussten weg in ihre eigene Welt. Das würde seine Aufgabe sein. Die Zet waren mit dem Hork verschwunden. Sie würden sich nicht noch einmal vor den Winzen zeigen. Burmann erwachte erst Tage später, da er nicht nur sein Todeserlebnis verarbeiten, sondern auch die Nachwirkungen des Babarisirups ausschlafen musste.

69. Kapitel, in dem erzählt wird, was aus den Winzen und den magischen Gegenständen wird und ob sich die Drachenprophezeiung doch noch erfüllt

Was dann geschah, ist schnell erzählt. Die Herben, völlig verschreckt von den Geschehnissen und tief beeindruckt, dass die Winz-Magier Usurs Vorhaben vereitelt und dann auch noch alle übrigen Zet ihnen zur Seite gestanden hatten, als es darum ging, Usur endgültig zu vernichten, zogen schnellstens ab. Sie ließen sogar das Lager stehen und nahmen keine Beute mit. Diese Niederlage würde ihnen noch lange in den Knochen sitzen. Wo immer sie als nächstes einfielen, die Winzvölker würden eine lange Zeit Ruhe vor ihnen haben.

Bansein kehrte mit seinen Leuten nach Waldstadt zurück. Burmann und Xinusia wichen sich auf dem Weg kaum von der Seite. Ihnen folgten Bomsel und Stratasal mit fünf winzigen Waldhündchen, die noch sehr tapsig waren, und von Zeit zu Zeit auf den Rücken ihrer Eltern reiten mussten, um mitzukommen. In Waldstadt übernahmen Burmann und Xinusia Komans Haus, denn er hatte keine Erben hinterlassen. Dort fanden die beiden einen Brief, an Bansein adressiert.

Gemeinsam lasen die Magier:

Bansein! Es fällt mir schwer, es zuzugeben, aber du hattest wohl recht. Ich dachte, Usur würde unsere Leute verschonen und die Herben zurückhalten, wenn er hätte, was er sucht. Aber ich habe mich geirrt. Er hätte wohl nie aufgehört und wir waren ihm egal. Irgendwann wären wir alle seiner Unsterblichkeitssuche zum Opfer gefallen. Wir müssen ihn aufhalten. Ich werde versuchen, meine Fehler wieder gutzumachen, mit denen ich unser ganzes Volk in Gefahr gebracht habe. Ich mache mich auf den Weg zu den Herben. Alles andere wird sich zeigen.

Koman

Bansein hatte sich so etwas schon gedacht. Das Opfer Komans war unerwartet gekommen. Und natürlich hatte sich der alte Obermagier seine Gedanken gemacht, warum sein Rivale diesen

Schritt getan hatte. Es blieb nur das Motiv der Reue. Nichts anderes konnte Koman dazu getrieben haben. Wahrscheinlich war ihm auch klar geworden, dass er, was auch geschehen würde, das Vertrauen seines Volkes verspielt hatte. Der Tod des Obermagiers würde ihm nichts nützen. Sein eigener Tod hingegen konnte wenigstens das Andenken Komans in gutem Licht erhalten. So war sein Opfer für ihn das einzig Richtige und so auch für alle andern akzeptabel. Koman würde als Retter Burmanns und Banseins in der Geschichte weiterleben.

Purga und Ozola zogen zusammen.

Pipelt ärgerte sich zwar, dass er das Schauspiel am Herbenlager nicht miterlebt hatte, war aber froh, dass Burmann und Bansein wohlauf waren und alles ein gutes Ende genommen hatte.

Ein kleiner Trost war ihm, dass er mit Bansein gemeinsam den Gegenweltzauber ausführen konnte, mit dem Drachenschrein und Puzzle in ihre Welt zurückbefördert und dort vernichtet werden sollten.

Da es ein besonders schwieriges Stück Magie war, sogar zwei Gegenstände in eine andere Welt zu befördern, wollte Bansein dies nicht allein tun. Es war schon schwer genug, einen Gegenstand in eine andere Welt zu befördern, wenn man wusste, wo er hingehörte. Doch hier stellte sich auch noch die Frage, welche Welt sie wählen sollten. Und so wurde beschlossen, dass Pipelt der Besucher und Bansein Lotse sein sollte. Als Heilerin war Pontisia mit von der Partie, die es sich nicht nehmen lassen hatte, dieses Mal mit nach Waldstadt zu reisen und auf ihren Mann aufzupassen.

Die Vorbereitungen waren dieselben wie bei Purgas Versuch in der Dra-Stadt. Wiederum durften die Freunde und Neugierigen nur bis in den Vorraum. Der Rest musste allein bewältigt werden.

Beide standen völlig nackt, von oben bis unten mit grüner Salbe bedeckt, in einem Raum des Magierhauses. Er war bis auf Schrein und Puzzle völlig leer. Man wollte nicht, dass womöglich ähnliches passierte wie bei Purgas beachtlichem Versuch, als sie versehentlich den Tisch des Dra-Oberhauptes hinfort befördert hatte.

Sie sprachen gemeinsam die Formel und dann begannen sie ihre Körper und Seelen zu trennen. Aus sich herausgetreten, ging Bansein vor. Er hatte die Augen geschlossen und die Arme ausgebreitet. Die Fingerspitzen der Hände waren jeweils zusammengelegt, so dass er wie ein Kompass mit zwei entgegengesetzten Pfeilen aussah. Pipelt hielt die beiden magischen Gegenstände in einem Arm und berührte mit dem anderen Bansein zwischen den Schulterblättern. So zogen die beiden schwebend durch das Multiversum, von einer Welt zur anderen; immer wieder auf eine zu und dann doch wieder vorbei, bis Bansein begann, sich auf der Stelle zu drehen. Pipelt hatte Mühe seine Hand an seinem Rücken zu behalten. Plötzlich hielt der Woode inne und ein Sog zog Pipelt von Bansein fort in eine fremde Welt. Bansein blieb nun regungslos auf der Stelle und erwartete konzentriert die Rückkehr des Freundes. So war sichergestellt, dass sie beide gesund den Rückweg fanden.

Stunden später, als die Wartenden hinter der Tür erschöpftes Stöhnen hörten, betrat Pontisia den Raum und fand die beiden Magier wach, aber noch ziemlich benebelt vor. Sie legte den Männern Tücher um und brachte sie erst einmal in den Baderaum, in dem schon zwei Wannen mit herrlich duftendem, heißem Wasser auf sie warteten. Burmann blieb bei den beiden, während die Obermagier langsam in dem Wasser wieder richtig zu sich kamen.

Er versuchte herauszubekommen, wie die andere Welt ausgesehen hatte, aber Pipelt konnte sich zu ihrer aller Enttäuschung nicht im Geringsten daran erinnern, was nach dem Sog geschehen war. Sie wussten nur eines. Es musste die richtige Welt gewesen sein, denn Puzzle und Schrein waren nicht mit zurückgekehrt.

In den Winzsiedlungen zog wieder das normale Leben ein. Feste wurden gefeiert, Streitereien ausgetragen, Waldhunde und Reitdrosseln trainiert und Magier ausgebildet. Eines hatte sich verändert: Zu der Ausbildung wurde der Umgang mit Orgonen hinzugefügt. Bansein hatte sich in der letzten Zeit ständig darüber geärgert, dass er Burmann nicht darin unterrichtet hatte. Vieles wäre einfacher gewesen.

Noch etwas sorgte für Aufsehen. Es betraf die Dra und Chen. Nicht lange nach der Rückkehr der Winze erhielten die Magier von Pumpur, der wieder nach Dra-Stadt zurückgekehrt war, eine Orgonennachricht, dass auch die Chen mit nach Dra-Stadt gezogen und dort massenhaft Eier gelegt worden waren. Auch Pumpur hatte hier eine Partnerin gefunden. Der in der Wüste übriggebliebene Chen war ein Weibchen und hieß Hurxa. Sie hatte sich nun Pumpur angeschlossen. Ihre Eier waren eine Woche nach denen der anderen ausgebrütet und ebenso erstaunlich wie die der anderen. Die kleinen Drachen waren weder Dra noch Chen, sie sahen völlig anders aus. Sie hatten wie die Chen zwei große blaue Augen, von den Dra war die blaue Färbung des Körpers, was durch eine verschiedenfarbene Rückenzackenleiste unterstrichen wurde. Die Flügel der jungen Wesen ließen darauf schließen, dass sie einmal groß und stark und flugfähig sein würden. Der Charakter war bei allen recht wechselhaft. Die Jungen konnten anschmiegsam und putzig, aber auch äußerst frech und angriffslustig sein. Ihr Charakter schien noch nicht festzustehen.

Ein ganz neues Geschlecht war geboren. Den alten Drachen wurde langsam klar, dass sie nicht ewig leben würden. Und dann würde sich die Prophezeiung erfüllt haben. Es würde nur noch ein Geschlecht geben. Aber es würden weder Dra noch Chen sein, sondern Wesen, die beides zugleich waren – Wesen, die nun den Namen „Drachen" zu Recht und mit Stolz tragen würden.

Der Schluss, in dem die Autorin die Übertragung abschließt und eine Entdeckung macht

Der letzte Satz, das letzte Wort war geschrieben. Es gab nichts mehr in dem Buch, das ich nicht so getreu wie möglich versucht hatte, zeitgemäß und doch der Atmosphäre entsprechend umzusetzen. So einiges hätte ich gerne noch gewusst. Was war mit den Unterirdischen? Hatte Pipelt den Schrein und das Puzzle in der Gegenwelt, in die sie gehörten, tatsächlich zerstört? Was, wenn nicht? Was war mit den anderen Zet? Wie mochte Koman mit der Bürde des Hork fertig werden? Oder war er vielleicht gar nicht mehr Koman? Wie würde der nächste Magierwettstreit ablaufen?

So lange hatte ich nun an dieser Geschichte gesessen, dass ich jetzt fast befürchtete, diese Wesen – Burmann, Xinusia, Purga, Pipelt und Pontisia und Reitdrosseln und Waldhunde – zu vermissen. Ja, vor allem die kleinen Waldhunde von Bomsel und Stratasal hätte ich für mein Leben gerne gestreichelt. Nun würde ich zurückkehren in mein altes Leben. Ich würde weiter den Dachboden aufräumen, ein Stück nach dem anderen ansehen, aussortieren, umräumen, einen Käufer suchen … Es waren alles Dinge, die mir jetzt fast noch sinnloser vorkamen als vor meinem Unternehmen. Ich musste an meine Großmutter denken. Ihr hätten die letzten Monate sicher gefallen. Würde das jetzt ewig so weitergehen? Sehnsucht nach einer Welt, die es nicht gab?

Ich musste mich aufraffen und weitermachen. So erhob ich mich von meinem Stuhl, legte das alte Buch sorgsam in das Regal und begab mich auf den Dachboden.

Dort ging ich erst einmal hin und her. Lange war ich nicht mehr hier oben gewesen; seit Beginn der Arbeit an dem Manuskript. Alles war wie vorher, nur etwas mehr Staub lag auf all den Sachen. Ich strich über die Platte eines Tisches, der in einer Ecke stand. Eine dunkle Schliere wand sich unter meinem Finger hervor und ließ unter dem Staub ein schön gemasertes Holz erahnen. Ich wischte noch einmal darüber. Die Maserung erwies sich tatsächlich als atemberaubend. Ich besah mir das Möbelstück näher. Es schien sehr wertvoll zu sein. Mit einem Tuch, das in der Nähe lag, säuberte ich den Tisch. Er hatte ein geschnitztes Bein in der Mitte, das fast aussah, als lägen dort Dra-Tatzen, wäre es nicht holzfarben gewesen. Es spaltete sich am unteren Ende in drei Teile. Jedes der Teile hatte wiederum Krallen, die im Boden verankert schienen. Um die runde, wunderschöne Tischplatte herum zog sich ein Band von Schriftzeichen...

Die Beschreibung des Tisches floss mir förmlich zu. Woher kamen diese Worte? Ich hatte sie schon einmal gehört, nein geschrieben...

Plötzlich hatte ich das Gefühl, dass die letzten Monate einen Sinn gehabt hatten. Großmutter würde zufrieden sein. Die Zeit der letzten Monate war nicht vertan.

Jetzt war mir klar: Ich würde diesen Hof nicht verkaufen. Es war das Erbe meiner Großmutter und ich würde es behalten.

Buchempfehlung:

Judith Lange: Ausgang ungewiss

Die Sammlung „Ausgang ungewiss" vereint Geschichten ver-
schiedener Genres unter einem Titel.
Sie handeln von Verfolgungswahn, der Frage nach dem „Was wäre
wenn?", Liebe, Tod und Träumen.
Spannend, phantasievoll, nachdenklich und immer mit einer Prise
Humor werden die Lesenden in die Welt der jeweiligen Protago-
nisten entführt und eingeladen, mit ihnen zu fühlen, über die
großen und kleinen Tücken des Lebens nachzudenken oder einfach
nur ein entspannt spannendes Lesevergnügen zu haben.

ISBN: 9781511621144

Zeitfracht Medien GmbH
Ferdinand-Jühlke-Straße 7
99095 Erfurt, Deutschland
produktsicherheit@kolibri360.de